Cuauhtémoc

Rebelde Editores

EL MISMO FUEGO

Jorge Majfud

Cuauhtémoc

Rebelde Editores

El mismo fuego, primera edición 2019.
Copyright © Jorge Majfud 2019
Ilustración de portada: Estudio Lokal
© Cuauhtémoc Rebelde Editores 2019
Av. Cuauhtémoc II. Acapulco, México.
Correo: cuauhtemoceditorial@gmail.com
ISBN 978-0-578-50753-8

Índice

Despertar 0

El Zorro 1

Café con Daniela 89

El Gran Golpe 143

La rebelión de los idiotas.....................................245

El imperio de la normalidad 277

Despertar

En uno de esos bancos de plaza de antes, un niño le contaba un sueño extraño a un hombre mientras un soldado los vigilaba. El niño había nacido con hipertimesia, con la enfermedad de no olvidar ni el más irrelevante detalle de su vida. El hombre intentaba reconstruir sus sueños luego del desencanto de la derrota. El soldado ya no tenía dudas. Había logrado comprender y su servicio era un servicio a la patria. No había surgido, pensaba o quería pensar, por el hábito de una profesión ni por las más conocidas e irremediables urgencias del estómago sino por algún tipo de convicción contraria a la de aquel hombre pensativo mirando al niño desde un rincón del patio.

—¿Cómo son tus sueños cuando estás allá adentro? —preguntó el niño.

El hombre pensó un momento. El soldado no había escuchado la pregunta y había girado sobre un talón para vigilar a las otras visitas.

—A veces soy una gaviota y me arrojo por la ventana y no me detengo hasta el mar.

—¿Entonces eres libre por las noches?

—No, no… Sólo sueño. Si uno no puede controlar los sueños, entonces uno no es libre y sólo nos damos cuenta del engaño cuando despertamos. Es como ese dicho, En este país somos libres, gracias a Dios, libre como los pájaros…

—Al menos los de allá afuera son libres.

—Si los comparas con nosotros aquí adentro, puede ser. Aunque tampoco estoy seguro de esto último.

—En la escuela, la maestra siempre nos habla sobre la libertad. Gracias a Dios, vivimos en un país libre…

—Hasta el día cuando uno despierta, y entonces…

—¿Puede alguien despertar cuando ya está despierto?

—Tal vez… O tal vez eso nunca ocurre.

—¿Entonces seguimos soñando hasta el final? ¿Soñamos hasta morir?

—Más o menos. Aunque de vez en cuando abrimos un ojo, escuchamos algo, pensamos un poco, y eso debe ser como despertar un poquito.

—Un día, en la feria, una señora se dio cuenta de haber perdido a su hija y en lugar de correr a buscarla se desmayó. A mí me pasa algo parecido cuando sueño con los soldados golpeando a mi padre. Me despierto.

El Zorro

Su primera vez fue por encargo de la abuela Juanita. En la familia se hablaba de la mala salud del tío Carlos. Probablemente no aguantaría un año más en aquellas condiciones, decían, y por eso necesitaban alguien para decirle la buena nueva. La única forma era pasando información en el patio de juegos. Cuando llegaba la media hora de la visita de niños, los soldados se encargaban de controlar a los malditos insoportables bien peinados ruidosos inquietos demonios, pero generalmente no podían escucharlos. Se ponían furiosos cuando alguno se trepaba en los caños del columpio en lugar de columpiarse correctamente. Una vez uno de los verdes bajó a uno de un mamporro en la cabeza para salvarlo de una posible caída del tobogán y enseguida debieron retirar de arrastro al padre por desorden y desacato. El insoportable pequeño pichón de demonio subversivo no volvió más y el padre tampoco.

La abuela eligió a José Gabriel por su memoria. La tía Noemí no sabía nada de estos encargos, pero si bien, pensaba, Gabriel no podía hablar correctamente por sí mismo, sí podía memorizar páginas enteras de cualquier libro. Ese juego lo descubrió el tío Arturo una mañana cuando le comentó a la tía Noemí sobre las variaciones del precio del crudo en el mundo y Gabriel le recitó la lista de precios de enero a setiembre con fracciones incluidas. El tío Arturo dejó su vaso de whisky en la mesita del rincón de la biblioteca (reservada sólo para ese vaso a las siete de la noche y eventualmente para su libreta de croquis), se levantó, fue directamente al ejemplar de *The Economist* del 13 al 19 de setiembre de 1975 y lo abrió en la penúltima página. El tío le preguntó si podía repetir lo dicho, eso de los precios del crudo, y Gabriel volvió a recitar la lista de números con sus respectivas fracciones. Arturo (recordaba la tía Noemí) volvió a su sillón mudo. Luego dijo, *No es posible, debe haber un error.*

A José Gabriel, en cambio, le sorprendía la sorpresa de los adultos. Por entonces no entendía cómo la gente podía vivir y saber quiénes eran si permanentemente estaban olvidando cosas como el número de teléfono usado por años antes de mudarse unos meses atrás, como el nombre del hotel donde habían pasado las mejores vacaciones de sus vidas. La gente nunca se acuerda de cuánto arroz debe poner en la olla para cinco personas, aunque han repetido esa misma tarea por cuarenta años. ¿La gente no se olvida de sus hijos porque los pequeños demonios siempre andan ahí a la vuelta, molestando y recordándoles sus meritorias y demandantes condiciones de hijos?

El tío Carlos, el tío preso, no estaba de acuerdo. Para él, no se trataba sólo de memoria; si a veces Josesito recordaba muchas cosas sin repetir las mismas palabras, pensaba, era porque entendía perfectamente cada cosa a su alrededor, sus causas y consecuencias, aunque más no fuese de una forma muy elemental. Al fin y al cabo, no dejaba de ser un niño y no mucho más se esperaba de los otros niños de la casa.

Casi nadie pensaba como el tío Carlos. En la escuela la maestra lo sentaba adelante para ver si entendía mejor sus explicaciones, pero otra señora (un día lo llevó a una habitación cerrada y le mostró varias figuras simétricas, como mariposas, mientras le preguntaba por su pene, si miraba mucho la cola de sus compañeritas y si sentía culpa cuando ocurría algo malo después de haberlo pensado, como la caída de su tío en una escalera o el choque del auto), dijo *Su problema es su indomable distracción*, y si no entendía algo era porque no se concentraba en nada y, para peor, recordaba de todo sin separar lo importante de lo irrelevante. En casa de la abuela, menos la abuela, todos estaban de acuerdo: José Gabriel no oía muy bien porque de chico se había caído de cabeza de la cuna tratando de escapar de su primera cárcel. La cuna era de madera con rejas altas y para escaparse debía trepar con mucha dificultad. El piso era de unas baldosas verdes y negras, muy duro, suficientemente duro como para cortarle la respiración por el dolor. La abuela, en cambio, decía, *No, no, el pobrecito nació con un problema,* producto de la enfermedad de su padre, razón por la cual no alcanzaba a distinguir cuándo alguien se reía de tristeza y cuándo lloraba de alegría, habilidades elementales en cualquier ser humano condenado a vivir en este mundo.

En esto último tenía razón. *Yo no me confiaría tanto,* decía el tío Roberto, el hermano del tío Carlos. *El niño entiende bastante y eso no sólo es malo para él. Un día será un problema para nosotros también. Si al menos se olvidara de todo después de recordar cada cosa tal como se lo pedimos. Pero no, el chico insiste en recordarlo todo. Hace un año los abogados de Fernando Otega le habían prometido sacarlo en dos meses y todavía sigue allá, mirando el techo, y el niño se acordaba de la fecha. Si no estamos todos allá adentro, haciéndole compañía, es de puro milagro.*

Según decían, el tío Roberto iba a caer también, pero por suerte lo sacaron por la embajada de Italia y nunca más se supo de él. *Italia no,* había aclarado el tío Arturo, *el hombre se suicidó poco después de llegar a París.* Carlitos andaba por ahí y alcanzó a escuchar la conversación y preguntó por el significado de suicidarse. El tío dijo *A tu edad no se pueden entender algunas cosas.* El tío Roberto se había ido a otro país, aclaró, y había adquirido una nueva ciudadanía, la ciudadanía suiza, es decir, se había suicidado.

Después de una risa reprimida, el hombre del bigote finito dijo *Tal vez era el más implicado de todos ellos con los revoltosos grandes y vaya Dios a saber si no fue la mejor decisión por entonces, hacerse ciudadano suizo, como dice usted.*

La primera vez de José Gabriel la abuela le preguntó si estaba nervioso. *No, no estoy nervioso*, dijo. Más de una vez intentó parecer nervioso, posar con ese signo de adultez, de conciencia, de responsabilidad, pensaba, y nunca le había salido bien. La gente con miedo, pensaba, debe estar en un estado diferente, como si viese este mundo desde el otro. Una vez se tiró desde el techo de la casa y se rompió una pierna. El tío Arturo se enojó mucho, sobre todo con Daniela. Ella debía cuidarlo y, en lugar de eso, se la pasaba mirando revistas de moda y espiando un vecino por la verja. Gabriel sólo quería saber cómo es eso de sentir miedo, quería estar nervioso. No lo logró, aparte de un dolor horrible en el tobillo derecho y 49 días de llevar un yeso pesado. Como consecuencia, casi se descompone la espalda.

Cuando pasó su primer mensaje no estaba nervioso ni fingió estarlo, de lo contrario nunca lo hubiesen dejado hacerlo. Se lo había prometido al tío Roberto, el suizo, y cumplió. Las palabras de la abuela Juanita no podían decirse dos veces y por eso, aunque hoy recuerda el mensaje, palabra por palabra, dicen, aún hoy se niega a repetirlo, ya no con las inconsistencias propias de un niño enfermo sino con la indiferencia de un adulto desinteresado por casi todas las cosas.

Tal vez esa vez iba a sentir miedo, pensó en cierto momento, el mismo miedo de Carlitos cuando habría los ojos grandes, el mismo de Claribel cuando se quedaba durita como una estatua de mármol blanco. Por las noches los dos lloraban cuando los tíos apagaban la luz. Debía ser algo horrible, algo como una pierna rota. Lloraban y se tapaban con las sábanas hasta la cabeza. Entonces Gabriel se levantaba para preguntarles qué les pasaba, por qué le tenían miedo a la noche si era igual al día, y entonces ellos gritaban como si los estuvieran matando. Enseguida aparecían los tíos y lo sacaban del cuarto y se enojaban con Claribel. *No lo quiero en mi cuarto*, decía ella. Gabriel la miraba sin decir palabra y ella volvía a gritar *Vete de aquí, demonio.* La ponía muy nerviosa verlo caminando de noche como si fuese de día, como si fuese un fantasma, un enfermo. Enfermo, enfermo, José Gabriel, el enfermo. *No conoce la diferencia entre el día y la noche. La tía decía Josesito es un poco sonámbulo, no es para tanto. Eso les pasa a muchos niños, sobre todo cuando han pasado demasiado estrés para su edad y luego no saben procesar determinadas experiencias y caminan dormidos. No debes darle tanta importancia.* Pero para Claribel el loquito caminaba despierto por las noches porque tenía un pacto secreto con no sabía exactamente quién o no quería decirlo por no pronunciar el nombre maldito.

La diferencia entre el día y la noche, decía Gabriel, es una sola: por las noches hay menos luz, mucha menos luz, la gente se mueve menos y los niños se asustan. Esa es la única diferencia. Pero decirlo no mejoraba las cosas. Claribel se enojaba aún más, gritaba furiosa o aterrorizada. La incapacidad de Gabriel para creer en los monstruos o en los demonios era una prueba de la seriedad del caso. *Tal vez los monstruos no existen o son como tú,* decía ella, *pero los demonios sí existen, y si tienes dudas pregúntaselo al padre Daniel. pero claro, tú no vas a preguntarle nada porque igual nunca creerás en los demonios ni aprenderás a dormir de noche ni a hablar como la gente normal.* La tía la hacía callar y la obligaba a pedirle disculpas y después de varios intentos Claribel decía *Disculpas* sin ninguna gana y mirando hacia una pared.

Cuando la tía se fue, Daniela le dijo a Gabriel, en voz baja: para ella era igual, para ella no había mucha diferencia entre el día y la noche porque no creía en los monstruos ni en los demonios. Claribel la escuchó y la amenazó con contarle a su padre. Seguramente él la iba a despedir por enseñar cosas del Diablo.

—Te irás a vivir debajo de un puente —dijo— porque Dios castiga a quienes no creen en Él.

—Yo sí creo en Dios —dijo Daniela— aunque no creo ya en los demonios del pastor Daniel ni en ninguno de los santos penitentes del padre Roberto…

—¿Por qué no crees? No crees más porque el Diablo te ha seducido, como sedujo a tu padre.

—¿Quién te dijo eso?

—No puedo decirlo.

—Quien te lo dijo fue quien entregó a mi padre —dijo Daniela y enseguida se quedó callada.

Daniela la abrazó y trató de consolarla:

—No te pongas malita, mi niña —le dijo—; eso te hará mal y no podrás dormir esta noche.

Sin mucho éxito.

Esa noche, mientras Daniela llevaba a José Gabriel a su cuarto, Gabriel dijo *No quiero irme a dormir debajo de un puente* y ella dijo *Eso nunca iba a pasar, olvídate del asunto. Vete a dormir y duerme tranquilo,* dijo. *Mañana tienes un día muy largo. Tal vez le pida a la abuela un favor de tu parte.*

José Gabriel se metió en su cama y antes de recostarse miró hacia la puerta, porque antes de apagar la luz ella siempre le guiñaba un ojo y Gabriel se quedaba con el recuerdo de su cara sonriendo entre su pelo rizado, aquel pelo rojo de día y misteriosamente cobrizo de noche, y se dormía porque ya no pensaba en nada más. Sólo pensaba en su cara, sonriendo, mirando como si abriese un abismo por dos segundos.

—Dime si es verdad —dijo Gabriel.

Ella lo miró como sin comprender.

—Lo del río…

—¡Otra vez con eso, Josesito!

—Dime si es verdad.

—Te lo he dicho muchas veces: no es verdad, no hay muertos en el río.

—Pero yo los vi. El tío Arturo también los vio. Pregúntale. Los ataron a unas maderas y les pusieron cemento en los pies.

—Lo habrás soñado.

—Pero ¿cómo uno sueña con cosas desconocidas?

—En los sueños uno inventa. Igual pasa con las novelas de la biblioteca del tío. Son inventos, esas cosas nunca ocurrieron.

—¿Y por qué uno recuerda esas cosas si nunca ocurrieron y no recuerda todas las demás?

—No lo sé Josesito, ya deja eso. No vas a poder dormir así. Hasta a mí me da miedo.

—A mí no me da miedo.

—Bueno, mejor entonces. Ya deja eso.

—Daniela, ¿la gente debajo de los puentes, está viva?

¿Recuerdas el mensaje para el tío Carlos? le preguntó la abuela en el baño de la estación, antes de llegar al penal. *Sí,* le dijo Gabriel. *A ver, ¿qué vas a decirle?* Insistió ella. *No puedo decírtelo,* le dijo él; *le prometí al tío Roberto decírselo al tío Carlos una sola vez y no volver a repetirlo.*

La abuela lo miró un momento. Por aquella época José Gabriel deseaba tener la habilidad de poder leer la mente de la gente. Hubiese cambiado su memoria absoluta por unos oídos capaces de escucharlo todo, capaces de escuchar las voces y los pensamientos. *Después de todo, hay un pequeño, minúsculo, infinitesimal paso entre las palabras y los pensamientos (en un libro son la misma cosa, pensaba)*, y si las palabras decían, también decían los silencios, pero de una forma oscura.

Tiempo después comprendió mejor. Es mil veces preferible no conocer los pensamientos ajenos a sospecharlos siquiera. ¿Qué importa si su madre pensó alguna vez abortar si ahora está muerta? ¿Qué importa si el tío Arturo engañó alguna vez a la tía con una aventura si nunca prosperó? ¿Qué importa si para Daniela alguna vez Gabriel fue un pobre niño enfermo y limitado si de todas formas terminó queriéndolo? ¿Qué podía importar si todos lo considerasen un idiota si él nunca lo hubiese sospechado, como es el caso de todos los verdaderos idiotas?

La abuela salió de sus pensamientos cuando una señora entró diciendo *un hombre se ha infiltrado en el baño de las señoras* y ella la miró muda, pero con un odio de calar los huesos mientras le cerraba a Gabriel el cierre del pantalón. Habían visto esa señora antes; era la mujer de uno de los guardias de compras en el pueblo. *Un día me la vas a pagar todas juntas,* le dijo la abuela a José Gabriel. *Ya verás; un día Dios se acordará de ti y te llegará el día.* La mujer la miró con los ojos grandes de Claribel cuando lo veía a Gabriel de noche y salió del baño como una sombra. Enseguida la abuela le dijo *Bueno, no da para tanto, no te preocupes, en realidad nada de aquello era para él sino para otra persona, para ella misma; lo hacía siempre cuando estaba cansada, hablaba sola, se había acordado de un mal momento ocurrido hacía mucho, mucho tiempo atrás…*

—¿Hace cuántos días no vas a la escuela, abuela?

—Como mil.

—Eso son dos años y 270 días…

—¿En serio? No, entonces deben ser como diez mil.

—Eso son 27 años y 147 días.

—Bueno, tal vez un poquito más… Deja de hacer tantas preguntas tontas y no olvides lo importante.

Después de recorrer el habitual camino de asfalto hasta el primer edificio, la abuela Juanita entregó unos papeles a un soldado enojado hasta las patas. El soldado le puso un sello como si matara una mosca. (Los papeles siempre temblaban en las manos de la abuela, porque tenía frío por dentro y por fuera, según dijo una vez para responder a una de sus preguntas estúpidas mientras esperaban el bus al costado de la carretera.) Después pasaron dos revisiones. La primera fue por unos dibujitos de mariposas, demasiado parecidas a los prohibidos pájaros (hubo alguna discusión crítica sobre cómo interpretar aquellos dibujos, pero primó el hecho de haber sido hechos por la hija del arquitecto MacCormick) y la segunda para ver si no llevaban algo peligroso entre la ropa.

A José Gabriel le descubrieron una pluma de oro en uno de los bolsillos del pantalón. La había tomado sin permiso del escritorio del tío Arturo y terminaron por desnudarlo completamente para ver si no llevaba algo más. La abuela se enojó por lo de la pluma mientras Gabriel extendía los brazos y una señora le revisaba las nalgas y los gemelos. Gabriel trataba de girarse para evitar la mirada de una niña en la fila. Giraba la cadera lo más posible para no ser visto e frente, pero la mujer soldado lo agarraba con fuerza por los brazos y lo obligaba a estarse quieto como si fuese un recluta. Luego le levantó los brazos y se quedó un largo rato como un Jesucristo, haciendo equilibrio por dos mil años mientras le temblaban las piernas. La niña se rio un par de veces detrás de su madre.

Ellos buscaban algo, pensó entonces Gabriel, pero no estaba por ahí ni por allá. Donde estaba no se podía ver y no se lo iban a escuchar decir. La mujer soldado se enojó cuando Gabriel se sonrió pensando en esto. Esa vez ellos no habían podido ganar, había pensado, y de repente sintió un fuego secreto.

—¿De qué te ríes, pequeño delincuente? —dijo la mujer, apretando los dientes—. Deberías sentir vergüenza. Razones no te faltan.

La abuela miraba con cara de mala, tal vez por la pluma, tal vez porque quería decir algo y no podía, porque cualquier cosa sospechosa o del desagrado de los guardias, decía siempre, terminaba cayendo sobre el tío Carlos de las formas más insospechadas.

José Gabriel pensó, quiso pensar en el miedo. Todo debía hacerle sentir mucho miedo, los miedos de Claribel y Carlitos en las noches oscuras, pero no había pasado nada. Nada de nada, y por eso mismo Claribel le tenía tanto miedo. No sólo Claribel. La gente le tiene miedo a la gente sin miedo. Él no podía sentir miedo ni nada de eso propio de los niños a su edad y no alcanzaba a sospechar sus beneficios. Sentía vergüenza, pero no miedo, y cuanta más vergüenza, más rabia y menos miedo.

Cuando pasaron al área IV, como era la norma, separaron a los adultos de los niños. Allí José Gabriel se encontró a la niña de la fila. Ella sí era bonita. Sólo le faltaban cuatro alitas para parecerse al hada Campanita de Disney. Lo miró y se rio exactamente igual, como si él siguiera desnudo delante de ella. A esa edad (por su conocida mala memoria los adultos asocian a la ternura y la inocencia) los niños nunca pierden la oportunidad de ejercitar la crueldad y la mentira. En otro momento de su vida, desplantes como estos no hubiesen tenido ni el más mínimo efecto. Pero por entonces, cuando comenzaba a sangrar por alguna parte, perdía la cabeza.

En un descuido del soldado encargado de acompañar a los niños, José Gabriel se salió por una puerta y llegó hasta una salita oscura donde un guardia escuchaba un partido de fútbol. Pasó por sus espaldas y subió unas escaleras muy empinadas. Subió y subió hasta llegar a una salita desde donde se podía ver toda la prisión y se veía el grupo de prisioneros marchando como hormigas al encuentro de los niños sombras frías borrosas en la neblina esperando obedientes el abrazo apurado de sus padres. No pudo ver al tío Carlos, pero vio a Campanita, la niña mirona, esperado en la fila de los niños, muy obediente ella, con las manitos juntitas delante y la mirada en el suelo, como avergonzada por algo.

En una pared sobre una mesa larga había muchos botones. José Gabriel apretó todos y en uno de ellos sonó una sirena y en otro se encendieron muchas luces. Abajo los soldados comenzaron a correr como hormigas cuando uno ensarta un palo en el agujerito de su imperio mientras gritaban ordenes desesperadas de cerrar todos los accesos puertas ventanas pasillos hombres perros y mujeres.

José Gabriel comenzó a bajar las escaleras, pero a poco de andar un soldado lo tomó de un brazo y lo llevó de arrastro hasta donde estaba el mandamás, quien enseguida lo agarró de una oreja hasta hacerle besar el suelo y dijo *Llévenlo con su puta madre responsable de este pequeño maldito demonio y notifiquen la pena por escrito.*

Todavía faltaba algún tiempo para descubrir el miedo.

En casa de la tía hubo discusión. La tía insistió con la idea de llevar a Gabriel a un especialista, porque si bien había casos sin remedio, también había otros como el suyo en proceso de empeorar con el tiempo, y si nadie en aquella bendita casa se movía, ella mismo se iba a poner en campaña de conseguir uno bueno. La abuela preguntó por qué no mandaba al especialista a sus hijos también, si mal no les iba a hacer ni lo necesitaban menos. *Este chico sólo tiene problemas de chico sin padres, sin guía, porque con la caridad y la comprensión sin cariño no da.* La tía se puso furiosa, no le parecía justo tanto desagradecimiento, ni hacia ella ni hacia su esposo después de todo lo hecho por el chico y si bien no podían quererlo como querían a sus hijos, lo cual era lógico y razonable, tampoco la abuela era de abrazar a sus nietos como lo hacía la difunta madre de su esposo, a lo cual la abuela respondió con un silencio del diablo y enseguida mandó llamar a Gabriel porque ya se iba. Su cara de vieja viuda sola cansada orgullosa derrotada curtida por inviernos y veranos al sol reflejaba mucha pesadumbre y frustración. Sólo sus ojos parecían todavía nuevitos detrás de unos párpados rendidos y arrugados, pero sólo brillaban sin luz propia.

Luego del momento de furia más o menos controlada, la tía intentó disculparse por lo dicho, pero no hubo modo. La abuela sabía cómo hacer sentir culpables a los demás de toda su mala suerte. No sólo la abuela. Años después, cuando Gabriel se dedicó a tratar de entender a la gente en lugar de simplemente recordar cada cosa dicha o hecha, descubrió algo largamente sospechado, pero nunca declarado por nadie: la culpa ajena era un deporte nacional, algo muy parecido a la caza, un síntoma claro de nuestra perenne inmadurez, había pensado. Pero así como cuando uno recuerda todos los detalles de algo sin distinguir lo importante de lo irrelevante, así como uno no

puede comprender ni una imagen delante ni un recuerdo
detrás, así también pasa cuando uno se dedica a entender
las cosas, la gente, y termina considerando solo una ínfima
parte, vacía de cualquier objetividad: el Universo aparece
deformado, desproporcionado, como en uno de esos dibujos infantiles donde las manos y la cara de las personas
son excesivamente grandes y el resto del cuerpo es excesivamente pequeño, los detalles del rosto son abundantes y
minuciosos y los pies o las caderas aparecen más bien de
forma vaga, imprecisa, casi inexistentes, como una frase
sin alguno de sus complementos, como un idioma sin alguno de sus elementos universales. Como la naturaleza
humana, hecha de carencias y de ausencias significativas.

Ese sábado le tocaba a Gabriel ir a la granja y la abuela
le permitió a una señora llamada Rosa Luxemburgo da
Pena de Morales llevarlo a la iglesia. Doña Morales solía
visitar a la abuela y siempre le llevaba unas revistas *¡Desper-
tad!* y *La Atalaya*. Intercambiaban revistas y medias de al-
godón tejidas a mano por la abuela. José Gabriel las leía
de la primera página hasta la última porque, aparte de las
revistas amarillentas de corte y confección, la abuela no
tenía ningún otro tipo de lectura en su casa. En las revistas
de doña Morales no sólo aparecía Jesús con su pelo rubio
y sus ojos azules inspirando confianza y devoción sino
también en la última página se leían datos curiosos sobre

los últimos descubrimientos científicos. Doña Morales le comentó a la abuela sobre Gabriel, según ella llamado por Dios para convertirse en un testigo. Ella debía llevarlo a la iglesia todas las semanas, decía. La abuela no estaba convencida porque los padres del niño no hubiesen estado de acuerdo, a lo cual doña Morales una vez respondió, *Sí, ya lo sé. Por algo se los llevó el Señor justo a tiempo.* A la abuela no le gustaron aquellas palabras, al principio incomprensibles para Gabriel. Por mucho tiempo no entendió el enojo repentino de la abuela con su mejor amiga, una elegida de Dios, ni el enojo de Dios con sus padres, abandonados de su bondad infinita por el pecado de buscar justicia donde ya la había.

El tío Carlos no pensaba igual, casi nunca pensaba igual y por eso lo habían guardado, decían, y él decía *Justicia atrasada nunca llega.* Esa era la verdad, o al menos una seria posibilidad si alguien quería saber la verdad. *Bueno, mira,* decía, *no sé si podrías entenderlo, pero igual te lo digo: pensar en un castigo para los malos después de muertos es una bonita idea, un gran consuelo para el resto, pero tiene sus riesgos.*

—Las decisiones del Señor son un misterio —dijo doña Morales cruzando las piernas y acomodándose la falda para no mirar ni esperar respuestas.

—Por eso mismo —dijo la abuela—, por eso mismo, porque nadie sabe…

—Son un misterio —la interrumpió doña Morales, planchándose la falda con una mano—, un misterio. A

17

veces hasta los misterios se pueden comprender, pero para eso es necesario hablar su idioma, el idioma de la fe, de creer en lo imposible.

—¿Y quién puede interpretar los misterios? ¿Quién puede hablar con Dios para saber qué está pensando en este momento?

—Dios nos habla hoy a través de las Sagradas Escrituras, cada día.

La abuela se quedó en silencio. Luego agregó:

—Hay un solo problema…

—¿Cuál?

—No todos entendemos lo mismo cuando leemos las mismas escrituras.

—Porque no bastan los ojos para ver. Para quienes no pueden, pero quieren ver, está el templo y su pastor, para despejar las tinieblas.

La abuela no quería saber nada de ir a la iglesia de los testigos. Ellos la llamaban templo, decía, porque sonaba más antiguo. Aquella resistencia a las sectas se la había dejado de herencia el abuelo, según ella, o Satanás, según doña Morales, y por algo, no por casualidad, las cosas habían ido de mal en peor en aquella familia. Por algo las cosas son como son.

Finalmente, la abuela terminó cediendo a las presiones de doña Morales. El domingo siguiente, doña Morales iba a volver con Rosarito para llevarse a José Gabriel a la iglesia. Si de verdad el Señor lo había elegido para esas cosas, el niño iba a querer volver por su propia voluntad, dijo la abuela.

El domingo señalado, por la mañana, poco después de amanecer, estaban los perros ladrando y el carro de doña Morales esperando a Josesito en la puerta de la cocina. Le dijo a la abuela *No se preocupe por el desayuno, doña Juanita.* El niño iba a desayunar con su sobrina nieta en su casa antes de ir al templo. La abuela parecía nerviosa, como si se hubiese arrepentido de la invitación y no supiera cómo decirlo. Luego dijo *Me lo cuida como la niña de sus ojos,* cualquier cosa ella sería responsable, a lo cual doña Morales dijo *Nada debe temer quién va al encuentro del Señor,* y le dio un latigazo al caballo.

El caballo viejo no pudo quejarse ni saltar de un brinco para descargar a sus tres ocupantes de un tirón. Doña Morales lo castigó más y más fuerte y el caballo logró apurar en algo su tranco cansado. De sus narices y de su boca abierta por el freno del recado salían nubes espesas de vapor.

La niña Judit lo llamaba Diablo, por el olor intenso a sudor y por su mala costumbre de cagarse al llegar a las esquinas del pueblo donde de vez en cuando la veía algún amigo de la escuela. Para doña Morales era Ateo, porque no marchaba por las buenas sino a los golpes, y al llegar justo a las puertas del tempo descargaba el resto de su conocida por todos mala digestión. Para don Ramón, uno de los fieles asistentes, el pobre animalito de Dios no era

ateo ni era creyente, sólo era una bestia noble dotada por
el Señor de poco entendimiento, el necesario para llevarla
a ella y a la niña a la iglesia a tempo y si se cagaba justo en
la puerta era solo porque lo asustaba tanta gente amonto-
nada, marchando para el mismo lugar. Pero doña Morales
con su frase favorita: *Esas son solo teorías*, dijo. Lo había escuchado en alguna otra parte: el mal de este mundo se
debe a la ignorancia y a la falta de entendimiento. Pero eso
no le calzaba con la idea de un Diablo ignorante o corto
de luces. Todo lo contrario, y por eso el mal era malo.

—Tal vez se equivoca con ese pobre animalito —dijo
el hombre de saco negro.

—No, no me equivoco. Estoy segura.

—¿Por qué tan segura?

—Porque tengo fe —dijo doña Morales, cerrando su
escote con una mano y con la otra tomando a Judit para
entrar al templo—, y la fe no puede ser buena sólo dentro
del templo.

Esa mañana y todo el resto del día José Gabriel se sintió enfermo. En la casa de doña Morales no desayunaban
leche con cacao ni con café. Casi a la fuerza, José Gabriel
debió comer huevos revueltos con tocino, el verdadero
desayuno según ella, porque fortalecía el cuerpo y el espíritu antes de enfrentar un día lleno de peligros. Así comían
los hermanos de Norteamérica y ya los podía ver cualquiera, fuertes y rosados, desbordando salud y determina-
ción. José Gabriel le preguntó por los peligros referidos, a

lo cual doña Morales respondió, como si fuese obvio, *Cada día Satanás nos tienta a vender nuestras almas, y la debilidad ante la tentación es lo más peligroso para la Eternidad.* Si a Gabriel no le gustaba el tocino y los huevos revueltos, decía doña Morales, eso no era mal signo, porque lo bueno, como toda medicina, nunca da placer.

—Pero el Señor cura y da placer —observó Gabriel.

—Nadie está hablando del alma —contestó doña Morales—. El alma y el cuerpo son dos cosas diferentes. Una está atrapada en el otro. Lo bueno para una es malo para la otra, si algo le hace bien a la cárcel no le puede hacer bien al prisionero.

Las metáforas de doña Morales conmovían a Gabriel. Ella hablaba de una forma muy bonita, llegó a decirle Gabriel, entre el miedo y la admiración. Le gustaba cuando no la entendía.

—No soy yo quien habla… —dijo doña Morales, mirando a la pared—, sino Él.

En una pared Jesús miraba de costado mientras extendía las manos, como si se encogiera de hombros, pensó Gabriel, como si algo hubiese salido mal.

—Según el tío Carlos, Jesús no era rubio ni tenía los ojos celestes —observó Gabriel.

—¿No? ¿Y qué era? ¿Japonés, como la radio?

—No, era negro, o tenía la piel oliva como las aceitunas de la abuela.

Doña Morales se quedó inmóvil, pero enseguida siguió revolviendo los huevos.

—Por lo menos moreno, como el Cebollita, el chofer del tío Arturo —agregó, palabras textuales y entonación propia del tío Carlos.

Doña Morales se persignó y no dijo nada. Puso los huevos con tocino sobre la mesa y le dijo *Come de una vez*.

—...Jesús no tenía los ojos azules ni el pelo rubio sino así como el suyo, doña Morales, todo crespito.

—Cierra la boca y come de una vez. Hablas demasiado. Al señor no le agradan las mujeres ni los niños charlatanes.

—Muy probablemente su madre, la virgen, era como una cholita, más o menos como el resto de los judíos de Palestina, porque cuando los soldados le preguntaron a Judas quién era Jesús entre todos, Judas debió señalarlo con un dedo. No dijo, *Es aquel rubio*. No, debió señalarlo con un dedo, porque se parecía a cualquier otro de...

Doña Morales golpeó la mesa y dijo *¡Basta!* Iba a explicar algo y decidió darse vuelta para lavar su plato.

—Apúrense; vamos a llegar tarde —dijo, y enseguida continuó murmurando palabras en otro idioma.

Judit aprovechaba cada distracción de su abuela para darle el tocino al perro. Bobo cazaba su presa en el aire y la tragaba sin masticarla. *Si los comes, te cagarás como el mismo Diablo*, dijo Judit en secreto. La primera vez José Gabriel se rio, pero Judit nunca se reía por nada. Era como su abuela, nunca se reía y menos cuando alguien la podía estar engañando. Nunca dudaba en castigar a la niña con una vara de mimbre cuando el demonio se le metía en su pequeño pálido delgado tembloroso livianito cuerpo. Más vale sufrir unos cuantos latigazos y dejar unas cuantitas marcas por unos pocos días, decía, a perder el alma por el resto de la eternidad.

Llegaron al templo justo a tiempo, cinco minutos más tarde de lo habitual. Diablo, como siempre, cagó justo al detener la marcha y acusó un latigazo en sus ancas, esta vez imaginario. Doña Morales lo maldijo con palabras incomprensibles, como solía hacer cuando estaba muy enojada o muy contenta, como todavía hacen en otras iglesias donde los fieles son orgullosamente monolingües, pero están obligados a hablar en lenguas.

El hombre del saco negro se sonrió y le hizo un guiño a Gabriel, mientras preguntaba si era nuevo por allí y si era sobrino o nieto de doña Morales. Doña Morales contestó con un categórico *Es un nuevo testigo*.

En la iglesia, José Gabriel se sintió muy mareado. Nunca había estado en un lugar tan lleno de gente cantando, gritando y cayéndose de rodillas como fulminadas por un orgasmo. Bueno, como muchas otras, esta palabra la aprendió mucho después; por entonces, pensó, a él le pasaba lo mismo, cuando en sueños o todavía despierto se caía por un pozo sin fondo.

Afuera hacía frío y todas las ventanas estaban cerradas y casi no se podía respirar. Resumiendo: Josesito terminó vomitando en el suelo el tocino sin digerir y los huevos revueltos bastante más revueltos. Si se acercó al pastor Daniel cinco segundos antes fue porque la gente también se le acercaba para ser liberada de un malestar, no para vomitarle sobre los brillantes zapatos negros. Los zapatos impecables lustrosos pesados retrocedieron y el pastor gritó *¡Satanás! ¡Satanás! ¡Satanás!* Enseguida todos despertaron. Quienes oraban levantando las manos y los caídos en el suelo despertaron y comenzaron a repetir las palabras del pastor, es decir, una sola palabra, repetida tres, cinco, diez veces. *¡Satanás! ¡Satanás! ¡Satanás…!* Sólo una mujer gorda, luchando para levantarse de su asiento, dijo *Santo Dios, pobre niño, ayúdenlo, se siente mal…* Pero su voz se perdió entre el griterío.

Doña Morales lo sacó de arrastro en medio de gestos de reprobación de la concurrencia. Camino de vuelta a casa, doña Morales le ordenó a Judit no tocarlo, porque estaba poseído por el demonio, y la niña lo miraba con su gran moño blanco en la cabeza y sus ojos enormes llenos de miedo. *El demonio nos ha engañado a todos hasta lograr infiltrarse mismo en nuestro templo sagrado, pero las fuerzas del mal no prosperarán,* decía doña Morales mientras le apretaba una mano a Gabriel como si quisiera estrangularla. *No puedo creerlos, Dios mío; yo misma fui instrumento de semejante sacrilegio...,* decía, casi llorando. A Gabriel le dio lástima. Parecía una buena mujer.

Los Testigos de Jehová no creían en el Infierno, pensó Gabriel tiempo después, y eso era lo mejor. Si de verdad él y sus padres y el tío Carlos estaban poseídos por el demonio o le habían vendido sus almas al verdadero autor de los vómitos contra el pastor Daniel, era algo remediable, y si ese mal no se curaba en vida, al menos no iba a persistir por toda la eternidad. Un detalle para nada despreciable.

Lucrecia Gamarra, la otra amiga de la abuela, se retiraba siempre cuando llegaba doña Morales y no creía en nada de esto. Aunque los testigos no creyeran en el infierno y el arquitecto Arturo se le riera en la cara, decía, ella se reía más fuerte de tanta ignorancia, y se reiría mucho más fuerte cuando llegase el fin del mundo, algo inminente. Todos íbamos a ver el Fin del Mundo porque estaba escrito y Dios no mentía. El fin del mundo ya tenía fecha y ocurriría el 11 de noviembre del 2011, porque, según el mismo Jesús, la hora 11 es la última, la más oscura, es decir, donde comienza el final.

La señora Lucrecia vivía en las afueras, en Valle Hondo, y decía *Pues, para algunos el fin del mundo no es algo horrible sino todo lo contrario.* Ella estaba feliz de vivir en ese tiempo para poder ver el Fin para muchos y el Principio para unos pocos. Todos verían el fin del Universo y los testigos, los mormones, los de sotana y sus seguidores y los seguidores de la secta de los monos se enfrentarían a la realidad innegable del Infierno como las arvejas se deslizan sobre la cacerola en el fuego y chillan de dolor cuando empiezan a hervir.

De visita en la granja de la abuela, el tío Arturo le dijo *No se ponga así, doña; las arvejas no chillan de dolor sino de otra cosa, si chillan.* Además, dijo, nosotros no éramos arvejas y de todas formas el mundo es finito, como todo, y debe llegar a su fin natural, más tarde o más temprano, o no tan natural porque los humanos ya se estaban encargando de eso. A lo cual la señora Lucrecia se fastidió aún más y dijo:

—No se haga el tonto, arquitecto. La soberbia le cae muy mal y lo pierde.

—Considerarse un elegido de Dios —dijo el tío, acercándole un platillo con dátiles secos— es un acto de humildad, ¿no?

—Usted bien sabe a qué me estoy refiriendo… —contestó la señora Lucrecia, mientras comía los dátiles cerrando los ojos— Este mismo gusto debieron sentir los apóstoles…

—Son importados de Israel —dijo el tío—. O de Palestina, como más le guste.

—El mundo no terminará ni por una bomba atómica ni por el agujero de ozono —continuó la señora Lucrecia— sino de un día para el otro, por un nuevo diluvio, el último, y no dejará en pie ni a los santos de yeso, para disipar toda duda sobre Quién lo ha hecho.

—Será muy triste ver a Dios tomando una medida tan radical contra su propia creación.

—Será un acto de justicia y bondad.

—En eso podría llegar a estar de acuerdo.

—Amen.

Gracias a toda esa experiencia religiosa, José Gabriel comenzó a conocer, por fin, el miedo. Miedo a la noche, miedo al placer, miedo a imaginarse a Daniela desnuda o apenas sonriéndole con sus ojos infinitos, miedo a pensar y, finalmente, miedo al miedo, el peor de todos los miedos, porque es un miedo capaz de crecer como un cáncer, como un impulso suicida.

Después de convivir años con él, a veces de una forma insoportable, llegó a encontrar cierta calma cuando se imaginó a Dios como en un buen tipo, evitando las iglesias, sobre todo los domingos, alguien caminando por la ciudad o sentado al borde del río Amescagua, alguien con el cual, llegado el caso, se podía hablar. Tal vez todo se reduciría a tener un buen oído. Tal vez Dios no era un padre violento sino uno más bien comprensivo. Tal vez todos estaban equivocados y Dios tenía sentido del humor y no odiaba la inteligencia. ¿Por qué no podría el Creador del Universo, del Bien e, incluso, del Mal, tener sentido del humor? ¿Por qué dios odiaría el sexo, la razón y la lógica y favorecería a los abstemios, a los tontos y a la oración como anestesia?

A los nueve años enfermó de sarampión y, como dicen, desarrolló el oído absoluto de los tuberculosos hasta el límite de lo intolerable. Primero empezó a escuchar leves zumbidos por la noche, y como no podía dormir se levantaba y buscaba de dónde podía porvenir hasta descubrir el nuevo repelente eléctrico para mosquitos. La tía dijo *Desde la segunda planta es imposible escuchar el repelente*, pero Gabriel lo escuchaba perfectamente, le retumbaba la cabeza y no lo dejaba dormir. *Es la fiebre*, decía la tía. *Es el estrés*, decía Daniela.

Luego pudo escuchar a la señora Lucrecia cuando iba a la casa a dejar las revistas, mucho antes de llamar a la puerta. Doña Lucrecia rezaba antes de golpear y Gabriel la escuchaba, no con claridad pero lo suficiente para reconocer su voz, alguna palabra mezclándose con muchas otras voces. Al principio eran murmullos sin forma. Luego, cuando se fue acostumbrando a ese caos de cacofonías, pudo comprender mejor: doña Lucrecia pedía fuerza y protección a los ángeles para cumplir con su misión en aquella casa y para espantar los demonios de regreso a su casa en el campo. El regreso le llevaba cada vez más horas porque debía engañarlos dando vueltas a la plaza Constitución y tomando atajos entre el bosque o por las vías del tren hacia el Valle Hondo.

Una noche se perdió. Caminó por horas como si fueran días hasta caer exhausta en un barranco sin río. Amaneció protegida del frío de la escarcha por su perra. La vieja pequeña bestia ya sin vista y coja de una pata de alguna forma la había escuchado gemir y la había ido a buscar con su lento y desesperado tranco. Terminó durmiendo encima de su dueña para darle calor o porque tampoco se pudo mover luego de tanto esfuerzo.

Pero otro día la noble bestia no pudo rescatarla de un arroyo crecido por las lluvias cuando doña Lucrecia huyendo de sus demonios quiso ahogarlos en el arroyo con la mala suerte de hundirse con ellos. José Gabriel lo supo porque una noche escuchó sus ruegos antes de soltarse de una rama y mientras la perra coja ladraba ya casi sin voz. Fue arrastrada definitivamente por la corriente y nunca encontraron su cuerpo, lo cual fue entendido como una señal, decían en el pueblo: Dios o el Diablo se la habían llevado para siempre.

Esa mañana José Gabriel de despertó ahogado en sudor. Esperó hasta la tarde. Alguien iba a llegar con la mala noticia. Finalmente, a las cuatro cuarenta, tocaron la puerta de servicio y alguien le dijo a Daniela algo sobre la señora Lucrecia. Aparentemente había desaparecido y su sobrino y sus vecinos andaban buscándola por tierra, mar y cielo. Casi un mes más tarde, por insistencia de su sobrino, doña Lucrecia fue dada por muerta y no por desaparecida. Le pusieron su nombre a un nicho vacío en el cementerio y su sobrino pudo finalmente disponer de las tierras de Valle Hondo.

Por un mes, José Gabriel se sintió culpable. Así como él podía escucharla desde tan lejos, tal vez ella podía verlo soñándola, como si la persiguiera, como si él mismo fuese un demonio harto de sus ruegos, amenazas eternas y maldiciones divinas.

También se sintió culpable por escuchar, sobre todo por las noches, cientos, miles de personas llorando y rogando por sus vidas. Escuchó a esta multitud por muchas noches, justo antes de dormirse, cuando el silencio se hacía profundo y entonces se podía escuchar lo más importante, lo más terrible a varios kilómetros a la redonda: dos hombres eran atropellados por un camión, una mujer gemía con la boca tapada, cientos de hombres, mujeres y niños bajando por una colina y cayendo de rodillas por los disparos.

Por aquellos días Cebollita, el chofer, dijo *Los indios habían vuelto a atacar*, al parecer hubo muchos muertos la noche anterior, aunque los diarios no mencionaban cuántos y ni siquiera quedaba claro si había muerto mucha gente o sólo unos pocos producto de los enfrentamientos. Según el mecánico no se debía llamarlos así, porque no había indios en este país, y si hubo muertos era algo natural, porque la gente decente tiene derecho a defenderse y, si a veces se les va la mano, al menos sirve como ejemplo para prevenir situaciones peores.

José Gabriel nunca supo por qué durante todo aquel período de casi un año sólo podía escuchar cosas malas o cosas tristes sin importar cuán lejos estuvieran. ¿Por qué no una simple risa? *La gente se ríe por cualquier cosa*, le había explicado el tío Carlos, *y sólo llora unas pocas veces en la vida, cuando algo importante ha ocurrido, algo bueno o algo malo. El llanto se reserva para lo más importante y la risa para todo lo demás más acá de la indiferencia.*

José Gabriel sólo recordaba la risa ahogada de Daniela cuando leía sus novelas de amor en el garaje de la casa y él todavía estaba en la escuela haciendo una prueba de matemáticas, y también podía escuchar su llanto ahogado, cuando era tarde noche y ella estaba recluida en su pequeña habitación del sótano y él dormía en el segundo piso.

La abuela Juanita murió por causas desconocidas. Como siempre ocurre en estos casos, el médico anotó en su partida de defunción *Paro cardiorrespiratorio*. Eso nunca fallaba. Si se murió, seguro su corazón y sus pulmones habían dejado de funcionar. Pero la verdad debió ser menos tonta.

La abuela iba camino de regreso a la granja cuando, al llegar, el chofer del tío Arturo descubrió a la doña, como la llamaba él, mirando muy lejos. No iba durmiendo; se había dormido para siempre, reclinada sobre un costado y sonriendo como si el asiento del viejo Ford A fuese el pecho del abuelo Ramón. Esto tiene sentido porque ella siempre decía *Solo me iré cuando él venga a buscarme.* Se refería al abuelo. Había dejado de interesarse por el paraíso de doña Morales y ya no temía al infierno de Lucrecia. Si el mejor hombre en cien quilómetros a la redonda había sido condenado a las brasas eternas del inframundo por dudar de Dios o, mejor dicho, de las historias enmarañadas sobre Él, y si ella iba a subir solita al cielo por haber sido una creyente obediente, como tanto hijo de puta en su mediocre paso por esta tierra, pues ella prefería quedarse con el abuelo donde estuviese, porque tampoco sabía qué pensar de un dios incapaz de comprender un amor tan humilde e insignificante para el resto. Un dios incapaz de comprender el verdadero amor y la bondad desinteresada no podía ser su dios, un dios infinitamente bueno e infinitamente poderoso, por más excusas de teólogos enclaustrados, de curas de voces suaves y sotanas oscuras, por más gritos y saltos de pastores de camisas blancas. Desde chiquita le habían enseñado a comprender la voluntad del Creador o, por lo menos, a obedecerlo sin preguntar cuando no entendía las cosas de este mundo, pero en sus últimos días la abuela había comenzado a preguntarse por qué Dios no podía comprender las necesidades de seres tan imperfectos e insignificantes como todos nosotros. ¿Era Dios un ser sádico? ¿Nos había creado imperfectos para luego aplastarnos como a hormigas? ¿O de verdad Dios era

Amor, como decían los cristianos? *¿Y qué pasará con mis hijos cuando todo esto se acabe?* la escuchó Gabriel rezando una noche en la cocina. *¿Volveré a ver, Señor, al pobre Carlitos, libre al fin entre mis brazos? ¿O todavía tiene mucho más para sufrir por haber comido carne en viernes santo y no haber sido un devoto de los Santos Sacramentos?*

Una tarde de domingo, a esa hora de ese día cuando uno quisiera no estar vivo o estar ya en la invulnerable intimidad de la noche, la abuela le confesó algo a Gabriel (toda confesión es una despedida, pensó Gabriel): su abuela, la abuela de la abuela, no por casualidad también se llamaba Juana y de vieja la llamaban Juanita como la habían llamado antes de niña, había salido un día a visitar a sus hijos y a llevarle flores a su esposo y al volver del cementerio se había quedado dormida en el carro. Sin duda, dijo, ella terminaría sus días igual, porque los Saavedra y los Montero (estos apellidos habían desaparecido de la familia pero no la sangre corriendo en secreto por todas las venas de sus nietos) por algo bueno habían mezclado sus sangres tiempo atrás pero eran todos débiles del corazón, y uno no vive sólo la vida propia sino, de alguna forma secreta, muchas otras vidas. En nuestros corazones laten años, siglos de pasiones y cada tanto salen en forma de historias, decía, porque no hay otra forma de ver el amor y el odio, la esperanza y las frustraciones.

Entonces la abuela Juanita arrancaba un jazmín y se lo hacía oler.

—¿Qué sientes?, preguntaba, la abuela.

—Olor a jazmín —contestaba Gabriel.

—¿Nada más? ¿Solo olor a jazmín?

—Nada más —decía Gabriel, como forma de provocar una explicación a tanto misterio.

Entonces la abuela confirmaba, con su voz y sus modos lentos:

—Claro, olor a jazmín, ese mismo olor sintieron tus padres alguna vez, y sentí yo cuando tenía nueve años y creía sentir solo olor a jazmín... Lleva toda una vida, o muchas otras vidas, sentir otras cosas...

—¿Otras cosas? ¿Cómo cuáles?

—Como el tiempo, por ejemplo. Cuando uno ha vivido mucho, el olor a jazmín ya no es parte de un jazmín sino parte del tiempo.

—¿Tú puedes oler el tiempo?

—Tal vez sí... —decía la abuela, sonriendo, y miraba sin ver.

Ramiro bajó a la abuela y la dejó descansando en su cama. Ese mismo día, la tía descubrió en su mesita de luz una carta doblada en cuatro. Su madre había dejado explicando cómo y dónde quería ser enterrada en el viejo cementerio de la curva del Rincón del Valle, lejos del Rincón del Indio y lo más cerca posible del abuelo.

Había solo un problema. A ambos lados del abuelo había dos tumbas de jóvenes descansando cien años atrás y casi tantos años el pueblo había decidido olvidar aquella historia. Sólo las piedras seguían gritando en silencio: los dos jóvenes murieron casi el mismo día, el 25 y el 26 de abril de 1884. Juana Concepción Zabala y José Ramón Gutiérrez, uno de veintidós años y la otra de diecinueve. La abuela sabía algo de los Zabala y de los Gutiérrez; nunca se habían llevado bien, más o menos como los Saavedra y los Montero. Lo sabía desde niña, pero luego sospechó la verdad, escrita en tantas otras historias más famosas: dos muchachos tan jóvenes no podían tener odios suficientemente fundados, porque no habían vivido tanto como para odiar a muerte ni lo suficiente como para no amar de la misma forma. Como ellos dos, Juana y Ramón tampoco fueron del gusto de sus padres, porque las familias con algo de orgullo si no se odian al menos se tienen celos (por aquel tiempo, como ahora, orgullo le sobraba a cualquiera menos a los pobres y a las prostitutas). Con el tiempo, tanto Juana como Ramón fueron aceptados o tolerados por sus nuevas familias. La muerte de los más viejos echó al olvido aquellas pequeñas miserias y los más jóvenes pudieron admirar a sus mayores como se debe.

Pero la Juana y el Ramón hicieron posible todo lo demás y habían sobrevivido para convivir por casi medio siglo, tiempo suficiente como para domesticar el romanticismo salvaje de los primeros años, para convertirlo en otros amores y en otras formas de querer, todos menos perfectos, como sobrevivientes de una guerra, con hijos y decepciones, con celos verdaderos y otros infundados, con algunas infidelidades menores (él se había dejado besar alguna vez, ella había hecho lo mismo antes de arrepentirse, porque nunca quiso a nadie más pero tampoco quería dejar de ser la joven conmovedora) y con varios amores renovados entre los dos hasta el último, el amor de una mujer por su compañero mirándola en el preciso momento de la despedida, o aquel otro amor con flores para un montoncito de huesos apenas imaginados.

Según la nota mal escrita por una mano temblorosa y sin la guía de unos ojos casi ciegos, la abuela quería llevar al abuelo Ramón para un lugar donde se pudiesen acomodar a los dos. Si esto no fuese posible, decía la nota, ella podía esperar hasta la reducción. De esa forma sus huesos compartirían la misma urna y las mismas flores.

La tía recordó sus palabras, la última vez cuando su madre la visitó en la ciudad. Ya se estaba por ir de este mundo, decía la abuela. La tía había querido restarle importancia y dijo *Por favor, mamá, nadie sabe cuándo ni cómo nos hemos de ir*, había dicho. Pero la abuela estaba segura. Era por los sueños. Mejor dicho, uno llama sueños a cualquier cosa, pero no eran exactamente sueños, había dicho y luego no quiso explicar más. La tía tampoco quiso insistir sobre algo tan obvio.

Aclarado ese punto sin decir más nada, la abuela le pidió por su hermano Carlos, por lo menos mientras estuviese preso. Roberto estaba en un lugar mejor y de él se iba a encargar ella. *Cuida a Josesito*, dijo, *no lo castiguen con la vara de mimbre porque el pobre ya ha tenido demasiado. No tiene idea ni control de sus actos, y, además, es tu sangre y un poco o mucho de tu hermana.*

La tía había querido restarle importancia a las últimas palabras de su madre. Se había sonreído para dentro. *Ay, mamita*, había dicho, *últimamente estás muy sensible.* Si había soñado con el abuelo Ramón las últimas noches no era porque él estuviese tratando de decirle algo sino porque ella estaba, precisamente, muy susceptible. La causa explicaba el efecto, le había dicho el jueves, su último jueves. Seguramente debía hacerse una revisión, un electrocardiograma, porque cuando una persona mayor se pone a llorar por cualquier motivo es porque su corazón está funcionando mal. Lo mismo le había pasado al abuelo Ramón. Una vez se puso a llorar hasta por un vecino malagradecido. *¿Te acuerdas, mami?* Don Duarte. El abuelo casi no lo veía porque don Duarte no se dejaba ver por nadie, y papi se puso a llorar como un niño porque el don había perdido la cosecha en el último temporal. *Papi ya tenía problemas de corazón y ni el médico ni los especialistas del hospital pudieron diagnosticarlo a tiempo.*

—Problemas de corazón siempre tuvo —había dicho la abuela Juana, como si se mirase para adentro, como si sondeara enormes profundidades sólo reservadas a ella, recuerdos, historias apagadas para siempre como se apagan las estrellas en la inmensa noche —, así es, problemas de corazón siempre tuvo, de todo tipo, mi pobre Ramoncito.

Todas las tardes, cuando el sol se apagaba en la ventana de su dormitorio, la tía lloraba. Entonces entraba Claribel y la abrazaba. José Gabriel miraba desde la puerta mientras la tía contaba historias de su madre, archivadas en su memoria por muchos años. Ahora resurgían de golpe. Ahora (como siempre, demasiado tarde) se daba cuenta: hubiese querido saber algunas cosas; ella, su madre, la abuela, pudo explicarle tantas cosas, pudo responder a algunas preguntas tan simples como... *¿Como qué?* preguntó Claribel. *Nada, hijita*, contestó la tía. *A una se les ocurren preguntas cuando quien pudo responderlas alguna vez ya no está*, dijo, pensativa como solía decir las cosas la abuela.

Desde el dressoir cerca del espejo, el abuelo Ramón miraba elegante, con su traje perfecto y su sonrisa joven debajo de un bigote espeso (la abuela adoraba aquella foto), algo infrecuente en las fotografías de la época, cincuenta años atrás, detalle revelador por demás, pensó la tía. El abuelo, su padre, era un hombre excepcionalmente alegre, ahora reducido a un montoncito de huesos debajo de un nombre y dos fechas las cuales, quién sabe por qué condición humana, leían los nuevos vecinos al pasar hacia sus muertos más conocidos. Ahora esa poquita cosa tenía compañía, la abuela, quien ya comenzaba a desvanecerse también, para ir muriéndose completamente en el olvido de sus hijos y en el olvido o en la natural indiferencia de aquellos otros ojos, jóvenes y brillantes, atentos y atónitos frente a una realidad incomprensible, primero, y sin importancia después.

Luego entró Daniela con un té de manzanilla, como si quisiera ayudar. La tía se calmó. La falta de intimidad la había desconectado de sus pensamientos más profundos. Pero en el fondo, por alguna razón, no dejaba de pensar en el Ramón y en la Juana de 1884. Casi de buen humor, como en uno de esos momentos cuando el dolor de la muerte ajena se convierte en la alegría de haber vivido, dejó la taza sobre su mesa de luz y recordó a la abuela recordando a su madre Juanita: el amor y el odio, decían, están hechos del mismo material pero sirven para cosas diferentes, como la misma madera de un solo árbol puede servir para la mesa de la cocina donde se comparte lo mejor de la vida y para un ataúd; para el mango de la escopeta del asesino de su hermano Camilo y para el mango del hacha del pobre Camilo, con la cual se ganaba la vida. *Tanto el amor como el odio mantienen atados a dos personas*, decía la madre de la abuela; *uno nos liga a lo querido y el otro a lo despreciado; uno nos da vida, el otro nos envenena.*

—Pero a ella no le gustaban los indios —había dicho Gabriel.

—Los indios son malos —replicó Claribel.

—Algunos… —dijo la tía.

—No hay indios soldados en la cárcel del tío Carlos —dijo Gabriel.

—Los soldados son buenos —contestó Claribel— Ellos nos cuidan.

—Los soldados le pegaron al tío —dijo Gabriel.

—Los soldados no le pegaron al tío, fueron los indios.

—¿Cómo lo sabes?

—Porque los indios mataban gente.

—¿Y por qué hay gente en los campos buenos y no hay indios?

—Esas cosas dice el tío y tú repites como un loro —dijo Claribel, furiosa— Los dos son traidores. Nunca son cowboys ni policías; siempre juegan de indios o de ladrones, por eso, porque son eso…

Entonces la tía cortó por lo sano y, cambiando la tristeza por la rabia, dijo:

—Se callan los dos. Ni el tío es un traidor ni esos son temas de niños.

José Gabriel volvió a soñar con los muertos del río.

Esta vez el sueño comenzaba bastante antes de lo habitual. El tío Arturo abría la casita del campo y cuando entraban los asaltaba el mismo olor de siempre, olor a abandono y olvido. Adentro no había luz eléctrica pero la tarde se filtraba por las ventanas cuando los ojos se acostumbraban a tanta oscuridad.

El tío abría las ventanas para ventilar y con la luz se escapaba la soledad como si fuese un fantasma tímido. En aquella casita había pasado los días más felices de su vida. Allí vivió su abuelo desde su luna de miel hasta su último aliento, y allí iba él los fines de semana y se quedaba por varios días cuando no había escuela. Allí era libre. Se ponía unos blue jeans rotos, remendados por la abuela poco antes de morir, una camisa vieja y se iba a explorar el campo. Allí el tío Arturo no era ni el arquitecto ni el ministro sino un niño grandote. Cuando niño solía llegar hasta el río y, cuando volvía todo sucio y con una caja llena de insectos y piedras como rubíes y diamantes, el abuelo lo miraba con sus profundos ojos, azules de tanto mirar el cielo a lo lejos, y no le decía nada. O porque estaba feliz con su silencio lleno de vino o porque estaba triste por la abuela María y no quería ya más problemas. Nada de aquello de su madre: *Qué horror, todo sucio, vete a bañar, no toques las paredes, no te saques la ropa sucia adentro de la casa, no esto, no aquello…*

El tío Arturo pasaba largos días con el abuelo, el Tata Tuta, el Tatita, siempre sonriéndole al verlo todo sudado y sucio. *Relájate, hija,* decía el Tata, *siempre estás tan estresada. Como tu pobre madre. Ella se hacía mala sangre por cualquier cosa. El palito nunca cae lejos del árbol, decían los viejos cuando yo tenía tu edad. ¿Y para qué todo? Así vas a envejecer antes de tiempo, hijita.* Y ella, la madre del tío Arturo, la abuela Dolina, respondía más tensa aún: *ya estoy vieja, lidiando con este crío, sin un momento de respiro.*

Los MacCormick habían sido *duros de reproducir*, decía el Tata. Todos habían tenido pocos hijos y por eso eran tan sobreprotectores con todo. Querían tenerlo todo bajo control. *No vivían; controlaban*, decía el Tata Tuta. *Eso hice yo también por mucho tiempo, y lo mismo hizo la pobre María, porque antes las esposas lo cambiaban todo por sus maridos: política, religión, ansiedades, esperanzas, todo; no casi todo, sino todo, porque si había discusiones entre nosotros no era porque pensáramos y sintiésemos diferente. De alguna manera, los dos éramos uno solo con sus propios conflictos. Ella me reprochaba por mis defectos (mi orgullo, mi preferencia del vino a la discusión) y yo me defendía como se defendía ella de mis reproches. Así es la vida. Pero para qué tantas amarguras, para qué preocuparse por todo como si uno fuese Dios. Qué error. Qué error...* se lamentaba.

El abuelo Tuta lo dejaba entrar a la casa así, todo lleno de tierra y sudor (recordaba Arturo MacCormick), porque prefería quedarse sentado al lado de la puerta del fondo, mirando los cerros y bebiendo su vino. En los últimos años ni siquiera lavaba el vaso, el último de la colección de doce, regalo de bodas de su tío Bernardo Ayala. *Si no lo lavo no se rompe*, decía, y mostraba el vaso marcado con capas geológicas de diferentes tonos violeta. Nunca se reía, pero se sonreía con facilidad. Nada lo perturbaba, nunca decía no. *El abuelo parecía blindado contra los vaivenes de ese mundo*, decía Arturo, *con frecuencia parecía estar durmiendo con los ojos abiertos, pero en realidad volvía a alguno de aquellos viajes*

antiguos, viajes largos y por tierras desconocidas, viajes por otros tiem-
pos definitivamente perdidos.

Arturo siempre recordaba una de sus frases favoritas, más o menos como: *La vida está compuesta de muchos días y de pocos momentos. En todos esos días envejecemos; vivimos y revivimos solo en esos momentos*, había dicho alguna vez, con aquella voz de susurro sin esperar comprensión, apenas tratando de comprender. Pocas veces recordaba algún pequeño éxito, cuando había logrado vender *el grano*, como le decía al maíz y al maní, a precios altísimos durante la guerra en Europa. No recordaba todas las noches atascadas de preocupaciones, cuando se iba a dormir pensando en el color de las hojas de las plantas de maní, aquí o más allá, sospechando una plaga, planeando un abono mágico o al menos salvador reventando de verde las plantaciones de ese año, mientras María le preguntaba qué le pasaba, por qué se daba tantas vueltas en la cama, si estaba preocupado por algo, si ella ignoraba y debía saber algo y él insistía, *No mujer, quédate tranquila, todo está bien.* Y ella otra vez preguntaba por el banco, si había podido pagar la cuota y los intereses. *Sí, mujer, ya te dije, no insistas más, no te preocupes por cualquier cosa, son fantasías*, decía él, pero ella volvía sobre lo mismo: *¿Entonces por qué estás tan nervioso?* y él perdía la paciencia, *Cosas de hombres, de hombres con treinta y cinco años*, decía. No recordaba cuántas veces se había puesto furioso cuando Albertito se ponía a llorar a la hora del almuerzo porque no quería sopa. Recordaba una o dos veces, y lo mismo, seguramente, debía ocurrir con los recuerdos de su infancia, su padre sacándose el cinto para castigarlo, la rabia, la frustración, la inutilidad del agobio y la irrelevancia de las preocupaciones. No recordaba todas las horas de paciencia cuidadosamente trabajadas por aquel pobre hombre, agotado, preocupado por las disputas con su padre y sus hermanos, disputas de antaño, completamente olvidadas en sus formas y en sus propósitos. Sólo recordaba una vez cuando el viejo le había dado un cintazo en las nalgas y él le había gritado *Mal padre* y cosas peores, y sólo pudo comprenderlo completamente después de viejo, cuando el viejo ya estaba muerto y enterrado y reducido, cuando él mismo se vio dándole dos cintazos a Albertito. Como siempre, los cantazos le habían dolido más a él. Recordaba, una y otra vez, la tarde del primer beso de María en el caminito a la casa de sus padres. Por entonces nadie sospechaba semejante desenlace pero ellos se pensaban todo el día. Cuando se casaron en una iglesia casi en ruinas pero rejuvenecida para ese día, llena de flores y de niños asustados como ellos, los novios, y con una alfombra azul nuevita para disimular las imperfecciones del suelo. Recordaba al cura porque se emborrachó en el galpón de los suegros, acomodado con decoro para la fiesta. Recordaba cuando habían comprado el campo y entraron a la casita por primera vez y ella, la pobrecita de María, hinchada de ilusiones, bebió una copa entera de vino y se mareó de risa porque no estaba acostumbrada.

Recordaba cuando nació Arturito y él estaba feliz y asustado porque María estaba fría, muy fría y todavía no alcanzaba a recuperarse de un parto largo y complicado. Recordaba cuando lo visitó, casi por sorpresa, el vicepresidente Dr. Alonso Alcuña Romano con motivo de una producción excepcional de trigo aprovechada por el gobierno para promoverla como ejemplo, comentada hasta el hastío en las radios y en los modestos periódicos de la época. Un recorte de *El Progreso*, el diario del pueblo antes de ser cerrado por los militares, había colgado amarillo por mucho tiempo en una pared. Ella lo había puesto en un marco dorado antiguo desastroso de mal gusto muy bonito un poco viejo pasado de moda precioso para lucirlo ante las visitas de los domingos. Arturito creció viendo cómo se veneraba aquel pedacito de diario en un cuadro, y desde siempre, desde el origen del tiempo, lo supo mil veces más valioso en comparación a todas las páginas de los periódicos de la capital dedicadas a él mismo treinta años más tarde. Recordaba, aunque había aprendido a esquivar esos otros momentos, cuando la pobre María perdió su segundo embarazo. Recordaba cuando... en fin, recordaba todos los otros momentos llamados esperados provocados queridos por nadie. *Y como llegan sin permiso*, decía el Tata Tuta, *uno debe aplastarlos de igual manera, sin preguntar, como las hormigas y como todas esas plagas sin remedio, indeseables compañeras de la desesperación de los campesinos desde el primer día cuando a alguien se le ocurrió hacer planes sobre la tierra.*

El tío Arturo recordaba con tanta felicidad aquella casa triste, ahora sombra húmeda llena de otras sombras luminosas, si se puede decir algo así; rincones todavía llenos de algo de los olores originales, habitaciones pobladas de voces, vivas sólo para sus oídos.

Una casa llena de sombras luminosas, sólo eso, se decía Arturo, tratando de volver a la realidad protegida por la indiferencia.

Todo eso era parte de una realidad ahora sumergida en el tiempo. Todo se iba confundiendo con los sueños y con las ficciones de la memoria construida por ajenos y propios inexistentes.

En el sueño de José Gabriel, el tío Arturo abría una de las ventanas de la cocina con vista a los cerros y se quedaba mirando, inmóvil. Luego buscaba algo, nervioso o apurado, y le decía a Gabriel *Quédate aquí adentro, no se te ocurra salir de la casa. Debo buscar algo urgente, nada importante, pero puedo tardar un rato en volver.*

Para José Gabriel, un segundo significó, desde entonces y para siempre, un verano entero hasta el atardecer. Se había quedado esperando y esperando detrás de la puerta del fondo mientras afuera las sombras se alargaban y alargaban. Sintió las sombras dentro de la casa, derramándose por todos los rincones. Tal vez (pensó mucho tiempo después) eso era lo más parecido al miedo. Nunca había

sentido algo parecido en toda su primera vida. Pero ni siquiera era miedo; era como una tristeza, o soledad, dicen,
una soledad infinita anunciando la muerte, el olvido, la fu-
tilidad de todas las cosas importantes, el sin valor de todos
los grandes éxitos y todas las grades derrotas. Era una
muerte lejos de sus padres. Lejos del patio de aquella casa,
lejos de la cocina de tus primeros pasos. Lejos de sí
mismo.

En un momento decidió ir detrás del tío. Para encontrarlo le bastaba seguir el estrecho caminito construido
por la humilde rutina de las vacas en su ir desde el monte
de árboles contra el rio donde pasaban las noches hasta las
praderas verdes durante el día. La gente del campo y hasta
los intrusos también usaban ese caminito por obediencia
a la naturaleza.

Al final del camino debió entrar al monte por entre los
arbustos del río. Así estuvo un largo tiempo abriéndose
paso entre las ramas inhóspitas, con sus abrazos llenos de
espinas y sus enredaderas apenas visibles a esas horas. Al
final del final, dio a un área despejada donde había un camión muy grande, oscuro, tal vez verde como los árboles
pero a esa hora sin colores y hecho de puras formas pesadas.

De qué sirven los colores si no hay luz
de qué sirven las formas si no hay manos
de qué sirve el mundo si no estamos aquí.

¿Cómo había llegado hasta allí un camión tan grande? Se preguntó muchas veces, pero esas cosas imposibles siempre ocurren en los sueños. Unos hombres bajaban del camión a otros hombres y algunas mujeres, dormidos, muertos, desnudos casi todos, y con los pies metidos en cubo de cemento. A un costado el tío Arturo discutía con los hombres ocupados en arrojar a los hombres con pies de cemento al rio. No recordaba las palabras pero sí recordaba la discusión a gritos. José Gabriel también quería gritar, no de miedo sino de rabia, como cuando uno discute con alguien, lleno de ira, mientras sueña y la razón no es una razón sino una cena demasiado pesada o algo así de desagradable.

En un momento el tío tomó a José Gabriel de un brazo y le gritó: *¿Por qué maldita sea no me esperaste?* y se volvieron a la casa del Tata Tuta. El tío casi nunca gritaba.

Más o menos ahí termina el sueño de Gabriel, el mismo sueño de tantas otras veces, pero esta vez con algunas variaciones, como si fuesen aclaraciones a un misterio sin resolver.

—No tiene sentido —había dicho Daniela— así son los sueños de absurdos, olvídalo ya.

Luego de pensar un momento, le preguntó:

—¿Se lo contaste al tío Arturo?

—Sí, una sola vez —dijo Gabriel—. No con detalles, como te lo estoy contando ahora.

—¿Y? ¿Qué te dijo el tío? — preguntó Daniela.

—Nada —contestó Gabriel— el tío nunca dice nada cuando algo es importante. Eso hace la gente importante, ¿no?

—¿Qué hace?

—Se calla.

A la mañana siguiente, el tío Arturo, Carlitos y Gabriel fueron a la librería Prometeo. La librería estaba a cinco cuadras de la casa, en una esquina antigua, casi extrapolada de una esquina de Londres del siglo XIX. A Gabriel lo impresionaba el olor a libros de aquella librería con estantes de madera oscura. Según decían todos, había durado casi un siglo en aquella esquina pero no iba a poder resistir por mucho tiempo más debido al desinterés de la gente y por la mala administración de uno de los nietos del fundador.

Se dirigieron a la sección infantil. El tío Arturo estaba preocupado por las notas de Carlitos en los últimos exámenes de matemática y pensaba comprar algunos libros para ayudarlo a practicar las tablas y las divisiones.

Adentro dos hombres discutían por un libro titulado *Bendita mierda*. Uno de ellos no veía razones por la cual no podía estar en la vidriera o en algún estate. El otro, don Antonio, el dueño de la librería, trataba de tranquilizarlo.

—Si alguien entra preguntando por el libro —decía—
voy por él al depósito, donde también tengo ejemplares de
Cervantes y de un premio Nobel Guatemalteco.

A José Gabriel le llamó la atención el título y, entre los
empujones y los insultos, logró leer el subtítulo: *Porque todos somos, de alguna forma, una bendita mierda*.

—Al fin y al cabo, podría haberle dado un nombre
más adecuado.

—¿Adecuado? ¿Cómo *Bendita Inquisición del Santo Oficio*?

—No, no digo eso. Usted bien sabe, siempre he apoyado escritores contra la corriente, pero todo debe ser hecho con cierta prudencia, evitando cualquier tipo de
insulto.

—¿Pero de qué insulto habla usted? Llamar bendita a
la mierda no tiene nada de insulto, ni para la mierda ni para
la creación. ¿O acaso la mierda no sirve como abono? La
mierda, aunque mierda, da vida. Otros, usted bien sabe,
con bonitos uniformes o corbatas finas y elegantes sólo
reproducen muerte y más muerte y de eso viven, como los
parásitos intestinales. Y fíjese usted, estoy siendo prudente
al no nombrar a nadie. ¿Usted leyó el libro?

—No todavía. Pero el título no ayuda. La foto menos.

—Es la foto de la Plaza de Héroes de la Nación.

—La tapa es una interpretación de un artista. Me pareció muy bonita, a pesar de ser yo mismo una de esas

mierdas orgullosamente retratadas allí... Nadie podrá quejarse de mi escasa autocrítica.

—...con la Casa de Gobierno de un lado y la Catedral del otro.

—Bueno, uno vive en una ciudad, en una sociedad y es parte de ella...

—Mire, le repito, no he leído el libro, pero si quiere decir algo para presionarme a ponerlo en estantería, use otra metáfora, otra técnica y espere una reseña favorable de algún diario.

—¿Y usted también se arrodilla ante esa gentuza? Me decepciona. Tenía otra imagen de usted cuando era niño. Para recibir una reseña debería *escribir algo fácil para una lectura rápida.* Agradable, vamos, en una palabra, algo para leer en la playa y para adorno de las extensas bibliotecas de las elegantes casonas... —se dio vuelta y leyó algunos títulos en exposición en una estantería—... sobre *Los amantes de Cleopatra... Yo, tu amante después del amanecer... La fundación de una nación... Salvar a la patria.* Me conmueve, debo confesarlo.

—La gente quiere leer esas cosas.

—No, no es verdad, no toda la verdad. Todavía hay otras cosas y usted se niega a ponerla a la vista del público.

—Yo también necesito ganarme la vida... —dijo el librero, casi con pudor, pero el escritor no podía escucharlo.

—Claro —explotó el escritor ofendido—, con semejante autocensura, ¿quién necesitaría volver al antipático oficio de la censura directa, más honesta, como en tiempos del *Index expurgatorius*? ¿Quién necesitaría al Santo Oficio con toda esa mierda de "escribir fácil", con todas esas heces, zetas y cacas de "una lectura fácil" y todas las malditas facilidades de este mundo de mierda? ¿Para qué todo ese trabajo de transcriba? Pues, porque los críticos criollos (escritores complicados si los hay por deformaciones de oficio, por años de leer malas traducciones del inglés y del francés y del alemán, siempre apurados para leer unos veinte libros por sentada) necesitan algo para aplaudir y bendecir. La gente no sabe por qué escribir bobadas es importante y los críticos se lo explican de la forma más entreverada posible, es decir, con la mejor forma de justificar lo injustificable. ¿Acaso hoy en día no son los críticos lo menos crítico y lo más complaciente esperable en dos mil kilómetros a la redonda? ¿De eso se trata? Pues no, mis libros pueden estar a la venta, porque no puedo pedirle más a mi pobre editor, pero yo no, señor. Yo no estoy a la venta como ese ejército de imbéciles detrás de la mierda como si fuesen moscas...

Una señora tomó a un niño de un brazo y dijo, en voz alta:

—Vámonos, Luisito. Hasta este extremo hemos llegado. En este país hasta las librerías se han convertido en templos de la indecencia...

—Claro, señora Tetasgrandes, porque no es indecencia secuestrar, torturar, tirar los cadáveres al rio y mentir. So, claro, si en verdad somos seres maravillosos en una tierra bendecida por Dios mientras usted lee esas obras para elevan el espíritu, ¿no? Obras como *La buena ama de casa* y *Mamá ya me bajó la regla, ahora soy mujer.* Porque negarse siquiera a sospechar de cómo de verdad somos, una bendita reverenda alucinantemente escabrosa mierda y no abnegados héroes alados, no es indecencia, ¿eh?

La mujer se persignó y murmuró para no escuchar *Ave María Purísima, Dios te salve María, llena eres de gracia, el Señor es contigo, Bendita Tú eres entre todas las mujeres, y bendito es el fruto de tu vientre Jesús, Santa María, Madre de Dios, ruega por nosotros, pecadores, ahora y en la hora de nuestra muerte, Amén, llena eres de gracia, el Señor es contigo, Bendita Tú eres entre todas las mujeres, y bendito es el fruto de tu vientre Jesús, Santa María, Madre de Dios, ruega por nosotros, pecadores, ahora y en la hora de nuestra muerte...*

—Ya dejen de torturar al pobre Nazareno también —dijo el escritor—. Mil quinientos años persiguiendo y asesinando en masa en su nombre ya es suficiente mierda encima de una sola persona, un predicador incondicional del amor al prójimo. ¿No le parece demasiado tiempo y demasiada mierda? No ponga esa cara. Mire, estoy siendo demasiado delicado. La verdad ameritaría otras palabras para semejante colección de crímenes.

—Llena de gracia eres, el Señor contigo es, Bendita Tú entre todas las mujeres eres y bendito es Jesús el fruto de tu vientre María Santa ruega Madre de Dios por nosotros, ahora pecadores y en la muerte hora de nuestra Amén gracia llena eres del Señor es contigo Bendita eres entre todas Tú las mujeres y es el fruto Jesús bendito de tu vientre María Dios de Madre Santa por nosotros ruega pecadores y en la hora de nuestra muerte ahora…

Un tercer hombre de bigotes bien recortados y de acento español se sumó a la disputa gritando *¡Anarquista! Al Diablo con los anarquistas.* El otro, el autor del libro en disputa, dijo *Hasta este momento me había considerado existencialista, pero muchas gracias por la revelación, no lo había pensado antes, y si, pues, entonces también soy anarquista si le parece bien.*

Momento en el cual entró un policía vestido de militar y le dijo, con amabilidad,

Acompáñeme.

—Déjenlo, por favor —dijo don Antonio—. En realidad, el muchacho no está haciendo nada ilegal. Sólo estábamos discutiendo algunos libros y alguna idea con alguna pasión natural, dada las circunstancias… Y usted ya sabe cómo son los muchachos. ¿Usted nunca tuvo veinte años?

—Yo no —dijo el policía militar.

—Qué pena, hijo —dijo don Antonio—. Pero ya deje a ese pobre muchacho.

Nadie le hizo caso y el librero se desplomó sobre un banquito y quedó mirando el suelo, como si de repente se hubiese quedado sin una gota de aire.

Se hizo un gran silencio. El tío Arturo eligió un libro de matemáticas para cuarto año y pagó sin hacer comentarios.

Apenas salieron de la librería y se fueron por unos helados, Carlitos dijo *Cuando sea grande quiero ser policía militar, para ayudar a la gente.*

El tío no dijo nada, como siempre, pero, por alguna razón imposible de explicar, Gabriel lo supo. Ese día no iba a terminar bien.

Por la tarde ocurrió un incidente similar. Máximo, el sobrino del chofer del tío, se apareció en el garaje para ayudar con el motor de arranque. *Era como cuando uno aprende una nueva palabra*, pensó, *y enseguida comienza a escucharla por todas partes.*

Habían cambiado la batería y todo seguía más o menos igual: cuando intentaba ponerlo en marcha tempranito por la mañana, sobre todo cuando hacía frio, el motor amenazaba con no arrancar. Máximo se tenía mucha confianza para eso y para casi todo. Antes de abrir el capot decía *Lo voy a arreglar antes de las seis o antes de la última cerveza.* Hablaba así y su tío se enojaba, no lo suficiente como para prevenir una nueva salida de Máximo.

José Gabriel le tenía cierta admiración. Siempre había querido tenerse tanta confianza, como si el mundo le quedase chico o le pareciera innecesario.

Esa tarde Daniela se asomó al garaje para preguntar si el coche iba a estar listo antes de las siete de la tarde porque el señor Arturo lo iba a necesitar por la noche.

—Sí —dijo Ramiro, dudando—, es muy probable.

—Probable no —dijo Máximo—. Cuente usted, señorita, con este coche para las seis.

—No es para mí —dijo Daniela—. El arquitecto lo necesita para una reunión en el ministerio.

—¿Una reunión en el ministerio a las siete de la noche? —dijo Máximo y le guiñó un ojo a su tío—. Dígale al arquitecto *Quien se encuentra aquí presente lo tendrá compuesto y repuesto para cuando sea necesario...*

Daniela se rio de semejante lenguaje anacrónico y se fue. Máximo suspiró y dijo:

—¿De dónde salió semejante princesa?

—Es la criada —dijo Ramiro.

—Ya veo, está bien criada —dijo Máximo—. No solo ese pelo de fuego, sino todo lo demás. Esos ojos celestes y esa naricita prometen mucho allá, más abajo. Si Dios me diese el regalo de la próxima vez mandarnos uno de esos apagones imprevistos, marca registrada del nuevo gobierno y tema seguro de la reunión de esta noche en el Ministerio, justo en un momento como ese acontecido en este mismo lugar dos minutos antes, yo juro por el Señor y todos los santos besar todos los rincones invisibles para el común de los mortales y la sociedad restante hasta la última manifestación celestial de satisfacción e incluso más allá de ser necesario y requerido…

Casi un minuto después, después de las quejas de su tío y de las risas de Máximo, Gabriel, sin saber por qué, le clavó un destornillador en un hombro. Maximiliano gritó de dolor y casi ahorca a Gabriel cuando el chofer acudió en su rescate diciendo *Me vas a hacer perder el trabajo, insensato.*

—Además, tú tienes toda la culpa por dejar salir de tu boca tantas tonterías sin freno.

—¿Yo digo tonterías? —preguntó Máximo—. Qué horda de hipócritas. Seguro todos se la quieren tumbar a la pelirroja, hasta la señora, pero son demasiado corderos y nadie se anima a reconocerlo, y cuando uno lo hace es un criminal. Seguro el jefecito ya se la pasó por la verga, y si no se la pasó todavía se calienta todos los días apenas ve ese par de nalguitas debajo de tan abundantes ricitos rojos ardiendo por fuera y por dentro. Seguro la princesita nunca quiso encontrarse un día arrinconada en el sótano oscuro como cualquier princesita humana y no una de esas estatuas de mármol, y seguro…

—Ya basta —lo interrumpió su Ramiro.

—¿Dime si no —insistió Máximo, tocándose los testículos—, dime si nunca te pareció una belleza digna de tus más bajos instintos? Pues a mí sí, y quien diga lo contrario, ¿sabías? pues, simplemente *miente* como un descarado, y si no sólo se trata del maricón más maricón de este mundo, porque esa chica levanta hasta un muerto…

—Vete de aquí, Máximo, vete y no vuelvas.

Máximo agarró su camisa y se limpió el sudor del pecho y la cara.

—Y tú, pequeño asesino —dijo, dirigiéndose a Gabriel— ¿No me digas, también tú estás celoso? Sí, ya veo, te has mojado más de una vez pensando en ella. ¿Pero con qué vas a responder? Apenas eres un crío recién destetado… ¿y ya quieres más teta y todo lo demás? Pero ella quiere otra cosa, a no confundirse, y tú no tienes con qué responder. Espera crecer el pepino, porque con un cacahuate vas a decepcionar a la princesa.

El chofer lo tomó de un brazo y lo sacó del garaje. Estuvieron discutiendo y forcejeando un buen rato. Luego desaparecieron los dos.

Por la noche ocurrió el tercer inconveniente importante del día. Cada uno era la revelación de eventos más graves y nadie podría controlarlos. ¿De qué se trataba? Nadie lo sabría. Mucho menos Gabriel. Antes de enfermar de sarampión, tres años atrás, la abuela había dicho *La memoria de Gabriel es tan prodigiosa pero, por suerte, el pobrecito no puede entender nada completamente. Una prueba de eso*, decía, *a veces los recuerdos se le salen del circuito del tiempo. A veces veía* las cosas como si hubiesen ocurrido pocos días antes, cuando en realidad habían ocurrido el año anterior o el anterior. A veces era al revés: Gabriel le decía a la tía aquella historia de don Dionisio flotando en el río muchos años atrás, cuando en realidad todos sabían al viejo lo habían descubierto una semana antes. *Es porque recuerda todo sin hacer diferencia,* decía la abuela Juanita, *todas esas cosas sin importancia, normalmente echadas al olvido para darle a la vida tenga algún sentido. Para este pobre chico, la muerte del gato y el accidente del chofer son la misma cosa. Dos cosas son diferentes en su cabecita sólo si alguien se lo dice. Por suerte y fortuna no cuesta mucho convencerlo y aprende rápido. O finge entender. Arturo despidió a Daniela hace cinco meses, no ayer.*

En parte, la abuela tenía razón; los recuerdos eran muchos, demasiados, un problema incluso para alguien como Gabriel. Por entonces, cuando todavía era niño, no había aprendido a diferenciar algo importante de algo irrelevante (¿pero quién está realmente dotado de semejante poder sobrehumano?), no podía distinguir lo ocurrido antes o después (¿esas voces tan distantes no eran, en realidad, recuerdos vivos?), hasta un día cuando descubrió en los libros las historias y las descubrió todas excepcionalmente bien ordenadas, mucho más claras y ordenadas si las comparaba con la vida real y, por eso, son más fáciles de comprender. Pero sobre esto de los libros había muchos libros escritos y muchos más por escribir. Según había dicho alguna vez la abuela, estudiar gramática era cosa del demonio, porque cuanto más alguien estudia su propia lengua menos sabe hablar, más dificultades tiene en decir hasta lo más elemental. De puro contra, el tío Arturo había rechazado la idea, porque, dijo, si el estudio de la gramática entorpece nuestro lenguaje como hablantes entonces el estudio crítico de la historia entorpece nuestras decisiones políticas como ciudadanos y no nos deja tomar decisiones apresuradas.

Sea como fuera, pensaba Gabriel, gracias a los libros se podía ver la realidad como sólo se puede ver un eclipse de sol, detrás de un cristal oscuro. Por eso, muchos años después, se había propuesto escribir las cosas para darle un cierto orden, un sentido liberador del angustiante caos. Así de simple. Nada de supersticiones psicoanalíticas: escribir las cosas para entenderlas.

Volviendo al tercer incidente de aquel día, todo indicaba una clara desmejora en la suerte de Gabriel. Al menos así lo había sentido él desde el mismo momento cuando puso un pie en la librería y de ahí en adelante todo fue un permanente *déjà vu*.

Por razones imposibles de adivinar, Daniela había sido una protegida de la abuela y había perdido este privilegio cuando la abuela murió. En el silencio de cada uno y en el silencio de todos juntos reverberaba la idea de alguna paternidad nunca reconocida, protegida por la compasión y los prejuicios de aquella mujer resistente al silencio y a las pequeñas verdades como espinas. Gabriel recordaría el día cuando la despidieron como si fuese ayer y siempre lo recordará de esa forma.

El tío Arturo la había despedido porque le había sacado dinero de su escritorio. Lo había sospechado más de una vez y por eso dejó un fardo de billetes marcados en un cajón de su escritorio.

Por la noche, apenas llegó del trabajo en el Ministerio, el señor comprobó la falta de al menos cinco de los doce billetes. El tío Arturo, decían, era muy generoso; cualquiera podía sacarle la comida de la boca, pero bastaba descubrir a alguien intentando engañarlo y se convertía en otra persona, en un hombre furioso, escondido detrás de una máscara de frialdad, de temible indiferencia.

Entonces fue hasta el cuarto de Daniela y le dijo *Ve buscándote otra casa*, porque estaba despedida. El señor Arturo se limitó a informar, con rabia contenida, sobre las razones de tan brusca decisión. Daniela lo había escuchado sin decir palabra y se puso a llorar. Lloraba y miraba a Gabriel. *No era una cara de miedo*, pensó Gabriel, *era la cara de la gente cuando está muy afligida por algo y pide ayuda a alguien, a cualquiera con algún rasgo de ser humano y con los poderes de algún dios desconocido*. Pero no le dijo nada ni él podía ayudarla. El mismo Gabriel había sido, algún tiempo atrás, reprendido por la tía por juntar dinero en una caja sin mirar de dónde lo tomaba.

Daniela repetía sin sentido lo mismo una y otra vez, ella no había tocado nada, el señor estaba confundido, pero el tío fue derecho a su vestidor y encontró el dinero en el bolsillo de un vestido rojo. *No es posible*, decía Daniela llorando. Entonces apareció la tía preguntando qué pasaba, por qué tanto grito, y Daniela se tiró a sus brazos diciendo *El señor Arturo está confundido.*

—Nada de confundido— dijo el tío mostrándole a la tía el dinero.

Para la tía tal vez todo se trataba de un malentendido y preguntó cómo el tío sabía dónde Daniela guardaba su dinero.

—Por supuesto, lo sabía de mucho antes —dijo el tío—, no iba a acusar a una persona sin tener pruebas. No es la primera vez. Daniela me ha robado antes. No me importa el dinero sino el robo, y no puedo tolerar alojar en esta casa a una ladrona. Si algo no tolero en esta vida es la mentira.

Así estuvieron mucho rato discutiendo, sí y no, y al final Daniela empezó a armar las maletas, aunque luego las dejó en el piso porque no tenía donde ir. El tío le dio una semana para conseguir otra casa y le advirtió no lo molestaran por ninguna referencia laboral. En la sala, la tía, con ánimo resignado, le reprochó a Arturo haber sido muy duro con Daniela. La chica, dijo, había servido cinco años y nunca había faltado nada, había criado a los niños y había cuidado de Gabriel como una santa, pero para el tío todo aquello había sido un milagro, porque una santa no era y eso había quedado demostrado.

Por la tarde la tía Noemí se puso mal. Claribel subió a su cuarto y la tía pidió un poco de paz de ser posible en este maldito mundo por favor. Lo suyo no se arreglaba con una aspirina, dijo. Más tarde subió el tío Arturo y estuvieron discutiendo. Daniela era la hija de uno de los presos, tal vez quien más había hecho por Carlos. ¿Cómo era posible hacerle esto? dijo decenas de veces entre las nueve de aquella noche y las dos de la madrugada del día siguiente.

—Le dirás la verdad —dijo el tío Arturo—, no tienes opción. Puedo soportar la idea de su padre preso por subversivo, pero no soporto ser engañado como un niño tonto.

—Complejos de…

—¿Complejos de macho, ibas a decir?

—¿Cómo adivinaste?

—Porque ahora cualquier cosa se trata de complejos de macho o de blanco o de las dos cosas, peor.

—De cualquier forma, el resto no te importa. No te importa verme sufrir ni te importa escuchar las razones de la chica…

—Cuando en este mundo existan razones para robar y engañar ya no quedará nada por salvar.

—Cuando en este mundo existan los hombres perfectos no habrá nada para hacer.

—Estás muy misteriosa, últimamente.

La tía no dijo nada y el tío agregó:

—A veces pienso…

—Termina la frase, por favor.

—Mejor ni lo digo. Como dice el doctor Ramírez, uno es dueño de su silencio y esclavo de sus palabras.

—Por eso los mentirosos nunca hablan mucho.

—Tú no hablas mucho, últimamente.

Otro silencio rodeando la bocina de un auto lejano, como una piedra cayendo en un lago. Como era su costumbre, el tío resolvió la discusión retirándose de escena.

No hubo cena esa noche. El tío se encerró en su estudio a beber whisky y antes de medianoche llamó a alguien para pedir trabajo para Daniela. *Es buena chica, dijo, no, no, no es prudente mantenerla en esta casa. Eso es todo. Usted ya sabe, estamos en un momento complicado para el país y por consiguiente para la familia también. Sí, también está eso de la familia de mi esposa y no quiero empeorar las cosas. No, no, nada personal… No, no, eso menos… No es mala chica, solo necesita un lugar más conveniente, un poco alejado de los conflictos políticos. Sí, la familia se ha enredado con demasiadas contradicciones y antagonismos y debemos sacar un poco de presión hasta divisar mejores tiempos. Exacto, claro, eso es.*

Le pasaron el teléfono de la familia Zamora y poco después llamó. Parecía conocerlos poco. La respuesta pareció positiva, algo sobre la necesidad de una empleada doméstica, no muy mayor, ágil, en lo posible, *sí, ágil, no muy india, nada india de ser posible,* ágil para las tareas de la casa, *sí de buena presencia y voluntariosa. Sí, muy aseada.* El tío Arturo hacía largos silencios, de repente parecía colgar, pero volvía a hablar.

—…no, es más bien pelirroja. Bueno, pelirroja, sin más bien. ¿Pero eso qué importa? —preguntó el tío, visiblemente molesto—. Bueno, sí, comprendo, comprendo, pero una mala experiencia en el pasado no condena a toda una población, ¿no? Por casualidad, ¿usted no es el gerente de SS Laxa? Bueno, sí, gerente y principal accionista. Nos conocimos en la puerta del ministerio, sí, todos llevábamos mucha prisa. Así es nuestro trabajo… Pero se solucionó, ¿no…? Bueno, me alegro. No, no debe agradecerme nada. Para eso estamos. Se hace lo mejor cuando se puede y no siempre se puede.

En ese momento pasó Luisa y miró a Gabriel con sus ojos brillantes. Ya se estaba muriendo y no la habían llevado al veterinario porque no se quejaba, pero había dejado de comer cuatro días antes. Volvió a mirarlo y movió la boca como si maullarla y siguió camino. Enseguida salió el tío y fue hasta el dormitorio de Daniela. Ella salió en silencio. Tenía la cara roja y blanda de tanto llorar. El tío le dijo algo sobre su próximo trabajo y se fueron a la cocina.

—Espero alguna disculpa, al menos —dijo el tío.

—Lo siento mucho, señor —dijo Daniela sin levantar la cara.

—¿Entonces reconoce su falta? ¿Usted lo hizo? —preguntó el tío.

Daniela volvió a apretar el ceño y contuvo el llanto.

—No quiero molestarlo más con mis cosas. Sólo espero un día el señor logre comprender algo de todo y me perdone… Señor —dijo Daniela.

—Sí la perdono —dijo el tío— pero no puedo permitirle quedarse en la casa después de todo esto. Ya le conseguí otro trabajo. Ni siquiera deberá usted recorrer la ciudad arriesgándose a meterse en más problemas.

—Gracias, señor…

Enseguida apareció la tía Noemí y miró al tío con extrañeza.

—¿Por qué me miras así? —preguntó el tío.

La tía no contestó.

—Daniela ha reconocido su error —dijo el tío—. Ya le he conseguido un nuevo trabajo en casa de los Zamora.

—No sé quiénes son —dijo la tía sin interés—. Seguro tienen plata.

Otro silencio. Daniela miraba el suelo y los tíos se miraban entre ellos.

—Claro, tienen plata —insistió la tía—. ¿Por qué dudarlo? En nuestro mundo lo único real es el dinero y lo mejor tiene un precio alto.

Pero tal vez quien había tomado el dinero del escritorio del tío y lo había puesto en el vestido de Daniela había sido él mismo, Gabriel, pensó en ese momento Gabriel. Luego ya nunca más pudo sacarse esta idea de encima. Como siempre, como casi todo, no podía probarlo ni decidir si era una simple especulación. Su memoria era absoluta, excepto cuando dormía, y cuando dormía soñaba y caminaba sonámbulo, decía Claribel, caminaba con los ojos abiertos, pero estaba durmiendo. Por esta razón, aunque podía recordar el número de serie de cada billete, no recordaba absolutamente nada de lo más importante. Años, siglos después lo supo: uno olvida o no le presta atención a lo importante y entonces se esfuerza por hacer o por recordar más y más lo banal, lo más irrelevante.

Recordaba, sin embargo, cuando tantas veces había querido ayudar a Daniela, y una forma hubiera sido precisamente esa, dándole algo de todo aquel dinero guardado sin demasiado cuidado (o descuidado a propósito, con esa obsesión del tío y de sus socios por andar probando la moral ajena) en un cajón del escritorio. ¿Cómo no lo había pensado antes? La respuesta era un obvio sí. Seguramente lo había pensado; o lo había sentido en alguna de aquellas noches sin memoria o con una memoria confundida por recuerdos de volar o de caerse de un edificio muy alto.

José Gabriel sabía de la necesidad urgente de Daniela por cierto dinero. En la casa no le faltaba nada, aparentemente, pero ella debía sospechar un futuro joven y perdido, otros cinco años de su juventud haciendo lo mismo: lavando los calzones cagados de Claribel y limpiando la tapa del inodoro de su hermano, tres o cuatro veces por día orinando sin embocarle a aquel enorme agujero blanco, doblando la ropa limpia del tío, cocinando hasta los domingos y una larga lista de otras rutinas muy parecidas, si no a la muerte por lo menos a la inexistencia. Gabriel debió saber todo esto, como debió saber, o tal vez sospechó, lo más probable: la estúpida idea de sacar el dinero del escritorio del tío para ponérselo en un bolsillo de un blue jeans de Daniela había sido suya.

Entonces José Gabriel le dijo al tío *Yo puse el dinero, estaba jugando*, y el tío, después de mirarlo un segundo, estalló de rabia:

—Ya deja de decir tonterías. Llevo demasiada prisa para tan poca paciencia.

—No seas agresivo con el niño —dijo la tía.

El tío se pasó una mano por la cara, nervioso, y dijo:

—Cierto, perdón, no quise levantar la voz. ¡Dios!

La tía destapó una Coca Cola y le sugirió a Daniela tener calmara, porque al fin de cuentas ya estaba todo solucionado, *de la mejor manera posible*.

—Arturo es un experto en solucionar problemas —dijo después, y el tío respiró como si estuviese agotado.

—Gracias, querida —dijo, con una sonrisa fugaz.

—Mi esposo nunca falla.

—No siempre se puede, pero es mejor intentar resolver los problemas a llorar —dijo el tío.

—Es como el señor presidente. Hombres pragmáticos si los hay.

—Ya basta.

—Entre generales y gerentes se entienden.

—Para goce y disfrute del resto de la población, será…

—Depende de qué goce estamos hablando —dijo la tía, tomando el vaso de whisky de él.

Bebió hasta chorrearse los labios y, como si recuperase el aliento, continuó hablando. *El arquitecto Arturo MacCormick es tan bueno solucionando problemas como creándolos,* había dicho una vez un señor calvo mientras se bajaba de un taxi y poco antes de encontrarse con su esposo a la salida del Ministerio. *Hablando de Roma, aquí está nuestro hombre,* había dicho el hombre calvo, *justo a tiempo para echar una manito.*

El domingo el tío Arturo recibió un llamado del doctor Ramírez a la hora del almuerzo y cuando se levantó a atender Gabriel se tomó el vino de su copa. Claribel lo vio, se levantó en silencio y fue a denunciarlo a su madre. Al rato apareció la tía Noemí, alarmada como si el niño hubiese bebido veneno. *Los niños no toman alcohol. ¿Acaso no lo sabías?* le decía tomándolo de un brazo. *¿Por qué lo hiciste?* Gabriel no sabía por qué lo había hecho, pero probablemente se debía a lo mismo de siempre: odiaba el mundo de los niños.

Cuando volvió, el tío también se enojó, pero no tanto. La tía preguntaba cuánto había bebido y Claribel decía *la copa entera.* Según la tía, Gabriel debía vomitar y si no vomitaba lo iban a llevar al hospital. El tío ordenó dejar de exagerar. Ni la copa estaba llena ni era necesario llevarlo a ningún hospital. *Sírvanle un vaso de leche y listo. O limón, o las dos cosas. Si no quiere vomitar puede irse a dormir la siesta, como cualquier borracho. Por ahí el alcohol le funciona y se olvida de algo.*

—Este pobre chico cada vez está peor —le dijo la tía, en voz baja, al tío—. Si esto sigue así, deberemos ponerlo en manos de un profesional. Yo no estoy preparada.

—En manos de un profesional, en manos de un profesional —se quejó el tío—. Como si la humanidad no hubiese sobrevivido y evolucionado miles de años sin esos ingenieros del alma. Ahora hasta para tirarse un pedo se debe consultar a un profesional...

—No seas ordinario —dijo la tía, ahora levantando la voz—. ¿De dónde te viene eso?

—Disculpa, se me fue la mano. Estuve demasiado tiempo discutiendo asuntos informales con unos amigos...

—¿Y así se expresan ahora tus amigos?

—Ahora no, así se han expresado desde siempre, pero cambian de tono y de diccionario cuando entran ustedes. Una reunión de hombres educados no deja de ser una reunión de machos. Seguro nosotros no sabemos de la misa de mujeres ni la mitad. Si supieras la mitad de las historias del doctor Andreas sobre sus pacientes... Los muchachos se divierten gratis. No, no, yo no aplaudo, ¿pero qué puedo hacer? ¿Mudarme a Paris, donde la cosa debe ser peor?

—Qué horror, y el doctor Andreas se ve tan profesional.

—El doctor Andreas en *muy* profesional, el mejor ginecólogo de todo el país, eso no se discute. Pero cuando está con unas copas entre los amigos se convierte en hombre. ¿O no supiste lo del Padre Ignacio?

—Sea como sea, yo sólo sé una cosa: ese niño necesita ayuda profesional.

—Puede ser, yo cada vez sé menos de todo.

—Puede ser, no: *es*. Me desespera tu pasividad para con las cosas de la familia.

—Está bien, ya te dije, puede ser, tal vez tengas razón, pero tampoco sé si esto da para alarmarse tanto. Todos los niños son diferentes y hacen diabluras. Algunos se comen los medicamentos de sus abuelos como si fuesen dulces. Eso sí es mucho peor. Ahora, una copa de vino, y del bueno…

—¡Por Dios! —dijo la tía, levantando las manos— No sé cómo puedes restarle importancia a un hecho tan grave. El alcohol puede afectar el cerebro de los niños, además de crearle alguna adicción precoz.

—Está, bien —dijo el tío—; no te voy a negarlo, es algo malo, pero tampoco da para tanto. Alguna vez de jovencito tomé vino con el abuelo Tuta, y ya ves, no soy ningún alcohólico y mi retardo mental no es muy pronunciado ni evidente.

—¿De jovencito? Debías tener el doble de su edad.

—Bueno, no tan de jovencito. Todavía debía ser un niño de doce años; y no fue *alguna vez* sino varias veces, para serte honesto…

—¡Ave María! Una se entera de cosas así después de tantos años de casada.

—Bueno, uno se va poniendo viejo y ya no se preocupa por las consecuencias de su propia sinceridad. A otros le pasa lo contrario; se van poniendo más refinados en el arte de la manipulación y la mentira, más profesionales, más hipócritas hijos de puta, en pocas palabras.

El tío Arturo se acercó a José Gabriel y le preguntó si se sentía mal. Gabriel negó con la cabeza. A esa altura se sentía muy bien. Mal se iba a sentir más tarde, pero de cualquier forma no iba a decir nada. Se sintió bastante mal mucho después cuando empezó a pensar en toda aquella discusión; culpable, como siempre, porque ese sentimiento era como una sombra y cada tanto se daba una vuelta para preguntarle cómo estaba.

No era la primera vez. Había tomado vino de una copa olvidada en la mesa antes muchas otras veces. No le gustaba el vino, era amargo, asqueroso como el café, pero menos le gustaba ser niño y perder el control por un vaso de Coca Cola, esa agua sucia, decía el tío Carlos, veneno con el cual los gringos hacían fortunas en los países pobres para luego financiar sus aventuras militares en alguna isla, en algún pequeño país del tercer mundo.

Con una copa de vino Gabriel se sentía bien. Si le preguntaban dónde había estado ese mismo día dos años atrás no podía recordarlo, o recordaba cosas borrosas, como en el sueño de la casa del Tata Tuta y los hombres del río. Pero apenas se pasaba el efecto del alcohol y volvía a recordar con la misma claridad de siempre: 729 días atrás, a esa misma hora de la tarde, estaba leyendo un trozo de diario donde se informaba acerca de un hombre de iniciales l.s.e.d quien había matado de once puñaladas a su mujer de iniciales l.d.e.s por celos. Más arriba, el presidente de la Nación inauguraba la segunda zapatería de su sobrina Anastasia, una joven muy bonita con un pelo rubio extraordinariamente largo. ¿Por qué alguien con un pelo tan hermoso se dedicó a los zapatos y no a la peluquería? El sol se movía entre las hojas de la parra del patio de la granja de los abuelos y descendía lentamente hasta las páginas del periódico. Una gallina cataba su proeza de haber puesto un huevo quién sabe dónde mientras lo miraba de costado con un solo ojo tratando de adivinar qué hacía a esa hora del mediodía sentado en el tractor del abuelo. La gallina debía pensar, pensó Gabriel, *El pobre es un inútil, incapaz de poner un huevo*, ignorante de los acontecimientos más importantes de este mundo: los huevos. *Los niños no duermen siesta*, le dijo Gabriel a la gallina, *sólo los bebés y los viejos duermen siesta*. Pero, evidentemente, la gallina seguía allí sin comprender, más bien indignada por la incomprensión de Gabriel.

Si se empeñaba en olvidar algo o se alegraba de no recordarlo, terminaba siendo infinitamente peor. Tarde o temprano, su memoria iría por ese día, por ese momento, como un perro hambriento vuelve por un hueso enterrado.

Exactamente lo opuesto le ocurría con todo aquello con tantos recuerdos perdidos pero sentidos o presentidos de alguna forma. Quería recordar y no podía. Josesito no podía recordar, Josesito no podía recordar. Sus padres, por ejemplo. Recordaba pocas cosas de sus padres y muchas probablemente hayan sido sólo sueños. Una vez se emborrachó en serio y no pudo recordar con claridad el día anterior, razón por la cual comenzó a recordar cosas de aquellas cosas tozudamente olvidadas por algún misterio o por simple lógica. Pero cuando el efecto del alcohol había pasado y se debatía en reponerse del malestar de la resaca, sólo pudo descubrir la misma terrible verdad de un sueño genial al despertar. Aquel recuerdo rescatado como una joya encontrada en una playa, resultó más bien un absurdo, algo probablemente producto de una imaginación descontrolada.

Tal vez de alguna forma él mismo se dejó descubrir la tarde de aquel domingo cuando el tío recibió el llamado del doctor Ramírez y Claribel lo descubrió tomando de aquella copa de vino. Antes la tía había dicho *¿Qué van a tomar, niños?* y todos habían gritado *¡Fanta! ¡Coca Cola!* Gabriel no dijo nada. Solo dejó su vaso lleno del agua sucia burbujeante mientras Claribel, Carlitos y una amiguita de la escuela tomaban con avidez, como si recién hubiesen regresado de un largo viaje por el desierto. Terminaban sus vasos en segundos y volvían a pedirle a Rosario más. Bebieron hasta la última botella y nadie les preguntó si se sentían mal o si eso les hacía mal a la cabeza.

El 6 de enero fue un día caluroso. Claribel y Carlitos habían preparado los zapatos y la comida para los camellos y se fueron a dormir temprano. José Gabriel se quedó despierto varias horas. Resistió toda la sobremesa de los tíos y una o dos horas más hasta la hora de irse a dormir.

Estaba decidido a encontrarse con los Reyes Magos porque un amiguito de la escuela le había dicho la verdad: los Reyes Magos eran los padres. Para cualquier niño este descubrimiento es siempre una de las primeras decepciones en la vida, quizás la raíz, para muchos, de futuros escepticismos e inexplicables rebeldías contra las historias oficiales de los mayores. Quién sabe. Pero para otros pocos, al menos para Josesito, había sido un tenue halo de esperanza al principio y algo mucho más parecido a la ansiedad después, con el paso de las horas. Llegó a convencerse, a tomarlo como un hecho: a la medianoche, o por la madrugada, iba a ver a sus padres. Se conformaba incluso con poderlos ver, sin siquiera hablarles. No iba a ser tan tonto como para echarlo todo al perder. Fingiría estar dormido y entonces ellos se acercarían y lo tocarían, muy despacito, para no despertarlo. Si decían su nombre él iba a resistir, no iba a decir nada y de esa forma ellos volverían el próximo año y así por siempre, porque él no iba a crecer nunca, nunca iba a dejar de ser niño a la espera de sus reyes magos.

Finalmente lo consiguió. Se mantuvo despierto hasta la madrugada. Pero no vio a sus padres sino a la tía Noemí y al tío Arturo moviéndose como ladrones por la casa para poner los juguetes en la habitación de Carlitos y Claribel primero, y en la suya después.

Fue penoso. Más penoso fue al día siguiente cuando Claribel despertó a todos con sus gritos. Le habían dejado una muñeca parlanchina y a Carlitos el arma de rayos láser de la Guerra de las Galaxias, sin luz láser pero con un sonido penetrante. En su carta, escrita varios días antes, mucho antes de la revelación de su amiguito en la escuela, José Gabriel había escrito el nombre de Daniela, pero en su lugar los tíos le habían comprado un nuevo traje de El Zorro. Nunca llegó a ponérselo.

—¿Por qué no quieres ponerte el traje? —preguntó la tía, con dulzura—. ¿Ya no te gusta El Zorro?.

—No, no quiero —dijo.

—¿Por qué no?

—Porque yo no soy el Zorro ni ustedes son los Reyes Magos… —dijo José Gabriel, y escondió sus ojos debajo de unas cejas apretadas una contra la otra.

Malcriado, malagradecido, murmuró Rosario, la nueva empleada.

La abuela era una mujer de fe inquebrantable. Su fe había sobrevivido a su amor por el abuelo, a los cuestionamientos sofisticados, o más bien necios, de sus hijos y a cualquier razón posible de poner en tela de juicio una sola línea conocida del libro sagrado, sobre todo y como todo el mundo, conocida por comentarios ajenos e interpretada por la sabiduría incuestionable de algún santo hombre.

Lo más importante en esta vida es tener fe por encima de cualquier cosa, decía y el tío Arturo le preguntaba con una sonrisa más bien cariñosa si todavía pertenecía a las sectas cristianas de la Europa de la inquisición o si se había pasado al bando de los fanáticos islámicos cuya fe inquebrantable los llevaba a inmolarse con frecuencia.

En el fondo o al lado de todo eso sobrevivía un mismo recuerdo. La abuela nunca pudo vivir con aquello; según ella, era su cruz, esa cruz tan necesaria y personal de cada uno. Todos la llevamos como penitencia por el Pecado original y como recordatorio de los pecados propios. Sin sufrimiento no había verdadera fe ni verdadera redención. *Todo el mundo carga con un secreto, como Jesús cargó con la Cruz*, decía, y el suyo sólo se lo había confesado a una Virgen de yeso, aquella pobre mujercita, tan noble y poderosa, capaz de escucharlo todo desde el borde de la estufa a leña sin repetir una sola palabra.

Esas eran tonterías religiosas o supersticiones psicoanalíticas, decía el tío Carlos. Nadie anda por ahí contando todos los detalles de su vida, excepto las estrellas de televisión o algún artista patológico. Según el tío, no había razón para vivir atormentados por ningún secreto y cada uno tenía derecho a un mínimo de dignidad, a la privacidad. Eso de los pecados era como los arrepentimientos por comer carne de cerdo o chocolate suizo cuando no se debe, o hacer pájaros de papel y esas tonterías, hechas para el olvido y la tumba. Gracias a tanta histeria colectiva, decía, luego terminábamos sufriendo, por las expiaciones ajenas, matanzas como las de San Bartolomé donde murieron setenta mil cristianos a manos de los cristianos, por no entrar a aburrir mencionando eventos más trágicos, todos imposibles de detallar.

Don Segundo Koriniki, el vecino de la abuela (el viejo se aparecía con una sonrisa inexplicable e inalterable apenas veía el camioncito de Carlos en la granja) repetía siempre, sobre todo cuando alguien sacaba algún tema sobre política internacional o acupuntura *¿Por qué mejor no hablan de los cristianos asesinados por Stalin?* y el tío respondía: *Podía hablar de eso en cualquier momento y por horas, pero ahora estoy hablando de los efectos de la santidad* y, como cualquier persona más o menos razonable podía imaginar, no era posible empezar cada libro sobre economía egipcia, sobre el sexo de los ángeles y la Teoría de la relatividad con un capítulo introductorio sobre la historia criminal de don José Stalin y sus aliados.

La abuela no había llegado virgen al matrimonio, así de simple, producto de un amor romántico al borde el río Amescagua cuarenta y nueve años atrás, pero nunca nadie supo el nombre del hermoso joven príncipe demonio responsable de llevársela al río y de tanto sufrimiento. Seguramente a esa altura era alguno de esos ancianos avejentados por la mala suerte, el frío y el hambre, alguno de esos hombrecitos con reuma, reducido en su estatura por la falta de calcio, alguno de los barrenderos más estimados del otro lado de la ciudad. Quién sabe si al pasar por la ventana de la casa de la tía no echaba una mirada buscando o provocando la casualidad de ver a la abuela, todavía con algo de nostalgia o ya definitivamente indiferente. O pasaba por la casa abandonada de su padre como si la abuela, la joven, la verdadera, pudiese aparecer algún día después de las cuatro copas de siempre. Todas historias insospechadas, perdidas en la nada del olvido, del secreto y de la culpa.

Por algún tiempo la abuela no lo consideró importante pero un día el pastor John Baldwin, por entonces recién llegado de Salt Lake City (por siete años disputaría con el cura Ignacio del Torreón los bizcochos con hojas de parra y chocolatada caliente a las cuatro de la tarde cuando todavía el abuelo estaba en la lidia de dar vuelta tierra en el fondo de la granja) le leyó un pasaje de la Biblia donde se ponía por claro el pensamiento de Dios sobre el adulterio y según el cual una mujer culpable de cometer ese tipo de pecados debía ser ejecutada a pedradas por sus propios vecinos, frente a la casa de su propio padre. Pero Míster Baldwin alcanzó a comprender el lenguaje o la escritura de los ojos de aquella mujer atormentada y enseguida intentó interpretar las sagradas escrituras con un castellano muy rudimentario, razón por la cual no fue capaz de ciertas sutilezas a la hora de decir la verdad. Cuando las cosas van mal, lo mejor es buena interpretación. Allí donde dice *negro* en realidad significa *blanco*, donde dice *matar a la adúltera* en realidad quiere decir *matar el adulterio*. (La abuela cocinaba como los dioses y el abuelo era lo suficientemente tolerante con sus amigos y sus visitas, pese a su declarado, aunque no militante, ateísmo.) El pasaje (Deuteronomio 22: 21) no decía nada sobre el joven, el otro participante del adulterio bíblico, comentó la abuela, pero el pastor de Salt Lake City no supo contestar y recurrió a aquello de *Hermana, no se debe intentar comprender algo más allá de nuestro alance limitado de seres humanos.* Los pastores protestantes tienen hermanas, no hijas como los sacerdotes católicos, pensó la abuela.

Su padre, el padre de la abuela, el bisabuelo Ramón, había muerto treinta y un años atrás, pero la casa todavía estaba allí, deshabitada por humanos vivos, con la misma puerta de madera esperando el cumplimiento de la ley de

Dios sobre las adúlteras y su temido método de excusión. Si fuera por Jesús el asunto se habría laudado hacía tiempo, pero el pastor era más conservador en esas cosas de las escrituras y el sexo. La abuela siempre evitaba acercarse a aquella puerta. Por casi veinte años, pensó, su destino era inevitable. Apenas podía intentar postergarlo, pero no escapar. Por otra parte, si moría por otras razones, entonces habría cometido un nuevo pecado desafiando la ley divina.

Pero el miedo y la indecisión podían más. Cuando la tía le preguntaba por qué no vendía la casa y por qué ni siquiera se acercaba a la calle Empedrada, la abuela se defendía con excusas: la calle, la casa le traían recuerdos y eso le hacía mal. Y si bien el abuelo era ateo o algo parecido, ese pecado ajeno y desconocido para él no cancelaba el pecado de ella, le había confesado a la Virgen de yeso. Con el agravante del perjurio: la abuela nunca le había confesado al abuelo la verdad. La primera noche de luna de miel en un hotel de la capital no sangró, y no fue por un milagro como algunas mujeres vírgenes no sangran la primera vez. Si bien en otros tiempos eso se podía pagar con la vida o el repudio, en ocasiones muy especiales era un signo de santidad.

Anarquista y republicano exiliado de la Segunda República, al abuelo Ramón no le hubiese nunca sangrado la idea de su mujer impura. Ella no había sido infiel, sólo impura ante los ojos de los fanáticos, esos seres tan detestables y por los cuales, o por otros semejantes, había perdido a su primera familia y su primer país. Más le podía doler la mentira y su persistencia por años. Una confesión lo hubiese aliviado de la larga sospecha y de su obstinada fidelidad. La abuela llegó a pensar en confesarle algún día, incluso durante el mes de agonía del abuelo, producto de un cáncer de próstata. En el último minuto, cuando ya todos esperaban el suspiro final de aquel hombre reducido a poco menos, ella pidió quedarse a solas con el moribundo, pero no tuvo valor. En lugar de confesarle la verdad le dijo *Pronto estaremos muy juntitos y ya nadie nos separará.*

Demasiado sufrimiento Dios le había preparado al viejo, pensó entonces. Su propia mujer, el amor de su vida, no podía terminar por revolver el puñal en aquel corazón sólo para limpiarse ella misma antes de aspirar al Reino del Señor, el cual, sabía, le iba a estar cerrado con siete llaves al amor de su vida. De esa forma, el abuelo se fue sin saberlo o, mejor dicho, se fue sin escuchar la confesión de la abuela. Tal vez el viejo lo prefirió así, pero eso no disminuyó el tormento de la abuela, razón por la cual poco tiempo después se consagró definitivamente a las visitas de doña Morales y de la señora Lucrecia.

El abuelo Ramón era ateo, escéptico, agnóstico o algo por el estilo, pero no la abuela. Ella quería encontrarlo algún día en algún lugar intermedio del Universo donde se decide entre el cielo o el infierno, allí donde debería confesar su pecado. ¿Y si no confesaba y se iba al infierno con él? se preguntó más de una vez mientras se bañaba en la casa de su hija. De todas formas, en cierto momento llegó a mantener una relación menos traumática con ese recuerdo, aunque nunca dejó de llamarlo pecado. Un pecadillo, si lo comparaba con el de su esposo, porque Jesús había perdonado a la mujer adúltera pero no a los hombres sin fe. Aunque, a decir verdad, Jesús nunca había condenado a nadie al infierno sino todo lo contrario, mientras todos lo condenaban a él.

Por algún tiempo, la abuela se sentó al frente de su casa del campo esperando la muerte con la esperanza de volver para redimirse. Pero la muerte no se decidía a visitarla y ella no podía hacerse cargo de un nuevo pecado yendo a buscarla. Entonces la invitó de las formas más diversas. En invierno no se abrigaba suficientemente, en verano se sentaba al sol, en la ciudad abrazaba a los niños moquientos o cruzaba la calle sin mirar, murmurando el rosario como si la anestesia de la repetición pudiera hacer menos penoso su viaje al más allá.

Finalmente descubrió la verdad. No se moría porque en el fondo no quería, y los deseos son tan fuertes como la fe, sino son la misma cosa, y así como no había resistido la tentación de dejarse amar cerca del río por aquel jovencito (la había enamorado como uno sólo se puede enamorar a los siete, a los dieciséis y a los diecinueve) de la misma forma no se moría porque vida le resultaba más interesante.

La abuela llegó a confesar sus miedos pero nunca las verdaderas razones, lo cual desesperó a Doña Morales quien decía *Ninguna de sus resistencias a la plena convicción de ser una de las elegidas tiene sentido.* Probablemente la abuela estuviese teniendo relaciones carnales con el demonio, decía aquella señora tan fea y de tan mal aliento. Un día doña Morales le preguntó sobre las costumbres de la abuela en su cama por las noches y la abuela terminó por decirle, con el mismo tono del tío Carlos, *No vuelva usted más por aquí.* Si en su vida había visto un demonio, dijo la abuela, ese era ella, una bruja con una Biblia todo el tiempo debajo del brazo. Doña Morales la maldijo y dijo *Todos comenten la misma tontería de cambiar un día en la tierra por la eternidad en el Infierno.* Con un gesto entre descuidado y deliberadamente violento, derramó la leche blanca y se fue sin decir más.

Como dijo doña Morales así ocurrió. La abuela murió tres años después. Doña Morales había ascendido al cielo vía exprés un mes antes, producto de una indigestión con carne de cerdo y crema doble de postre en mal estado gracias a la cual estuvo vomitando toda la noche. *Dios nos libre de una mala muerte,* solía decir la abuela, aunque no sabía bien por qué lo decía. Había escuchado la frase de niña. Una buena muerte era la aspiración de los Hernández Vega, la rama materna de su madre, quienes habían peleado en la Revolución fallida del 22 y alcanzaron a ver algunos amigos ahogados en barriles de estiércol para evitar los disparos del pelotón de fusilamiento.

La abuela tuvo una buena muerte. Se quedó dormida en su mecedora de la casa de campo, tal vez contemplando el atardecer, y no despertó. La encontraron casi dos semanas más tarde, cuando don Arturo envió a un empleado de la empresa a investigar por qué su suegra no se aparecía por la casa los sábados de mañana, como era su costumbre.

Desde entonces la abuela intervino en la vida de la familia de formas diferentes. Al menos cinco veces en un mismo mes salió el número 73 a la cabeza en la quiniela, su edad al morir. Pero apenas el Cebollita, el chofer del tío, advirtió esta coincidencia y comenzó a jugar, el número no volvió a hacerse presente por el resto del año. La abuela se le apareció en sueños varias veces al tío Carlos, y en todas parecía estar muy bien, casi feliz o, mejor, en calma, en perfecto estado de paz, sólo esperando reunirse con él en poco tiempo. El tío Carlos no creía en profecías ni en fantasmas ni en nada inmaterial, pero creía ciegamente en su madre cuando la veía con los brazos abiertos como esperándolo después de un largo viaje a la ciudad. Tal vez le estaba por llegar su hora también, decía, la hora de la liberación definitiva, porque no esperaba sustitutos burocráticos.

—*Las ondas de radio no se pueden ver ni se pueden tocar* —le había dicho el padre de Daniela.

—*Pero se pueden escuchar sus efectos en una radio* —había contestado el tío Carlos.

—*Las personas de los sueños sí se pueden ver y se pueden tocar* —había insistido el padre de Daniela.

—*Esas conclusiones llegan matemáticos como tú* —había dicho el tío—. *Si le aplicas la lógica pura a toda la realidad llegas fácil a lo absurdo.*

—*Lo tuyo es sentido común, supongo.*

—*Algo así... Llámalo fe, si quieres.*

José Gabriel sólo vio la mano de la abuela una vez en toda su vida y fue suficiente. Fue cuando en la escuela el Torito le dijo *Te espero a la salida para romperte la cara.* José Gabriel había pasado el resto de la clase pensando en la abuela. El tío Carlos estaba preso y no podía acudir a su ayuda, pero la abuela sí podía. Entonces se lo pidió como el único favor por el resto de su vida.

Cuando el Torito tuvo la oportunidad de cumplir con su amenaza delante de un grupo de niños excitados por la inevitable paliza, coreando el nombre del Torito para ganarse su simpatía, su puño, acostumbrado al hacha de su padre, con destinado directo a la cara de Josesito, se le paralizó en el mismito aire y fue como si hubiese quedado estrujado por la mano de su padre. El Torito dijo *¿Qué mierda es esto?* y enseguida recibió un sopapo en la cara, uno de aquellos preferidos de su padre, cuando no escuchaba una orden. El Torito se desparramó en el suelo y se quedó aturdido, no por el golpe sino por la presencia invisible de la abuela, quien no se podía ver pero todavía golpeaba fuerte, había pensado Josesito con agradecimiento.

La maestra Zoide apareció bastante tarde para levantar al Torito del suelo y lo llevó de urgencia a la clínica. Al día siguiente, la maestra dijo *El pobre Gonzalito tuvo un ataque de epilepsia* y no concurriría a la escuela por el resto del año, para recuperarse de los nervios.

Café con Daniela

El tío Arturo salió con Gabriel una tarde de lluvia torrencial. No le gustaba ir con el niño, pero la tía insistía. Gabriel siempre lo acompañaba después de una fuerte discusión a raíz de una llegada tarde, tardísima del tío. Aquella noche se le había descompuesto el coche en un camino de tierra y apenas había entrado a la ciudad, en el apuro por llegar a casa, no llamó a la tía para tranquilizarla y eso o alguna otra cosa habían originado todo el desmadre, como lo había llamado Carlitos.

Desde entonces el tío llevaba a Gabriel a todas partes. A veces se quejaba porque él no era el padre del chico, pero según la tía eso no importaba, porque era como si lo fuese, porque era el hijo de su hermana, y si el tío la quería a ella debería quererlo a él de la misma forma, casi tanto como quería a Carlitos.

El tío era bueno, pero no para tanto. No podía querer a Josesito como quería a su propio hijo, aunque no fuese su propio hijo. Además, Gabriel le incomodaba. Se veía en su cara cuando la tía decía *No te olvides de la libreta de conducir; no te olvides de* él. *Él*, así, con acento en toda la palabra. Entonces su cara cambiaba por un momento. Hacía una mueca breve, como hacía Gabriel cuando quería fingir una sonrisa, su única forma de reír. José Gabriel salía con el tío porque quería y el tío lo hacía porque no podía evitarlo. Cuando veía al niño esperándolo en la puerta del garaje cambiaba de cara y sonreía. Le pasaba una mano por la cabeza y repetía lo mismo de siempre: *Buen muchacho*. Luego le prometía, si se portaba bien, una cerradura para desarmar. Al final siempre terminaba olvidándose de pasar por la ferretería. A José Gabriel no le importaba, porque hacía mucho tiempo (un mes o dos) había cambiado su fascinación por las cerraduras por otra no menos extraña y arbitraria como lo era encontrar patones en cualquier serie de cosas similares, primero, y en cualquier serie de cosas diferentes después.

José Gabriel trataba de no molestarlo. El tío se ponía de mejor humor cuando Gabriel desaparecía en su propio silencio, como si no existiera o como si fuese una planta, o como una tortuguita, lenta y muda, esperando la oportunidad para sumergirse en su lagunita. Pero no todos sentían igual. A Daniela eso mismo le daba mucho miedo, por eso cuando ella estaba cerca Gabriel trataba de contar de once en once o de trece en trece en voz baja pero lo suficientemente clara como para no sorprenderla en un rincón. A veces ella se cansaba y se iba, pero al menos no se asustaba de encontrarlo donde no debería estar, debajo de una mesa, adentro de un armario, detrás de las cortinas. Ella siempre revisaba debajo de la cama y todos los rincones de su cuarto antes de irse a dormir. Un día lo descubrió sentado en la alfombra, contra los estantes de la biblioteca del tío y dio un grito de horror. José Gabriel sólo estaba leyendo un libro en la oscuridad y no se había atrevido a moverse porque no quería asustarla. Cuando estaban en la piscina, ella lo miraba y se sonreía. Él disfrutaba infinitamente estos breves, casi fugaces momentos, porque apenas ella entraba a la casa era otra Daniela. A veces él también se cansaba de ella y quería no verla más.

Esa tarde Arturo MacCormick fue por una calle nueva de piedras viejas. Había dejado de llover y las casas se volvían a dibujar por la ventana, aunque todavía las líneas y los colores eran borrosos como en una de aquellas pinturas de Camille Pissarro, uno de los pintores favoritos de Gabriel, escondido en el segundo estante izquierdo de la biblioteca del tío, perdido entre otros libros grises de contaduría, ya para siempre olvidados. José Gabriel casi no miró por la ventana, absorto en una pequeña brújula negra, imprevisto regalo del tío poco antes de salir de la casa.

Era una calle de adoquines construida añares atrás por los presos de la Rebelión de Mayo. Las ruedas del coche, también imprevistas, hacían música al pasar. En cierto momento se detuvieron debajo de un árbol y se quedaron así, un largo rato en silencio. Cuando el tío manejaba siempre escuchaba las noticias, pero esa vez había puesto la radio Nacional, es decir, música clásica, como decía

Daniela para referirse a algo aburrido o complicado de entender. Estaban pasando Dvorak. La tía se sonreía siempre cuando Gabriel le nombraba el compositor de cada pieza mientras ella buscaba otra cosa en la radio de la cocina. *Me preguntaba cómo sabía el nombre. Lo sabía porque lo decían apenas la pieza terminaba. Entonces sabía el nombre del compositor y el de la obra y a veces cosas más interesantes. La tía se reía a carcajadas y se le veían los dientes y las muelas de arriba. No me gustaba verla de esa forma porque parecía menos la tía y más una máquina, una estructura. Eso mismo debe ser ahora después de tanto tiempo.*

Cuando la Novena de Dvorak terminó con un aplauso, el tío retomó la marcha muy despacio y, luego de un rato de andar así, se dirigió a la licorería y enseguida volvieron a la casa.

Otra tarde hizo lo mismo. Mahler, Bernstein, la misma calle al Noreste, el mismo árbol y la misma casa con flores blancas. Después la farmacia al Oeste y la oficina del agrimensor donde el tío levantó los planos del campo, una hacienda alguna vez prospera de alguien (no sabía en nombre) ahora muerto en la última navidad.

La séptima tarde salieron con Bach y después de Prokofiev y *Marche Slave* de Tchaikovsky pasaron *Aire* de Bach.

Cuando comenzaron a pasar Tchaikovsky, Gabriel dijo:

—*Daniela.*

Sólo dijo *Daniela* y el tío se dio vuelta para preguntarle qué pasaba. José Gabriel no dijo *nada*, como siempre, pero el tío insistió y Gabriel debió reconocer, o sólo inventó, una repentina nostalgia por la prima Daniela.

—Olvídala —dijo él.

Le quitó la brújula de las manos y continuó la marcha.

En realidad, José Gabriel iba a decir la verdad: en ese momento iban a ver a Daniela, pero no le habían salido las palabras y tampoco hizo mucho esfuerzo. Por lo general, cuando las palabras le salían demasiado fácil algo salía mal, muy mal. Alejandro, uno de sus pocos amiguitos de juegos, decía *Gabriel puede ver el futuro* y por eso no lo dejaban jugar a las cartas. Cuando lo dejaban, siempre ganaba. *Pero no era porque pudiese ver el futuro. Son 48 cartas divididas en cuatro familias y se reparten entre cuatro jugadores y un mazo. Es lo contrario del ajedrez, porque en el ajedrez ya se saben todas las aperturas posibles pero nunca los finales. Con las cartas al principio no se sabe casi nada. Pero según avanza el juego las posibilidades se van reduciendo y al final cualquiera puede saber qué ocurrirá des- pués. Es como cuando se reparten 21 cartas en tres columnas y se le pide a alguien elegir una y luego decir en qué columna se encuentra. Después se vuelve a distribuir las tres columnas y se repite tres veces. Al final la carta elegida no tiene otra posibilidad sino encontrarse justo al medio del mazo de cartas. Uno cuenta diez y la número once es la carta elegida. La carta no puede hacer otra cosa, sobre todo porque no sabe qué están haciendo con ella. Así mismo uno hace cosas sin pensar; si las pensara no haría. Luego dicen* Josesito puede ver el futuro, *pero en realidad nadie puede verlo porque nos viene de atrás. Uno puede ver el pasado de frente, y cuando mejor lo vea más fácil adivinar lo de atrás, aunque no pueda verlo. Yo puedo ver muchas cosas pasando, como una película, como un circo. Los demás también, pero siempre las olvidan y cuando las cosas vuelven a pasar dos veces las confunden con la adivinación del futuro.*

Esa tarde, mientras pasaban *Aire*, vieron a Daniela. Iba caminando despacio. Luego puso la llave y abrió un portón de rejas y entró por el costado de la casa. El tío no se detuvo. Continuó la marcha hacia el estudio del doctor Ramírez.

El doctor Ramírez tenía una colección de máscaras africanas. Las había coleccionado en Rodesia cuando era diplomático. A José Gabriel le fascinaban aquellas máscaras; lo asustaban un poco pero no podía dejar de mirarlas con una infinita curiosidad. ¿Qué significaban? ¿Quiénes las habían hecho? ¿Qué pensaban aquellas manos, expertas en demonios, para ellos apenas espíritus? ¿Por qué a la gente civilizada le gusta tanto coleccionar objetos de gente salvaje?

Cuando íbamos a su casa, el tío me llevaba a una sala y señalaba a un aniña, la hija del doctor, con la cual se suponía yo debía entretenerme por el resto del día o, por lo menos, por el resto de la reunión con el doctor, siempre tan importante, siempre tan misteriosa. Gabriel fingía jugar con Isabel, unos años mayor, quien lo trataba como si fuese un bebé. Al principio ella quería enseñarle operaciones matemáticas, pero no le tomó mucho tiempo cambiar para la lectura. Estaba aprendiendo inglés y estaba decidida a enseñarle algunas palabras. José Gabriel entendía todo, página por página, porque en la biblioteca del tío Arturo había libros y diccionarios en inglés y él los leía a escondidas. Le gustaba luchar con aquellas palabras tan raras, porque cada línea era como leer un poema donde las palabras existen con más fuerza, como en un poema, oscuro, formulario, pero no podía pronunciarlas ni las entendía cuando alguien más las leía. *Claribel y Carlitos lo hablaban muy bien, o al menos eso parecía, pero nunca lo hacían delante de mí* porque la tía detestaba cuando se burlaban del pobrecito en una lengua desconocida.

Si algo de Isabel le gustaba era eso, sólo eso; le gustaba cuando ella pronunciaba varias veces *story, character, love…* De su boca salían sonidos imposibles pero muy bonitos, algo húmedos y con aliento de mujer (como le había escuchado decir a alguien y no lo había entendido hasta prestarle atención). Para ella, José Gabriel no entendía nada y sólo se limitaba a mirar sus labios haciendo acrobacias, entonces cerraba el libro con rabia y decía, *Mejor vamos a practicar reading en español.* Cuando hablaba en español su boca y sus ojos eran otros. José Gabriel se quedaba maravillado mirándola y ella se frustraba. No lograba nada con aquel pobre niño, pensaba, abandonado por la naturaleza y hasta por sus propios padres. Entonces buscaba otra actividad para hacer aquella pesada tarea de entretener al visitante algo más ligera.

Esta costumbre viene de los mayores, descubrió Gabriel poco después, porque ellos siempre están preocupados por la inteligencia de sus niños, sin la cual y sin un grado excepcional no podrían sobrevivir en un mundo sobrepoblado de genios. Cuando José Gabriel leía una frase de cuatro palabras, Isabel decía, con esa expresión exagerada de madres y maestras, *Good job, excelente, eres un chico muy inteligente...* Quizás por eso el mundo está tan poblado de genios, porque basta con decir *dos más dos son cuatro* o dibujar una luna con un árbol para ser comparado uno con Newton y el otro con Picasso. Un día leyó en un libro donde llamaban a todo eso "levantar la autoestima de su niño". Entonces el pobre muchacho, ya crecido y con incipiente barba, termina aterrizando de cabeza desde una de esas alturas del ego. Debe ser muy doloroso y, cuando ocurre, uno no se recupera más porque un genio no sabe cómo. En la Era de los castillos los adultos no debían torturar a sus niños con lápices sino con azadas y cuchillos de madera. Lo importante eran los músculos y otras habilidades como matar infieles o arrodillarse a tiempo ante el duque o el cura. Seguramente, reflexionaba José Gabriel, los lápices y las matemáticas son mejores, aunque un niño ahora debe sentir lo mismo bajo la insistencia tenebrosa de sus adultos de turno. A José Gabriel no le molestaban las cuentas ni los libros. Le molestaba, profundamente, paleontológicamente, cuando alguien se le acercaba con una hoja y un papel para comprobar su normalidad y los progresos logrados en su aproximación sistemática del pobre niño al estándar escolar.

Isabel se reía y decía *Al pobre niño no le cuesta tanto mucho entender el ajedrez, pero en realidad lo distraen mucho las máscaras.* Lo miraba sin poder adivinar sus pensamientos. *Como era natural,* reconoció Gabriel mucho después, *nunca hubo un acuerdo entre nosotros y a la muchacha decente docente vocacional le tomó poco tiempo entender el asuntito. Fuera de toda discusión, ella estaba mejor dejándome tranquilo en un rincón.*

Él tampoco había tardado mucho en comprender el inadvertido curioso vanidoso escandaloso oloroso sistema de los adultos: cuando la gente mayor le inventaba algún juego o alguna compañía no era para entretenerlo y mucho menos para enseñarle algo nuevo sino para mantenerlo tranquilo, en *stand by*, como decía el amigo o enemigo o indiferente agente del tío, el señor de bigote rubio y *overall* o sobretodo verde oscuro con acento extraño y mirada de engaño.

Gabriel no molestaba cuando no lo molestaban, así de simple. Casi no existía, y eso les servía a todos. Cuando estaba solo se sentía libre, podía pensar en cualquier cosa y era un poco como sus padres, transparentes, invisibles a simple vista, pero presentes siempre para acompañar al pequeño abandonado sin querer en este mundo calamitoso y doloroso como un alma en un pozo.

El tío y el doctor Ramírez siempre hacían lo mismo: se sentaban en dos sillones gigantes de cuero marrón y tomaban whisky hasta ahogar en excusas y proyectos de salvación las incertidumbres de las próximas elecciones. Empezaban con Dewar's y terminaban con Johnnie Walker. El primero más caro pero el Johnnie tenía esa cosa de ahumado. Empezaban hablando de la calidad del escocés importado y de otras bebidas recientemente recibidas por el doctor desde Perú o desde Italia. Al doctor le gustaban las cosas exóticas y el tío nunca tenía problema, nunca en su vida se había pasado de copas ni había pagado una sola multa por no parar en un cruce peatonal, *otra muestra de su esnobismo, arquitecto*. Se reían.

—Lo hago para educar con el ejemplo —dijo Arturo MacCormick, más serio—. Para más de un resentido, yo solo trato de llamar la atención cuando paro mi Mercedes Benz para dejar pasar dos indias con sus nueve críos. No es así. Cualquiera de esos críticos, si sacara la lotería, le pasaría por encima a sus propios hermanos, no para seguir la costumbre de romper las reglas sino para detener el agravio de unos pobres de a pie creyéndose con algún derecho de hacer esperar al Mercedes Benz. Apenas escalan un poquito se les acaba el discurso de la solidaridad con los pobres.

El tío no creía en cada una de sus palabras pero, por alguna razón oscura, pensaba una cosa y decía otra. O hablaba sin pensar, porque le convenía, pensó Gabriel mucho tiempo después, algunos años después de la muerte del tío, cuando las emociones y las ansiedades del presente ya se habían disipado del todo y sólo quedaban los recuerdos agarrándose de nuevos sentidos. Porque el presente es algo imposible de conservar como tal sin ser adulterado como pasado.

Después comentaban brevemente la salud de la esposa del doctor y antes de terminar con las novedades sobre el tío Carlos discutían los problemas económicos y la imposibilidad de cambiar las costumbres y las ideas de la población. *Cambiar una persona lleva mucho tiempo,* decía el doctor Ramírez, *mucho pero mucho tiempo. Imagínese cambiar un país. Bueno, en eso estamos.*

El tío Carlos no era malo, decía el tío Arturo, pero había equivocado el bando correcto para cambiar las cosas en este país. No había terminado la secundaria y dudaba si sabía escribir correctamente, pero se había dedicado a leer material tóxico por las noches cuando largaba su trabajo en el campo. *Lectura sin instructor es lectura peligrosa,* decía. *Leí por algún lado sobre todo eso y su inventor, Lutero,* había dicho el doctor Ramírez y el tío lo corrigió: *No sé quién pudo haberlo inventado pero los humanistas ya lo practicaban desde siglos antes.*

Como fuese, el caso del tío Carlos era difícil, insistía el doctor Ramírez. No era solo el material tóxico encontrado en su biblioteca. Ayudar con comida y refugio a dos subversivos escapados no caía dentro de la libertad de expresión.

Al tío Carlos lo agarraron en el rancho del abuelo Ramón. El abuelo ya estaba en sillas de ruedas y no pudo hacer nada cuando los soldados lo golpearon hasta dejarlo tendido en el patio. Cuando lo llevaron, el abuelo se quedó lamentándose, desesperado y moviéndose para todos lados. Quiso salir de la cocina y se cayó por las escaleras cuando intentaba bajar al patio. Allí quedó tirado por horas. Lo terminó levantando medio moribundo la tía Sofía. Sofía también gritaba y le preguntaba a Gabriel por qué no había ayudado al abuelo a levantarse. *Déjalo, pobrecito*, decía el abuelo, *el niño no entiende ni puede conmigo*. Esa misma tarde la tía Sofía salió en su motocicleta hacia el pueblo. Había ido a buscar al tío. Al tío lo habían llevado todo lastimado y sucio de tierra. Cuando volvió dijo *Ave María purísima, está muy mal, muy mal*. Según ella le habían cortado los testículos para terminar con la estirpe de revoltosos. Perro rabioso recién casado sólo puede dar cachorros de la misma raza. Cuando ya se ponía el sol escucharon el disparo. El abuelo gritaba *¡Sofía, Sofía, qué has hecho!* Pero no podía salir de la cocina. Se asomó a las escaleras por donde se había caído antes y no pudo bajar. Después empezó a gritarle a Gabriel. *¡Hijito, hijito, vuelva para acá! ¡Vuelva, no sea desobediente!* Pero Gabriel no podía parar. Fue corriendo hasta el establo y la tía estaba en el suelo, sobre un charco de sangre.

Salió corriendo campo afuera. Buscaba un lugar donde esconderse, pero todo era plano, apenas ondulado como un mar bravo y estático y los árboles eran escasos como islas oscuras y llenas de peligros. Para esconderse debía tirarse al suelo, entre dos discretos barrancos como trinchera. *Pero en realidad yo no quería esconderme, sólo quería perderme.* Lo supo mucho después, cuando se sentaba en un rincón y sentía placer imaginándose en un lugar desconocido, o conocido siglos atrás, y recordaba todo eso con temerosa precisión. No era como viajar por el tiempo; era viajar por el tiempo, por el laberinto del tiempo frente al cual cualquier cosa es intrascendente. Lo supo cuando, con unos años más, salía a caminar por el vecindario de la tía Noemí y se perdía. Todos decían *El chico no puede caminar solo porque se pierde*, pero en realidad se perdía a propósito (perderse en un lugar era maravilloso, pero perderse en el tiempo era un placer imposible de imaginar) y cuando no lo lograba, porque conocía demasiado bien las calles de alrededor, porque el día de la semana y el año presente estaban demasiado claros, se ponía de muy mal humor.

Cuando empezó a oscurecer no me detuve, seguí corriendo hasta caer en un pozo no muy profundo y no supe más nada hasta el otro día. Nunca supe qué había pasado con el abuelo. No lo volví a ver más ni volví a escuchar nada sobre él, pero con el tiempo supe la verdad. El abuelo había muerto el 22 de abril, porque la tía Noemí salió de casa con flores dos años seguidos en la misma fecha.

Muchas veces se le pasó por la cabeza la idea de algo improbable: en realidad, había sido él, Gabriel, quien había matado al abuelo Ramón y a la tía Sofía y luego había escapado por los campos. No se iba a dejar atrapar como atraparon al tío Carlos. Lo atraparon y lo golpearon y lo arrastraron por todas partes. Mucho antes, José Gabriel había tenido el revólver del abuelo en sus manos y sabía para qué servía porque el abuelo lo había sacado una vez para disparar al aire una noche, como para espantar ruidos extraños en el patio, había dicho con una sonrisa, para quitarle importancia al asunto. José Gabriel apenas podía levantarlo, y lo dejó en el mismo cajón donde lo había encontrado. *Yo sé, no fue así, yo no maté a nadie ni podría hacerlo, pero igual cada tanto tiempo pienso en esto y tengo miedo. Entonces me callo, no digo nada durante todo el día para no terminar diciendo algo horrible de escuchar.*

—Todo el mundo tiene algún secreto —dijo el doctor Ramírez—. Esto es simplemente la constatación objetiva de una realidad y yo lo sé por mi profesión. Sí, los abogados estamos obligados a ser un poco psiquiatras. O psicólogos. Bueno, nunca supe la diferencia. Unos envenenan con drogas y los otros sólo con la palabra, con esa excusa del confesionario, según la cual hablar cura. Pero yo no estoy de acuerdo. De hecho, si alguien no tiene secretos no es una persona sana, completa...

—Ni confiable. Siempre me llamó la atención aquello del personaje de Tennessee Williams... ¿Cómo era? Sí, decía "no confío en un abstemio", "no confío en quien no bebe", o algo así. Vaya uno a saber dónde radica la verdad de semejante sinsentido, pero por algo echó raíces en la memoria colectiva, ¿no le parece?

—Yo no confío en un maricón como él, pero por ahí irá su fama allá en el hermano Calibán. A veces toda la historia de un personaje depende de uno o dos críticos. "Ser o no ser, esa es la cuestión" "¡Mi reino, mi reino por un caballo!" "Algo huele a podrido en Dinamarca". Pero qué frases más estúpidas, ¿no le parece, arquitecto?

—No sé. Pero si lo dice…

—Al menos en castellano no dicen nada, pero ¿quién se atreve a cuestionar el brillo de semejantes ocurrencias?

— Quién sabe. Tal vez todo viene por el contexto de cada una… ¿Ha leído esas de Shakespeare, doctor?

— No, no, sálveme Dios. Para eso están los maestritos de mis hijos, con mucho más tiempo para esas cosas. Bueno para eso les pagamos y no para andar metiendo la política en *La Cenicienta* y *La Bella durmiente*, como alguno quiso hacer aquí también y ahora da clases en un pueblito de Italia, ¿no le parece?

—Dante, Shakespeare y Cervantes están llenos de política, me dijo alguien.

—Habrá sido el mismo imbécil, murto de hambre. Pero esos tres fueron grandes por otra cosa. Por alguna otra cosa, todavía por descubrir por mi humilde e insensible intelecto, arquitecto. Pero le puedo decir, por ejemplo… A ver… "Ladran, Sancho", esa de Cervantes sí es genial.

—No es de Cervantes, dicen…

—Otra vez. Al carajo. Igual son de algún genio anónimo. ¿Por qué esa manía de aclararlo todo? Yo trato de no buscarle explicación ni confirmación a todo. Por ejemplo, no tiene ninguna explicación el hecho (repito, lo digo por mi profesión) por el cual la gente sin problemas nunca tarda mucho en inventárselos. Mire, si no; los secretos. Los problemas inventados más populares son las aventuras amorosas. Por algo se llaman aventuras. Si no fuesen secretos la gente no sentiría ese miedo al parecer tan necesario para sentirse vivos. En otra palabra, *jóvenes*. Contrariamente a la sabiduría popular, yo no les exijo a mis clientes una confesión tipo domingo con el padre Jacinto, porque cada uno tiene derecho a sus propios secretos. Pero, claro, si no me dan la información mínima para defenderlos, poco puedo hacer.

—No entiendo la relación con lo anterior.

El doctor Ramírez levantó las cejas y se quedó buscando algo en su memoria.

—Ni yo. Debe ser el Johnnie Walker. Por eso yo no salgo del Dewar's o del Jameson, a no ser por un etiqueta negra del otro.

José Gabriel no tenía secretos, ni miedos ni nada de eso. *Vértigo…* vértigo, eso sí.

El primer y tercer viernes de cada mes tocaba visita al tío Carlos. El viernes siguiente era el tercer vienes y no tenía nada importante para pasar, había dicho la abuela. La NASA había preguntado por el matemático preso, nuevas reuniones entre Estados Unidos y la Unión Soviética sobre armamento nuclear, ese tipo de cosas inevitables y fuera de control.

José Gabriel hablaba mucho con el tío Carlos. Afuera nadie lo sabía, ni se imaginaban. Adentro se mantenía en estricto secreto. Aquel niño casi mudo con el resto del mundo era una de las pocas, sino la única, conexión real con la realidad exterior, para los presos, y con su propia realidad interior para el tío Carlos. Según decía la abuela, Josesito sólo repetía de memoria sus mensajes, pero para el tío Carlos el niño había aprendido a hablar sobre muchas cosas porque él, el tío encerrado, sabía escuchar y en una hora tenía mucho tiempo para eso. Siempre sobra el tiempo cuando se sabe escuchar. A veces, cuando un soldado se acercaba mucho, el tío lo llevaba a los juegos y lo columpiaba un rato. A veces jugaba con Clarisa y Carlitos, cuando iban, porque a ellos no les gustaba ir a la cárcel, porque era el lugar más aburrido del mundo, decían. Cuando otro niño le pedía para jugar en el subibaja Gabriel movía la cabeza y se retiraba. Cuando volvían al banco, otro soldado se aproximaba y se quedaba escuchándolos. Entonces el tío empezaba a hablarle como si él fuese un niño de cuatro años:

—*Erre con erre carrito, erre con erre carril, qué rápido giran las ruedas del ferrocarril.*

O repetía aquel verso usando una sola vocal:

Astaba la calavara

santada an ana bataca

a vana la maarta

a la praganta par ca astaba tan flaca.

Luego con *e:*

Estebe le kelebere

sentede en ene beteke

e vene le meerte

e le pregente per ké esteve ten fleke...

Al principio esto le molestaba, pero un día decidió seguir el juego y hasta se rio, cosa por lo menos inaudita en aquel niño:

Istibi li kilibiri

sintidi in ini bitiki

i vini le mirti

i li priginti pir ki istibi tin fliki.

Y el tío:

Ostobo lo coloboro

sontodo on ono botoco

o vono lo morto

o lo progontó por có ostobo ton floco.

Entonces el soldado se retiraba molesto y los dos terminaban con la *u*:

Ustubu lu culuburu

suntudu un unu butucu

u vunu lu murtu

u lu pruguntú pur cú ustubu tun flucuuuuu!

El tío Carlos nunca se enojaba con nada y Gabriel podía hablar de cualquier cosa. Nunca tenía nada para contarle y siempre estaba esperándolo. *¿Qué puedo contarte yo? Aquí adentro no pasan muchas cosas… Cuando estoy allá adentro estoy esperando el día de visita de niños para volver a verte y conversar. Los meses con cinco viernes son como una eternidad.*

El tío quería de verdad escucharlo y Gabriel aprendió a contarle un poco de todo. Había aprendido a ver el mundo a través de los ojos de Gabriel, y Gabriel, al menos por algún tiempo, veía el mundo para él. *Él estaba preso adentro y yo estaba preso afuera. Si yo me quedaba callado él se ponía a mover las manos y parpadeaba. ¿Y qué más?*, preguntaba y enseguida agregaba, como si volviese a iniciar la conversación: *¿Cómo pasaste? ¿Te tratan bien en la casa de la tía? ¿Ya tienes novia?*

José Gabriel siempre negaba con la cabeza, pero una vez le dijo *Daniela*, su novia era Daniela, sólo por no decir siempre lo mismo, es decir nada. Joselito decía *Si a uno no le gustan las mujeres es maricón, ¿sabes? Esa es la peor desgracia en un hombre.* Seguro tenía razón, porque la abuela alguna vez dijo en una reunión de amigas *Yo prefiero tener un hijo ladrón mas nunca maricón. Lo de ladrón se cura, mas lo de maricón no.*

El tío Carlos dijo *No me hagas aso*. Sólo preguntaba eso de la novia para hacerle una broma, pero en realidad no debía sentirse obligado a contestar. Pero apenas José Gabriel había dicho *Daniela*, de repente sintió algo dentro. Daniela era linda y cuando dijo su nombre le pareció mucho más linda, linda hasta sentir cayéndose de un edificio muy alto, como en aquellos sueños recurrentes, cuando despertaba entre la angustia y el alivio de no haberse caído de verdad.

—Daniela, Daniela es mi novia —dijo.

—Pero ella no lo sabe, ¿verdad? —preguntó el tío.

—No lo sé… —contestó Gabriel

Tal vez no era su novia, pensó luego Gabriel, pero le gustaban sus ojos entre su pelo rojo y rizado cuando lo miraban.

El tío se sonrió y dijo *No te sientas mal por eso. Ya eres un hombrecito* y estaba bien si le gustaba una chica, aunque fuese tanto mayor. Cosas de niños. Él había sido igual de enamoradizo de niño. De hecho, tenía dos: una porque ya había desarrollado sus senos y la otra porque tenía unos ojos hermosísimos, capaz de matar a cualquiera de una sola mirada. Pero ninguna lo supo nunca, porque era demasiado tímido para decir algo.

—Debes esperar unos años todavía. Seguramente ella te va a esperar —dijo el tío.

Entonces José Gabriel le contó. La habían despedido de la casa por robar dinero. Después de un gesto de sorpresa y un largo silencio, el tío Carlos dijo *Qué terrible. Lo siento por la muchacha y por su padre. Seguramente se trató de un malentendido, de una confusión. Bueno, si ya ha conseguido trabajo su situación no debe ser tan grave… El tío Arturo es muy bueno y se ha portado muy bien al ayudarla, pese a todo.* De alguna forma, el tío Carlos buscaría no decirle toda la verdad a su padre, porque ya tenía suficiente con estar pudiéndose allí adentro. El pobre viejo (porque ya era un viejo a fuerza de tragarse un disgusto tras otro) se pasaba todo el día resolviendo ecuaciones de movimiento de los campos físicos para no pensar. Las hacía mentalmente, porque no le permiten escribir cosas tan difíciles de entender hasta para los generales.

—Si me las dice… —dijo Gabriel.

—No le permitirán hablar contigo. No eres familiar —dijo el tío y enseguida se rio: —Bueno, todavía no… Pero si quieres le puedo contar toda esa historia. Pero si me pide memorizar sus fórmulas está frito.

También dijo *Confío en el doctor Ramírez,* aunque apenas lo dijo agachó la cabeza como si estuviese muy cansado. Los adultos con frecuencia se mienten a sí mismos por diferentes razones: porque prefieren ocultarles a los más chicos la verdad o porque prefieren creer sus propias mentiras.

—¿Es muy grande su casa? —preguntó.

—Sí, es grande como la casa de la tía —dijo Gabriel.

—¿En el mismo barrio? —preguntó.

—No sé. Veintinueve minutos noreste. Pero cuando el tío no pasa por la calle de adoquines llega diez minutos antes.

—¿Qué dijeron de mí?

José Gabriel dijo la verdad. El tío Arturo decía *El tío Carlos es muy bueno, pero tuvo la mala suerte de estar en el lugar equivocado en el momento equivocado. Es un hombre con buenas intenciones, aunque se haya intoxicado con malos libros.* Eso decía. Pero como decía antes, los adultos mienten por diferentes razones.

— ¿Qué libros son malos? —preguntó Gabriel, después de un largo silencio.

—Hay muchos libros malos —dijo el tío Carlos —, muchos libros malos y demasiado pocos buenos… Pero ninguno hace mal si uno es bueno. Los libros no tienen la culpa de nada, no les tengas miedo. Sí, algunos les tienen miedo, mucho miedo, sobre todo los mandamás les tienen mucho miedo y por eso los encierran en sus bibliotecas altas y oscuras como este edificio. Los libros dan poder a quien no lo tiene. Cuanto más poder acumula alguien por otros medios, más odia los libros. Por eso los queman o los prohíben. O los encierran en bibliotecas oscuras, como a nosotros. No le tengas miedo a los libros. Visítalos y conversa con ellos en secreto, por lo menos hasta cuando seas grande y ya no haya tantos marcianos verdes en las calles.

—El doctor Ramírez tiene muchos libros, tantos como el tío Arturo.

—Me imagino —dijo el tío Carlos, mirándose las manos—. Son bonitos, ¿no?

—Sí.

—Se ven muy bien todos del mismo tamaño, ¿no?

—Sí. Pero a mí me gustan cuando tienen las páginas sin cortar.

—Muy bien, Bernardo —dijo el tío—. Eres listo como El Zorro.

Tomó aire y luego lo dejó escapar, como si con él se fueran todas las palabras en silencio.

El tío Carlos era como él, pensaba Gabriel. A veces no quería hablar de algunas cosas. ¿Por qué no hubo visita el viernes pasado? José Gabriel se lo preguntó, pero él se encogió de hombros y sonrió. *¿Por qué tienes esas marcas en los brazos?* preguntaba Gabriel y él se pasaba las manos sobre las marcas y las dejaba allí. *Nada*, decía él, *no es nada, me caí limpiando mi cuarto.* Entonces Gabriel aprovechaba para preguntar, por qué nunca lo habían dejado pasar la valla del patio de juegos.

—¿Cómo es tu cuarto, tío?

El tío volvía a sonreír y se quejaba:

—Estás preguntón hoy... Bueno, no es una habitación muy grande, pero no tiene techo. Eso es lo mejor.

Entonces, por las noches, puedo ver todas las estrellas pasando por ahí, como si fuese una película, y así me voy durmiendo de a poco y de a poco empiezo a caerme para arriba.

—Eso no es posible.

—Sí es. No es como cuando uno se sueña cayéndose de un edificio o de un precipicio. No, no, es como si flotara y de a poco uno puede volar si sabe mantener el cuerpo en la posición correcta.

Sonreía con toda su cara, levantaba los brazos y hacía como si pudiese volar como Superman. Pero el tío no era Superman, porque Superman no existía ni nunca había existido.

—A mí me gusta el Zorro —le decía Gabriel y él decía:

—Claro, el Zorro no puede volar pero es como si volara y además es de verdad, no una mentira de acero.

—Superman es un alcahuete —dijo Gabriel, y el tío se dobló de risa, de una risa muda, reprimida.

A José Gabriel siempre le fascinó el Zorro. Un día, para su cumpleaños, el enmascarado

En su corcel

cuando sale la luna

se dejó ver en la casa de campo del mismo tío Arturo, no muy lejos de la del Tata Tuta. Habían ido todos con la abuela Juanita a pasar el día allí porque había más espacio para juntar a la familia. No era sólo una casa sino varias, con impecables arcos pintados de blanco, pasillos de piedra y fuente de agua en el patio, todo muy parecido a una época antigua, como hubiera sido la verdadera casa del Zorro, de Don de la Vega, sin el paso del tiempo.

Aquella mañana, José Gabriel recibió muchos regalos, pero ninguno como el último de todos. Cuando ya se ponía el sol y se esfumaba el día de su cumpleaños, de repente se puso todo oscuro y se sintió un trueno. Iba a llover. Entonces apareció el Zorro en el techo y lo saludó por su nombre.

En su corcel
cuando sale la luna
aparece el bravo Zorro

Era la misma figura negra de la televisión, los mismos golpes de las patas del caballo sobre la tierra, la misma sonrisa.

Al hombre del mal
él sabrá castigar
marcándole la zeta del Zorro

Se escuchó un trueno muy fuerte y el Zorro saltó en su caballo y se fue galopando. Fue todo muy rápido, pero duró por el resto de su vida.

José Gabriel salió corriendo, gritando *¡es el Zorro!* y todos pudieron verlo. Todos se asomaron a las ventanas y confirmaron haberlo visto alejarse en su corcel negro, iluminado de vez en cuando por los rayos de una tormenta como nunca se había visto antes y gracias a la cual había terminado una mortal sequía de dos años. José Gabriel no

estaba seguro si los demás lo habían visto y por eso preguntaba varias veces. Pero todos lo confirmaron, hasta
Claribel. Todos, menos el tío Carlos porque se había ido a
vender el trigo del abuelo a la ciudad. La abuela lloró de
emoción al verlo volando en aquel caballo tan bonito y
con una capa tan larga y tan oscura. Nunca había visto un
caballo negro tan bonito y tan rápido. Ese fue el mejor
cumpleaños de Gabriel, y de tanto pensar en esa noche,
una noche apenas cumplido los dieciocho años llegó a la
conclusión, para nada decepcionante a su edad (probablemente lo contrario): el Zorro era el tío Carlos. Entonces,
volvió a admirar y a respetar al Zorro. Porque el Zorro era
de verdad, no simplemente una fantasía infantil.

—A mí me gustaba mucho jugar a ser el Zorro —le
dijo Gabriel al tío Carlos, muchos años atrás, en la cárcel—. Mamá me hizo el traje con tela negra. Eso fue lo
último. Cuando ella se fue, dejé de usarlo. Pero al poco
tiempo apareció el Zorro para mi cumpleaños.

El tío se apretó los ojos con dos dedos y enseguida
empezó a cantar bajito y Gabriel lo siguió casi murmurando, mirando de reojo y de lejos al guardia:

En su corcel,
cuando sale la luna,
aparece el bravo Zorro.
Al hombre del mal él sabrá castigar
marcándole la Zeta del Zorro.
Zorro, Zorro, su espada no fallará.

Zorro, Zorro, la Zeta le marcará.

Zorro, Zorro, Zorro, Zorro, Zorro, Zorro…

En ese momento se acercaron dos guardias y los dos hicieron silencio. Dieron la orden de terminar la visita. *Mientras se iba, el tío se dio vuelta y me guiñó un ojo con su sonrisa habitual. No había dudas, el tío Carlos era el Zorro.*

El doctor Ramírez le informó sobre los motivos por el nuevo despido de la señorita Daniela. Había sido por las mismas razones harto conocida por el ministro. La pobre chica, a esa altura incorregible, había robado dinero o se había llevado a su casa parte de las compras del supermercado. No estaba claro, pero la oscuridad de los hechos eran apenas detalles en comparación a la gravedad de fondo. Al parecer, la niña se había defendido con razones confusas o inaceptables sobre el poco cariño de la señora y el exceso de lo mismo del señor, lo cual había llevado a la solución final de la rotura de la soga por su lado más débil y la excusa perfecta era echar mano al antecedente de la víctima. Todo esto según ella, claro. *No vaya a pensar mal, arquitecto. Yo solo repito información desclasificada.* El doctor se lamentó y dijo *Lo siento por usted, arquitecto*, porque había sido él quien la había recomendado. Pero no le extrañaba, considerando los antecedentes y la situación de su padre, preso, seguramente no por vender pastelitos de guayaba.

—Está preso por otras razones— dijo el tío Arturo.

—Bueno, siempre hay distintas razones para ir a la cárcel y ninguna es buena.

Al doctor Ramírez también le gustaba Bach. O lo ponía cuando se reunía con el tío, porque tenía un solo disco del genio de Eisenach, como lo llamaba para no decir dos veces Bach. Siempre empezaba con Tocata y Fuga, seguía con la Suite 3 y terminaba con Aire, pero nunca recordaba el nombre de cada una. Para el doctor todas eran Bach. José Gabriel recordó las palabras del tío Carlos y pensó *Todos los libros son, para el doctor Ramírez, El Quijote o La riqueza de las naciones.*

El tío hizo un último intento por defenderla o justificarla. Tal vez la muchacha estaba pasando necesidades. Era necesario ponerse en su situación.

—¿Usted cree? —preguntó el doctor— Aparentemente los Zamora le pagaban un buen sueldo. ¿Cuánto le pagaba usted? Bueno, disculpe. La gente de dinero no hablamos de salarios ajenos. Cuestión de pudor. Disculpe.

El tío se quedó un rato en silencio y dijo:

—Tal vez no era un buen sueldo…

—No tan malo, no tan malo, arquitecto. Tal vez a usted le agarró el sentimiento de culpa. Usted es un tipo demasiado sensible después de todo, y eso se puede ver. Es más, se agrava con la edad y no lo corrige ni un Johnnie Walker. Así como los jóvenes son rebeldes y revolucionarios por naturaleza e inmadurez, los viejos se van volviendo más y más sensibles a las desgracias ajenas. Lo cual es como un retorno a la juventud pero sin los beneficios de aquellos años, ¿no le parece, arquitecto? Claro, no a todos nos agarran esos extremos, pero es necesario esperar, digo yo.

Otro largo silencio. Luego el tío dijo con voz muy baja.

—En mi casa no pagaba alquiler.

—Y qué puede estar pagando por aquel cuartucho— dijo el doctor Ramírez.

—No tengo idea. ¿Está alquilando, entonces? Ni siquiera lo sabía.

—Bueno, no es mi problema —dijo el doctor.

—Usted se da cuenta cómo, por una miseria, una chica tan joven y de familia puede terminar quién sabe en qué ambientes, rodeara de delincuentes, de proxenetas, de drogadictos y mafiosos…

—O de rojos. Bueno, de rojos ha vivido rodeada, por lo menos de niña, antes de ser rescatada por usted.

—Yo no la rescaté de ninguna parte.

—Como sea. A mí me preocuparía si mi hija se relacionara con gente como esa *pobre muchacha*.

—Todos fuimos buenos alguna vez —insistió el tío Arturo— pero tuvimos distinta suerte. Nuestras hijas tienen a sus padres quienes se ocupan de ellas… Seguramente no debí despedirla aquella noche.

—¿A dónde iría a parar su sentido del respeto y de la ley, arquitecto? ¡Así estamos en este país! Cualquiera toma el atajo más fácil para hacer dinero y cuando mete la mano en la lata, piensa *No lo hubiera hecho si no fuese pobre. Ave María Purísima, como dicen las viejas.*

—Sí, los ricos no pueden alegar necesidad… Pero a mí qué me hubiera costado perdonar el robo de unos pocos pesos. Podía haber hablado con ella…

—En fin, usted tiene un corazón de oro. Por algo es usted el candidato a la vicepresidencia y no yo.

Otras veces el doctor Ramírez había dicho, con más entusiasmo, *Con el tío Arturo habrá una renovación moral en el gobierno.* Había estado un poco alicaído en los últimos meses. Las cosas parecían ir bastante mal, no tanto por las carencias propias del gobierno nacional (más no se le podía pedir) sino por los problemas de la crisis económica internacional. Si el tío Arturo era elegido vicepresidente, el doctor Ramírez sería nominado para la Corte Suprema y el tío Carlos tendría alguna posibilidad de salir de la cárcel. El tío Carlos se sonreía al escuchar esto mientras decía *Sí, probablemente.* Pero no era la sonrisa del Zorro, más bien era la de don Diego.

—Si uno se equivoca —dijo el tío—, al menos debería equivocarse siempre en favor de los más débiles.

—Vamos, arquitecto, todavía no son las elecciones. Cambiemos de conversación porque me va a hacer llorar.

Estuvieron discutiendo, mejor dicho, hablando de política hasta Aire de Bach. Cuando sonaban los violines el tío empezaba a apurar su whisky y ponía las manos en el posabrazos del sillón hasta encontrar el mejor momento para decir *Bueno, ahora sí, ese fue el último* espirituoso, se le hacía tarde. El doctor Ramírez decía *Vaya con Dios. Lo espero el 23*, o algún otro día, después del Informe de Fulano sobre tal o cual asunto. Siempre tenían algo grave sobre lo cual discutir en secreto y lo hacían mejor cuando el whisky les alivianaba la existencia.

Esa tarde hicimos al revés. De la casa del doctor Ramírez fueron a la calle de adoquines. El tío detuvo el auto debajo de un árbol y se quedaron en silencio un rato largo. Después de mucho esperar apareció Daniela caminando hacia el portón de rejas. José Gabriel fue el primero en reconocerla. Se había dejado crecer el pelo o se lo había soltado, porque la cantidad de rizos rojos casi no le dejaban ver la cara. Viéndola caminar, Gabriel supo cuánto la quería. Nunca la había visto así cando la veía todos los días. Pero cuando el tío la despidió, él empezó a extrañarla y empezó a pensar en ella con frecuencia. Eso pasaba siempre, decían los poetas de los libros. Pasa con el amor, con la madre y con la libertad. A José Gabriel no sólo le gustaba, le fascinaba su pelo rizado de una forma inexplicable, y de sus ojos y de su pelo había derivado a sus caderas dibujadas debajo de un vestido blanco, pero esto último no quería ni pensarlo. Así era como uno se iba al Infierno, decía la tía Noemí y las amigas de la abuela. Entonces José Gabriel miraba su pelo. Daniela era bonita. Las mujeres de las revistas, siempre perfectas, siempre solas, no podían compararse con ella, aunque todas parecían solas, como Daniela.

Pero José Gabriel no dijo ni una palabra porque seguro el tío Arturo se iba a molestar.

Cuando Daniela abrió el portón de rejas y luego entró a la casa, el tío sacó una calculadora electrónica de la guantera y se la dio a Gabriel para jugar y le ordenó no moverse de allí. Iba a volver en un minuto, dijo, como si estuviese nervioso. José Gabriel siempre había deseado tener aquella calculadora, la calculadora de hacer gráficas, pero el tío no le dejaba tocarla siquiera porque era, decía, una herramienta de trabajo.

$$y = 9x - 4$$
$$y = x^2 - 3x + 5\ldots$$

El tío tocó el timbre varias veces, pero nadie abrió.

El tío Arturo llevó a Gabriel al circo porque alguien de lentes espesos y bigotes antiguos había dicho *Es por lejos el mejor circo por aquí en años.* A José Gabriel nunca le gustaron los circos. El tío Carlos decía *Es muy triste ver a los payasos con una sonrisa pintada y tratando de hacer reír a un montón de gente comiendo palomitas de maíz y tajadas de sandía como si fueran cerdos.* A José Gabriel tampoco le gustaba ver tantos niños con la cara pegoteada de algodones de caramelo. *Ustedes dos son tal para el cual*, se había quejado la tía Susana, la de los lentes de sol hasta los días de lluvia, *y quiera Dios uno no termine como el otro. A todo le encuentran cinco patas, están peleados con el mundo y no hay quién respire al lado de gente así.*

Pero José Gabriel sentía un gran cariño por aquellos animales tan extraños. Tal vez porque había visto y leído en los libros sobre sus antepasados poblando dignamente las selvas, estepas y sabanas de África, y ahora sus hijos y nietos recibían todo tipo de humillaciones, forzados a repetir las mismas cosas una y otra vez, como en un disco rayado, en medio del griterío, antes de volverse a sus jaulas. *¿Hay circos en África?*, había preguntado Gabriel varios días después, y el tío Carlos decía *No sé*, no tenía ni idea, pero si hubiese seguramente habría caballos de Europa y osos de Norteamérica y afuera habría hombres blancos plantando café y mujeres rubias cocinando y lavando para delicadas negras, ocupadas en salvar la civilización, las buenas costumbres y la pornografía.

Para el tío Arturo el circo era la diversión más sana para los niños. Los animales salvajes estarían peor en la selva. No la pasaban tan mal con toda la comida a pedir de boca y por la cual debían hacer algo para ganársela, como cualquier ser vivo. Hasta las plantas deben crecer y esforzarse por alcanzar la luz si quieren sobrevivir. Mucho más los animales salvajes en la selva o los hombres en la civilización. *¿Entonces qué diferencia hay entre la selva y la* *civilización*? preguntó Gabriel y el tío sacó la billetera para pagar las dos entradas.

El número más aplaudido fue el de las mujeres voladoras. Tres mujeres danzaban en el aire colgadas de sus cabellos. José Gabriel nunca se imaginó cuán resistente podían ser el pelo de una mujer y la piel de su cabeza, aunque según los libros bastarían dos mil pelos trenzados para sostener a una persona, y cada persona tiene alrededor de cien mil. Las mujeres tampoco eran muy pesadas. Eran muy jóvenes, tenían esa edad cuando cualquier mujer es bonita, porque la juventud hace hermosa a cualquier mujer, había escuchado decir al tío en casa del doctor Ramírez, mucho antes del asunto de Jefferson y Perón.

Las tres se sostenían en el aire de unas cuerdas muy altas y por mucho tiempo, moviéndose, danzando lentamente como sirenas en el agua. No debían sentir nada, pensaba, porque sus caras no decían nada, como si fuesen muñecas, como si fuesen esas mujeres de la moda, siempre extravagantes. Distintas a los payasos, esas mujeres tan bonitas están obligadas a poner caras de malas, pensaba, de difíciles, de jóvenes molestas, indignadas cuando alguien las mira por bonitas y se deprimen luego cuando pasan los años y empiezan a escasear las miradas o son miradas de viejos hartos del matrimonio o ya cansados de la indiferencia de esta vida. *Es el síndrome de la puta fina*, había dicho el tío Carlos, poco antes de arrepentirse porque, dijo, esas supuestas diosas son, en realidad, unas pobres esclavas.

Las mujeres voladoras tampoco sonreían, ni lloraban, ni expresaban nada, como si fuesen seres superiores, insensibles. Como los payasos (si no se reían y si no hacían reír a nadie, no cobraban) así igual aquellas pobres mujeres: si se quejaban, si el cliente advertía en ellas algún tipo de sufrimiento, tampoco servía. La gente no pagaba para sufrir. Cualquier llanto debía ser desautorizado, sobreactuado, como el llanto exagerado, ridículo de los payasos para arrancar la risa de la multitud.

Tal vez las mujeres sentían mucho dolor y no podían demostrarlo, porque el público había pagado para divertirse y nadie se divierte viendo a una mujer sufriendo y el dueño del circo no quería al público quejándose, sea por el mal espectáculo *O por... ¿Cómo le dicen ahora esos maricones degenerados? Sí, eso, los Derechos humanos y hasta Derechos animales y lo ponen siempre en mayúsculas para dramatizar la cosa... ¡Pero si no fuera por nosotros nadie comería, ni las putas ni los animales!*

En cierto momento las mujeres hicieron un círculo muy grande alrededor de la pista, como si saludaran al público antes de subir definitivamente. Fue entonces cuando Gabriel vio a Daniela. Era la del medio, la más bonita. No pudo reconocerla antes porque estaba muy lejos, porque su pelo estaba estirado y no se podía decir de qué color era. Pero su cara era la misma. No se lo dijo al tío Arturo porque le iba a decir *No, ¿cómo se te ocurre? Te parece, todas las mujeres lindas son muy parecidas desde lejos.* Aunque seguramente no habría dicho eso de *lindas*, porque el tío era un caballero muy medido, *demasiado medido y recatado*, según decía el doctor Ramírez a las carcajadas mientras le recomendaba relajarse un poco, una copa más, porque la vida era como el buen vino, estaba allí para ser bebida y vivida. Eso antes del asunto de Jefferson y Perón.

Ella reapareció en el siguiente número de los cuchillos. Se puso contra una pared de madera y un hombre le tiró varios cuchillos. Cinco cuchillos se clavaron muy cerquita de su cuerpo, uno y otro a cada lado y después de la nerviosa exclamación del público. Esta vez Daniela tenía cara de miedo y cuando un cuchillo golpeaba cerca cerraba muy fuerte los ojos. Esto no debía estar prohibido, porque le daba un poco de dramatismo al número. Enseguida sonreía y volvía a verse bonita, con su vestido corto de lucecitas de colores. *¡La va a matar!* Dijo Gabriel y el tío se levantó nervioso, pero enseguida volvió a sentarse.

Esa vez José Gabriel no le dijo al tío la verdad. Aquella mujer tan joven, tan aplaudida, con tantos talentos y tanto coraje, era Daniela. *De a poco fui aprendiendo a ser quien soy.* El tío Carlos se lo le dijo mucho antes: el Zorro nunca decía todo y nunca se aparecía sin su máscara negra. Sin don Diego de la Vega no había Zorro y sin Zorro el mundo sería mucho más oscuro.

Solo cuando uno aprende a no decirlo todo, aprende a hablar.

Todas las palabras tienen color y textura. Claribel y Carlitos decían *Claro, la palabra azul es azul y la rojo es roja.* No se trataba de eso. Para José Gabriel no siempre era así. Después leyó en los libros del tío Arturo algo sobre el color azul. En casi todas las culturas el azul es el color preferido porque se encuentra mucho en el cielo y en el agua, pero no siempre fue así. Antiguamente el azul no era un color importante y siempre aparecía en el vocabulario después del rojo. Tal vez porque la sangre era más importante; estaba en la comida y en uno mismo cuando se lastimaba. Los primeros hombres y mujeres despiertos en la historia debían estar más ocupados con las cosas de la tierra y menos con las cosas del cielo. La menstruación debió ser tan importante como lo es realmente, pero aquellos seres sangrantes y sufrientes aprendieron a no hablar de lo importante sino de formas indirectas o simplemente se referían a ellas con silencio absoluto o con desprecio sagrado. (Las mujeres siempre recuerdan aniversarios, todo tipo de fechas familiares menos las fechas históricas. Los hombres no. Los hombres recuerdan cualquier cosa menos los aniversarios. Debe estar en los genes de cada mujer y debe ser un entrenamiento desarrollado a partir de la primera menstruación. Para ellas, los ciclos, los meses, los años sangran y de esa memoria depende la vida.) Tampoco había azules en las pinturas antiguas hasta los antiguos egipcios. El azul es dominante en culturas más sofisticadas, pensaba Gabriel. Para él, la palabra *azul* era casi siempre azul y el rojo rara vez era rojo. Todo dependía del significado de cada rojo y de las palabras alrededor. El azul del cielo cambia tanto como el cielo y siempre lo sorprendía confirmar la pobreza del diccionario, para el cual no había cien variaciones de la misma palabra sino apenas seis o siete: rojo, colorado, carmín, punzó, burdeos, púrpura... Existe el celeste, y los azules acompañados de diversos adjetivos, pero la palabra solita parece referirse a un solo azul cuando en realidad puede querer estar expresando muchos otros azules. El rojo solo es rojo para algunas flores y para la sangre fresca y cuando aparece a la luz del día. La palara *bonita*, en cambio, tenía varios colores, pero por regla general tenía el color del cobre, porque la dijo por primera vez tocando el pelo de Daniela. *Tu perlo es diferente*, le había dicho y ella dijo *¿Por qué es diferente?* Él no lo sentía diferente porque era un color raro, un poco rojo, un poco naranja, porque era rizado y flotaba en el aire. No, dijo *Porque eres muy bonita*. De ahí debe venir ese color de la palabra *bonita*. Nació allí y nunca más se le borró del vocabulario. Así todas las demás palabras, aunque no recordaba el momento preciso de muchas. Las palabras son muchas, y nos habitan como las células recorriendo nuestra sangre, sin darnos cuenta. José Gabriel había calculado la cantidad guardada en su memoria. Sabía aproximadamente 86.000 palabras en español. El diccionario de la Real Academia del tío Arturo tenía 83.500 palabras y si él lo abría al azar podía reconocer el 98 por ciento en cada página. Es decir, por entonces sabía 81.830 palabras. A eso se debía agregar un cinco por ciento o más de palabras inexistentes para el diccionario, hasta alcanzar la cifra total de 85.922. Eran muchas palabras y, curiosamente, no recordaba el momento preciso y la ocasión cuando había escuchado o aprendido cada una. Seguro la mayoría las había escuchado mucho antes de tener alguna conciencia del mundo y de sí mismo, pero escuchar una palabra y descubrirla son dos cosas diferentes y casi siempre se producen en dos momentos muy diferentes: el segundo siempre es el momento más importante. *Es como cuando uno aprende la palabra Ford,* pensaba, *porque el vecino tuvo un accidente con su Ford y ese mismo día uno ve quince autos marca Ford, como si uno no hubiese sabido antes de la marca del auto del vecino hasta el accidente, como si uno ignorase completamente la mera existencia de la marca Ford hasta haberla escuchado, aprendido y comprendido, no sin implicaciones trágicas debido a las circunstancias del azar. Lo mismo me pasaba con el número 27. Cuando me enteré de la desgraciada noticia de la muerte de la tía Sofía el mismo día de su cumpleaños 27, el número 27 se me empezó a aparecer con una frecuencia anormal en las matrículas de los autos, en los números telefónicos, en la lotería. Como si el número 27 me persiguiera y la tía quisiera decirme algo más allá de los límites naturales de mi entendimiento. O tal vez no quería decirme nada, sólo quería mostrarse, dejarse sentir, como un último intento de existencia, tal vez de bondad, ayudándome, tratando de hablar conmigo cuando yo no quería hablar. Yo casi nunca quería hablar, ni siquiera con los muertos; sólo quería entender, lo cual muchas veces es un error.*

Ahora, *perdido* tiene color verde oscuro, pero no es el mismo verde de los soldados con el color verde de la muerte. *Perdido* es verde y suave como el campo cuando atardece y tiene el mismo color de las palabras *escondido* y *libre*. Todas esas palabras son *azulverdes*, el color de la tranquilidad y la euforia al mismo tiempo, un azul verde muy oscuro, azul verde de cuando el sol se ha puesto y todavía queda un crepúsculo profundo, un crepúsculo de oro y cobre. Es el color de la llama cuando el cobre se quema en el fuego del sol y de a poco se va apagando. Entonces la oscuridad irradia una fuerza difícil de explicar.

José Gabriel había conocido a Sofía en la ciudad, mucho antes de ser la esposa del tío Carlos. Era una joven delgada y de pelo largo, muy negro. Él decía *Ella es muy bonita* y la abuela se enojaba. *Los niños no hablan de esas cosas. Además, tú, tan bueno para los números, ¿no puedes calcular cuantas veces mayor es ella?* Pero al tío Carlos no le importaba. Se reía y decía *Dejen a ese crío tranquilo. Además, es preferible dos maridos atentos y amorosos a ninguno.* La abuela levantaba presión cuando el tío decía tonterías. *Esas cosas no te las enseñé yo ni quiero a este pobre niño aprendiendo semejantes inmoralidades. Bastante ya tiene*, se quejaba la abuela y se iba a la cocina.

Luego volvía, todavía más furiosa, y murmuraba, *Tú te ríes, pero con esas cosas no se juega. Un día Dios los va a castigar a los dos, a uno con un marido celoso y al otro con dos cuernos así de grandes.* La abuela no quería ningún castigo de Dios para su sangre, pero no encontraba mejor forma de hacerse respetar sino recurriendo a la mayor amenaza conocida por la especie humana. *Deja a Dios tranquilo,* le contestaba el tío. *Ya bastante tiene con este mundo de mierda como para agarrárselas con un niño y con un peón de campo, casi tan pobre como la viuda de Jesús y con apenas plata como para comprarse una moto del tiempo de Matusalén.*

La gata Luisa y unos pocos vestidos descoloridos, quemados casi en secreto por una vecina y el cura al fondo de la iglesia, fue toda la herencia de Sofía. El tío Arturo adoptó la gata, pero solo Gabriel podía verla y sabía de su existencia. Cada tanto algún miembro de la familia la descubría, casi con sorpresa de no ser porque la vaga memoria de aquel pequeño ser oscuro revivía cuando lo veían. No la querían ni adentro ni en ninguna parte. Según Claribel y Carlos, era de mala suerte, sobre todo cuando se atravesaba por delante. Era mejor regalarla, pero como nadie más la quería y no estaba claro si no quererla también podría traer la misma mala suerte, allí se quedaba por inacción de las partes interesadas. Alguna vez discutieron acerca de la edad del animal. Cuando no estaba desaparecida, alguien rellenaba su plato por las dudas. Si se moría, debía de ser por causas naturales o por alguna de sus expediciones amorosas. Al principio Luisa se entretenía en los pinos del fondo de la casa, pero poco a poco comenzó a engordar y sus extraordinarias habilidades para trepar árboles y cazar pájaros terminó en poco tiempo. Desde entonces se especializó en escabullirse por los rincones de la casa, como si fuese un reptil. Probablemente tenía seis o siete años, es decir, todavía estaba en su juventud o había llegado recién a la edad media, humanamente hablando.

Luisa también lo sabía; con excepción de Gabriel, nadie la quería en la casa. Por eso sólo entraba por una ventana cuando estaba muy oscuro y trataba de no hacer ruido. Casi no se veía en la oscuridad porque era nagra y desde arriba tampoco se veían sus ojos brillando como dos lucecitas. José Gabriel la dejaba andar por donde ella quería y cuando se acercaba a la puerta del fondo se la abría para para salir.

Trataba de no acariciarla demasiado, porque, sabía, todo lo querido por él se me moría antes de tiempo.

El tío Carlos se ponía triste cuando Gabriel no hablaba mucho con él. Entonces hablaba él solo. *Tuve una noche complicada. Cerca del río me caí de Tornado. De ahí me viene este ojo morado… Sí, y esas manchas negras aquí en los brazos. Pero se pasan. Debe ser la primera vez. Nunca antes me había caído de un caballo. Debo aceptarlo, el Zorro se está poniendo viejo, ¿no te parece? Por suerte pude volver a tiempo al escondite antes del primer sol del día y nadie se dio cuenta.* Juntaba las manos y hacía como si cabalgara. Cabalgaba y se sonreía sin ver al guardia mirándolo desde atrás. *Tornado es como un trueno rugiendo en la noche.*

Cuando el tío miró sus ojos vio al guardia cerca. Esa era una vieja señal, casi inevitable, pero el tío Carlos no se daba vuelta para mirar, sólo cambiaba de tema o hablaba más oscuro, oscuro como el Zorro.

—Yo estoy quedando un poco viejo para esos trotes —dijo—. Va llegando el tiempo de un nuevo Zorro. Todavía eres muy chico, pero poco a poco aprenderás.

—Yo no puedo —dijo Gabriel.

—¿Por qué no? —dijo el tío.

—Porque no soy tan bueno como tú.

—Tonterías. Eres mucho mejor. Cuando yo tenía tu edad no era tan listo. Solo te falta crecer y aprender muchas cosas. Pero aprendes muy rápido.

—Yo no quiero ser el Zorro —dijo Gabriel—. Yo me disfracé del Zorro muchas veces, pero no soy ni quiero ser el Zorro. Sólo quiero ayudarlo. Aunque sea más listo no soy tan rápido. Cualquier niño me gana jugando a cualquier cosa. Soy lento como una tortuga. Una vez un niño me dijo Tortuguita y ora vez Perezoso.

—Eso es porque piensas demasiado. Ya aprenderás a pensar menos. Bueno, quiero decir, a no pensar tanto.

El guardia se fue hacia otro grupo.

—¿Ayudar? —pensó el tío en voz alta— Sí, claro. Me has ayudado mucho.

—Te voy a ayudar a salir de aquí.

—Entonces lo sabes… Pero todo necesita un tiempo. Si quisiera, el Zorro no volvería a prisión alguna de estas noches, y ya ves, siempre vuelve. El Zorro es libre solo de noche, porque han agarrado a Diego de la Vega, pero no pueden atrapar nunca al enmascarado. Todavía tiene mucho trabajo para hacer, pero una noche no es suficiente.

—Yo te voy a ayudar.

El tío se quedó pensativo, en un largo y profundo silencio de cejas apretadas. En cierto momento, dijo:

—Muy bien. Tu próxima misión será descubrir el nombre de la calle donde vive Daniela.

—¿Daniela? ¿Por qué Daniela?

—*Shhh* —dijo el tío Carlos, mirando para los costados—. Es un secreto. Mira todo con atención y el próximo viernes me informas.

—Entiendo —dije.

—Muy bien, Bernardo —dijo el tío y le puso una mano en un hombro—. ¿Sabes una cosa? Eres un gran muchacho, el mejor de los Bernardos, y siempre te quise mucho. Nunca tuve ni voy a tener un hijo, pero para mí tú eres mi hijo.

José Gabriel se encogió de hombros.

—¿No quieres al tío Carlos?

—No.

—¿No?

—No, no te quiero.

—¿Y al Zorro?

—Tampoco.

—Bueno, yo entiendo, por eso te quiero tanto —dijo el tío, justo cuando sonó el timbre.

Todos se marcharon. Los niños por un lado y los presos por otro hasta formar fila. El tío caminaba rengo. Aunque quisiera disimular no podía. Caminaba rengo y un poco encorvado.

Entonces José Gabriel recordó sus propias palabras y se puso a llorar.

La abuela lo tomó de un brazo y le dijo *No es momento de mariconear*, justo cuando el pobre tío se estaba yendo a su celda.

Entonces José Gabriel lloraba menos y se desangraba más cuando recordaba, con su implacable memoria, *No, no te quiero. ¿Y al Zorro? Tampoco.*

No tenía otra opción. No había otra forma de protegerlo.

Luisa no quería levantarse. Estaba tendida en un rincón de la terraza. José Gabriel le estuvo hablando toda la noche, toda la luna, desde la ventana del Oeste hasta la del Este. Antes del amanecer, la acarició mucho porque, a pesar del silencio y la falta de quejidos, estaba sufriendo

133

monstruosidades. De nada le podía servir no quererla, porque igual se iba a morir. La acarició y la abrazó como nunca lo había hecho antes. Le alcanzó agua, pero Luisa no bebió. En voz muy baja le dijo *No te vayas, no me dejes*, y todas esas tonterías, pero ella no podía hacerle caso. Solo pronunció unos pocos murmullos y Gabriel vio sus ojos mirándolo como pensativa. Así estuvo mucho rato, resistiendo el cansancio hasta quedarse dormido. Los dos se quedaron dormidos.

José Gabriel se despertó por la mañana con los gritos de Claribel. José Gabriel había matado al gato. Enseguida aparecieron la tía Noemí y el tío Arturo, todavía en bata. *El gato ya estaba enfermo*, dijo el tío Arturo, pero Claribel insistía: *¡No es verdad, él lo mató, fue él!* La tía también intentaba tranquilizarla, siempre temerosa por su desarrollo emocional. Nadie sabía cómo había muerto el gato, le dijo tratando de consolarla, y el tío confirmó haberla visto muy mal durante los últimos días. Además, no era un gato sino una gata y se llamaba Juanita. Enseguida llamó a Ramiro y le ordenó encargarse del animalito. Los demás debían irse a lavar las manos para desayunar. De repente, la tía Noemí se puso a llorar y el tío la abrazó diciendo *No seas tontita*. La tía lloraba por casi cualquier cosa, y así como le venían las lágrimas se le secaban rápido.

Más tarde, en la mesa de la cocina, la tía le dijo a Gabriel *No le digas nada al tío Carlos*, porque él ya sabía. La gata había sido la mimada de la tía Sofía y si se lo decía le iba a hacer mucho mal, porque el tío estaba atravesando un momento complicado y ella no quería más problemas. *¿Entendiste, ¿verdad?* preguntó la tía mirándolo a los ojos y Gabriel dijo *Sí.* Pero ella repitió la pregunta. *¿Puedes repetir? ¿Qué dije? Bueno, gracias. Yo sé, Josesito… igual no le ibas a decir nada, pero por las dudas, más vale asegurarse.*

—No te preocupes por Claribel —dijo la tía—. Ella se puso nerviosa porque quería mucho a Juanita.

—Se llamaba Luisa —dijo Gabriel—. Así la llamaba la tía Sofía, *Luisa*.

La tía hizo un silencio y volvió a preguntar:

—¿Entiendes qué dije, ¿verdad?

—Sí, entiendo.

—Aunque a veces no lo parezca, Claribel te quiere mucho a ti también. Tú la quieres igual, ¿verdad?

—Sí… La quiero mucho. Mucho, mucho, con toda el alma…

—Querer a los demás es bueno. Nos hace bien a nosotros y les prolonga la vida a los demás.

—Yo quería mucho a Luisa.

—Es diferente. Era un animal. Ni siquiera podía entenderlo.

Una noche Gabriel se acordó del traje de del Zorro y lo buscó desesperadamente y en secreto por horas. Se lo había hecho su madre y no quería preguntarle a la tía dónde estaba, porque ella todavía guardaba el traje nuevo, su regalo del seis de enero.

Le costó encontrarlo. Después de muchos días de andar hurgado y merodeando varios armarios, lo encontró envuelto en una bolsa de nylon rojo, en un rincón del cuarto de lavar. Ese traje no era de plástico ni estaba lleno de adornos. No tenía ningún adorno. La máscara no estaba arrugada y el sombrero era de verdad, aunque estaba aplastado desde hacía mucho tiempo. Tenía el mismo olor de la ropa de su madre cuando él abría el baúl y metía la cabeza allí.

Se fue a su cuarto y se probó el sombrero, la máscara y la capa una vez más. La camisa negra ya no le quedaba. Estuvo así por un largo tiempo, no mirándose en el espejo sino contemplando aquellos días antiguos, desfilando del otro lado del espejo, cuando apareció Carlitos y se empezó a reír. Se reía como un loco o como quien aprovecha la oportunidad para castigar a su enemigo caído, como el torero ensarta los espadines en la bestia justo en un momento de descuido. José Gabriel estuvo a punto de tirarle con la lámpara, pero se contuvo y salió corriendo por las escaleras hasta darse contra el suelo. Claribel empezó a gritar, tal vez exagerando un tono de espanto, *¡Por Dios, qué es eso! ¡Mama! ¡Mama, ha llegado el Zorro!* También ella se reía. *Mi héroe, sálvame, mi héroe*, repetía y volvía a reírse.

Luego apareció la tía Noemí. De la sorpresa y una breve risita nerviosa pasó al enojo forzado. Se enojó mucho con Carlitos y con Claribel. Disfrazarse no tenía nada de malo, dijo, también ellos podían jugar con Josesito, pero Carlitos dijo *Yo no tengo edad para esas tonterías* y además ese el traje le quedaba muy ridículo, de corto por todas partes. Entonces la tía se enojó aún más y gritó *¿Qué les pasa a ustedes? ¿Están celosos?* El tío Arturo la escuchó y dijo *No te la agarres con tus propios hijos*, como si fuesen mala gente o los culpables de algo. Si José Gabriel todavía era un niño, Carlitos y Cabriel lo eran de igual modo, aunque más maduros. *Y, por favor, no me vengas con eso de "pobrecito" a cada rato. En este país las cárceles están llenas de pobrecitos.*

Se pusieron a discutir en un tono nunca antes escuchado por los niños. Claribel y Carlitos empezaron a llorar.

—Te voy a hacer echar como a Daniela —le dijo Claribel a Gabriel.

El tío le ordenó callarse, pero Claribel insistía en lo mismo: ella podía hacerlo de nuevo y cuando quisiera.

—Tú no hiciste nada. Daniela se fue porque se fue —dijo el tío con voz firme—. Esa fue una decisión mía, sólo mía.

Cuando Gabriel pudo volver a su cuarto, cerró la puerta con llave y se miró otra vez en el espejo.

—No te preocupes, Bernardo —dijo—. Mejor así. El verdadero Zorro te necesita.

Más o menos por esa época el tío Arturo comenzó a enojarse por menudencias. Las mismas cosas antes demostraban su paciencia y aquella tolerancia tan admirada por todos. Pero a partir de cierto momento, imposible saber cuándo y por qué, comenzó a enojarse casi por cualquier cosa. Se enojaba porque Carlitos no lo escuchaba, porque en el ministerio nadie entendía nada, porque eran una horda de inútiles clericales, porque él debía estar *encima de todo y de todos*, decía. Pero su verdadero mal humor, sin los límites de la civilidad y el interés público, sólo se veía en casa, no en el ministerio, ni siquiera en casa del doctor Ramírez cuando tomaban escocés etiqueta negra, ni cuando enfrentaba a los *periodistas, siempre tan listos como Dios y el Diablo juntos. Al menos eso se creen, pero si de verdad fueran tan listos serían ellos quienes contestarían las preguntas.* Cuando alguien tocaba el timbre y nadie iba a atender, levantaba la voz con una vibración temible, presagiando nuevas tormentas; o no la levantaba, pero las venas del cuello se le hinchaban igual dejando a todos en un estado de indefinida inquietud. Cuando alguien sabe demasiado y cambia de humor tan súbitamente, es porque alguna tormenta se avecina. Quizás también sea parte de la naturaleza humana no querer enterarse de la verdad hasta enfrentarse con sus irremediables efectos, por lo cual ni la tía Noemí profundizaba mucho en sus indagaciones. Por el contrario, maquillaba sus propios miedos con quejas y reclamos, como si el mal humor de su esposo no fuese la consecuencia de nada sino la causa de todo.

Más o menos por esa época comenzó a beber más whisky de lo habitual y la tía Noemí se quejaba de la cantidad de cigarrillos distribuidos de a diez en cada cenicero de la casa, sobre todo en la biblioteca donde de vez en cuando entraban los niños. Si igual quería enfermarse fumando tanto, le dijo un día arrojando con fuerza un trapo sobre su escritorio, al menos debería no hacerlo más en su presencia y mucho menos delante de los niños, porque el humo les iba a hacer mal además de ser un mal ejemplo. El tío comenzó a encerrarse en su estudio para beber whisky y fumaba en su auto solo cuando Gabriel lo acompañaba.

Finalmente, tal como le había pedido el tío Carlos, Gabriel descubrió cómo se llamaba la calle empedrada: Valparaíso. Lo había descubierto en una conversación accidental porque, excepto las del centro, por entonces las calles no tenían letreros y pocas casas se tomaban la molestia de anunciar el número. La última esquina antes de la casa de Daniela era Mar de Indias.

Esa tarde el tío Arturo estacionó por Mar de Indias y se bajó un momento. Al poco andar volvió y le ordenó a Gabriel quedarse en el auto todo el tiempo sin abrirle la puerta a nadie hasta su regreso. Necesitaba comprar cigarrillos, dijo. *¿Está claro? ¿De verdad entendiste? ¿Qué dije?*

Cuando dio vuelta la esquina, Gabriel se pasó al volante y después al asiento del acompañante. En la guantera había muchos papeles y notas, porque los adultos siempre escriben cada cosa por su falta de memoria. Tienen dificultad para recordar cosas simples, razón por la cual la mayor parte de la educación de una persona se da cuando es niño o muy joven. Sus habilidades mentales declinan apenas maduran un poco, razón por la cual, pensaba, nunca nadie puede aprender un idioma como lo aprende un niño.

José Gabriel leyó todas las notas y memorizó todos los números. Solía hacerlo de prisa antes de madurar. Olvidar es como morir un poco y pronto, pensaba, sus incapacidades intelectuales, propia de los adultos, solo le permitirían vivir, con alguna digna intensidad, en el pasado. Su futuro, el presente de los adultos, estaba lleno de urgencias, como el de las plantas por sobrevivir a la oscuridad o a la falta de humedad o a la excesiva competencia de sus semejantes verdes.

El tío era un hombre muy ocupado, pensó.

Enseguida volvió al asiento de atrás y esperó un largo rato cercano al hastío, primero, y al miedo de haber sido finalmente abandonado, al final. El hecho de ser un estorbo no garantizaba semejante destino, pero lo hacía algo probable, hasta deseable por ambas partes.

Cuando volvió, el tío no dijo nada. Luego, como si recordara o si saliera súbitamente de sí mismo, se quejó de no haber encontrado cigarrillos. Un quiosco, precisamente, sin cigarrillos era como uno sin diarios. Inaceptable, se quejó y luego bromeó acerca de la conveniencia de algo tan inaceptable. Eso sería una realidad permanente cuando la tía Noemí sea ministra de salud, dijo. No había encontrado cigarrillos en el quiosco de la esquina y por eso había ido unas cuadras más arriba. En unos semáforos Gabriel dijo *trece*. José Gabriel podía hablar con frases completas cuando estaba solo, porque no hablaba como habla cualquiera; él escribía cuando hablaba, pero no le salían las palabras naturalmente cuando estaba muy cerca de alguien y su mente repasaba todos los sinónimos posibles antes de decidirse por el más apropiado.

—¿*Trece* qué? — preguntó el tío.

—Cigarros —dijo.

—¿Dónde hay trece cigarros?

— Trece cigarros no hay más.

—Ah, entiendo —dijo, mirando la caja de cigarrillos— sólo quedan siete. Eres bueno para los números, como dice la abuela, ¿eh?

—Un cigarro cada tres minutos. Tres minutos cuarenta segundos…

—¡Qué exagerado! —dijo, retomando la marcha—. No, esta vez te equivocaste. Revisa tus cálculos.

—Trece en 48 minutos hacen tres minutos con cuarenta segundos cada uno.

—No sé, es una operación sexagesimal, ¿no? Hace mucho me retiré de los números.

No dijo más. Luego, volvió a revisar la cajilla sobre el asiento del acompañante y agregó:

—Esta cajilla es vieja. Recién compré otra, la tengo en el saco. Siempre ando con dos cajillas, porque no me gusta andar sin cigarrillos cuando me siento un rato tranquilo y… entonces debo salir al quiosco de la esquina. Sí, ya sé. Estás pensando como la tía Noemí. *Fumar es malo*… Tiene razón. Pero yo solo fumo cuando estoy preocupado y últimamente he tenido muchos problemas en el trabajo para resolver. Un día de estos, apenas pasen las elecciones, dejo de fumar… Eso es señor, eso mismo. ¿Qué te parece?

Pero de repente se enojó y tiró la cajilla de cigarros por la ventana, haciendo movimientos brucos con el volante. Alguien le tocó bocina y él se detuvo. Se puso los lentes negros, se bajó y fue a levantar la cajilla. Entró de nuevo al auto y la apretó hasta hacerla una bola de papel.

—Maldito cigarrillo — dijo.

Pero el tío nunca dejó de fumar.

El Gran Golpe

El tío Arturo y el doctor Ramírez estaban discutiendo sobre las encuestas cuando llegó un señor llamado, con mucho respeto, *Subsecretario*. No se saludaron. El Subsecretario se sentó en uno de los sillones de cuero y el doctor Ramírez le preguntó qué quería tomar. El Subsecretario no contestó, pero igualmente el doctor Ramírez le acercó un vaso con tequila y el Subsecretario lo tomó sin decir nada.

—Están enterados de la última encuesta, supongo —dijo el Subsecretario.

—Sí —contestó el doctor Ramírez—, pero nada de qué preocuparse demasiado. El ministerio no la va a hacer público.

—*Sí*, es para preocuparse —dijo el Subsecretario, con voz firme—, aunque la entierren bien hondo, debajo de trecientos metros de cemento junto con todos los técnicos responsables de tan inútil y costosa tarea. En la embajada están preocupados con este asuntito. Como se podrán imaginar, si algo no quieren es seguir apoyando un equipo de este nivel de criterio y sentido común.

—Yo no diría tanto, estimado… —se lamentó el doctor Ramírez, haciendo sonar los últimos dos cubitos de hielo y sin poder encontrar el sustantivo más diplomáticamente adecuado.

—Las cosas han venido deteriorándose desde hace muchos años —dijo el arquitecto Arturo MacCormick—. La población entera está infiltrada de ideología, se podría decir.

—Asunto de su gobierno, arquitecto —replicó el Subsecretario—. ¿Se puede saber quiénes han gobernado este país desde entonces? ¿Piensa hacer campaña contra su propio partido?

—Tenemos nuestras diferencias internas. Tal vez una tercera opción no sería tan mala idea.

—¿Dónde escuché eso antes…? —preguntó el Subsecretario, exhalando una sonrisa mientras miraba al doctor Ramírez.

—Al fin y al cabo, esto es una democracia… —insistió Arturo MacCormick, casi como disculpándose, recordaría Gabriel tempo después—. Nuestro candidato no es enteramente responsable de los errores cometidos por el presidente. Tenemos una línea diferente, un proyecto de país diferente.

—Por eso soy demócrata —dijo el doctor Ramírez— porque gracias a la saludable alternancia en el poder, un presidente puede borrar con el codo las inconveniencias escritas por la mano de algún predecesor.

—Como sea, como sea… —insistió el tío Arturo—. Pero nosotros tenemos un proyecto de país diferente.

—Sí, sí, sí… Sí, ya lo sé, arquitecto. Un proyecto —respondió el Subsecretario—. Tal vez quede en eso, en proyecto, como todo en este país. ¿Por qué? Porque no supieron hacer las cosas como corresponde cuando tuvieron la oportunidad de hacerlo. Luego necesitamos llamar a los bomberos para apagar el incendio, en el mejor de los casos, si queda algo sin destruir por las llamas y por las bombas de agua. La parte más importante de un plan es asegurar su funcionamiento, ¿no le parece? Dígame si me equivoco. Tal vez yo pienso así porque pertenezco a una cultura práctica. Por lo visto, aquí les basta y son felices viendo cómo alguien sueña con grandes cosas y a los demás sólo les importa comprar el sueño, no las grandes cosas. Y las grandes cosas requieren sacrificios, no románticos del club de Chopin.

—Aquí, a muchos les basta con ser felices —replicó el tío Arturo.

—Sí, pero no lo son —dijo el Subsecretario.

—Razones hay de sobra —insistió el tío, sin pausa—. Mire, no estoy de acuerdo con el discursito de aprender a ser buen pobre, pero algunas cosas no me cierran. Antes hasta los pobres eran más felices.

—¿Tiene usted un felisómetro?

—No, y precisamente porque la felicidad no se puede medir ni pesar, uno debe usar otros instrumentos, porque la felicidad y la tristeza existen, supongo.

—¿Y qué ve su visión de Superman?

—Hasta los pobres han perdido algo, algo imposible de encontrar en el mercado, y por momentos sospecho qué es…

—Insisto, nada de eso se puede medir. Por lo tanto, es materia de opinión y lo mismo da decir una cosa y la contraria.

—…y si no se puede medir no existe, ¿no?

—No sé si existe o no existe, pero en dicho caso no podemos discutirlo sin perder el tiempo. Sin pruebas ni indicios, ninguna discusión tiene objeto ni conclusión. Es charlatanería, como dicen aquí… Pero vamos, dejémonos de filosofar, por favor.

—Es el escocés, arquitecto —dijo el doctor Ramírez, sonriendo con un tono forzadamente cómplice—. En la antigua Grecia debían destilar algo parecido.

—Vayamos al centro del problema —dijo el Subsecretario, contundente—. Si permitieron una población infiltrada, es porque ustedes no hicieron bien su tarea. Alguien más supo venderles mejores sueños y a mejor precio. Qué va, seguro ni siquiera les costó nada, porque esos enfermos de la zurda trabajan gratis día y noche. Por algo en italiano se llama *sinistra*. Luego se quejan porque no pueden salir de sus mediocres puestitos de libreros y de charlatanes universitarios. No deja de sorprenderme, lo reconozco, considerando los diarios y la televisión de este bendito país, prácticamente en las manos de gente de bien…

—Si no contamos con uno o dos sujetos descarriados. A pesar de sus puestos y salarios todavía piensan como asalariados…

—…y como asalariados no deberían ser capaces de llevar las cosas a un grado de, ¿cómo decirlo? *preocupación.* La gente trabajadora está luchando por un ideal, por su familia, y no tiene tiempo de perderse en especulaciones destructivas. Pero cuando quienes tienen puestos de responsabilidad, digamos, por distracción o por errores sin corregir, facilitan las cosas como para llegar a ciertos extremos de ineficiencia y relajo, tarde o temprano terminan acudiendo a nosotros. Entonces se acuerdan de los bomberos, y cuando los bomberos se marchan después de haber apagado el incendio, se quejan del estado calamitoso de la casa incendiada; debimos romper esta puerta, aquella ventana explotó por la presión del agua… Así es la maldita cosa.

—Nadie está acudiendo a ustedes —dijo el tío Arturo, *con su voz de problemas a la vista, aquella voz cuando se enojaba con nosotros en la casa.*

El doctor Ramírez dijo *Bueno, bueno, no da para tanto, todo tiene arreglo,* y se levantó para subir el volumen del tocadiscos. La sonata *Claro de luna* de Beethoven estuvo sonando un rato, pero los hombres no se decidían a continuar.

En cierto momento, el Subsecretario descubrió a Gabriel en un rincón de la biblioteca.

—¿Quién es el chico? —preguntó.

—Mi sobrino.

—No me gustan los extraños cuando hablamos de este tema —dijo el Subsecretario.

—Es un niño…

—No se preocupe —dijo el doctor Ramírez, sacudiendo la cabeza con una sonrisa cómplice—. Además, el muchacho no… ¿Me entiende?

Hizo un gesto con la mano. José Gabriel no alcanzó a distinguir porque no podía separar su mirada del grabado de un libro donde una mujer desnuda era crucificada sobre una mesa. De ambos lados, dos hombres con trajes de sacerdotes sostenían unas barras afiladas. Podrían ser unas barras metálicas como las del tío en sus construcciones de hormigón armado.

—¿Cómo te llamas? —preguntó el Subsecretario, pero Gabriel no podía separar sus ojos de aquella mujer.

—¿Vio? —dijo el doctor Ramírez.

—De todas formas, no vengo a discutir el asunto —dijo el Subsecretario—. Sólo quería saber si ya estaban informados de la última encuesta y a ponerlos en aviso. No den por garantizado nada ni descarten nada tampoco.

—¿A qué se refiere con *no descartar nada*? —preguntó el tío.

—Todas… las… opciones… —contestó el Subsecretario, con una lentitud de un pensamiento profundo antes de una advertencia seca— serán consideradas en caso de confirmarse el peor escenario.

El tío Arturo se levantó de un salto.

—A ver si voy entendiendo… —dijo, con esa voz de ahora-vienen-los-problemas—. La Embajada nos envía un mensajero para hacer bien nuestro trabajo, de lo contrario van a proceder por su cuenta…

—Nadie dijo eso —dijo el Subsecretario—. Pero como le decía al principio, nada se puede dar por hecho.

—No esperaba de usted nada directamente. Ese es el juego ¿no? ¿Cómo le llaman ustedes? *Plausible deniability,* ¿no? Hasta suena bonito. Para ustedes las palabras son sagradas y todo lo expresado en palabras podría ser usado en contra de quien lo dice, ¿me equivoco? Todo debe ser hecho siempre de una la forma correcta, así nada puede ser refutado o confirmado. Lo importante es hacerlo, ¿no es eso? *Efectividad, pragmatismo, responsabilidad, moderación* y toda esa mierda.

El subsecretario se encogió de hombros.

—De cómo vamos a proceder —dijo el tío—, con o sin encuesta, con o sin las amables sugerencias de la Embajada, debe ser decidido por nuestro gobierno. Asuntos internos, recuerde… Asuntos… Internos. Convención de

Montevideo sobre Derechos y Deberes de los Estados, firmada en diciembre de 1933, Séptima Conferencia Internacional de los Estados Americanos…

—Eso sí queda lejos… —se rio el Subsecretario.

—Arquitecto —dijo el doctor Ramírez, en tono conciliador—. Ni yo recordaba la fecha de la firma de ese tratado.

—Ya saben, no soy abogado ni me interesan esos remedios —dijo el Subsecretario tomando su maletín y dirigiéndose a la puerta—. Discútanlo. Tómense un tiempo para pensarlo. Pero hay fechas. Nosotros ya tenemos un plan B y esperamos sea adoptado en breve por su gobierno si las cosas salgan mal. Ustedes, sobre todo, no querrían ver a este país hundido en el caos. Nosotros tampoco, por eso les recomendamos tomen sus medidas. Vayan preparándose para un eventual cambio de planes en caso de necesidad.

—¿Podría ser más específico, alguna vez? —preguntó el tío.

El Subsecretario miró alrededor, lo miró a Gabriel un momento, y dijo, contundente:

—No, claro, no puedo. Usted ya ha demostrado ser un hombre inteligente. No se haga el tonto justo ahora.

Se dio media vuelta y antes de irse dijo *Chopin no es lo más adecuado.*

—No es Chopin —dijo el tío—. Es Beethoven.

—Sea —dijo el Subsecretario—. No importa. La música de piano no funciona. Deben ser violines. El piano tiene mucho espacio entre nota y nota.

—Pero es usted un experto en música —dijo el doctor Ramírez, mientras le abría la puerta—. Le agradezco la sugerencia, lo tendremos muy en cuenta.

El tío y el doctor se quedaron un rato largo en silencio. Al final el tío dijo *Estos malditos…*

—No, no son malditos —lo corrigió el doctor—. Ellos conocen muy bien su arte y nosotros los necesitamos. Aunque especialmente este señor no me cae bien, fíjese, arquitecto, cómo nos ha dado una lección en unos pocos minutos… *Un plan B.* Ni a usted ni a mí se nos ocurrió tener un Plan B por si las cosas no salgan como debieran salir. A eso llamo Pragmatismo etiqueta negra. Uno se confía demasiado de la lógica de las cosas, pero cuando las cosas son seres humanos, bueno… la lógica está bien jodida, ¿no le parece?

—Eso del *Plan B* me suena a la *Opción Z* en mi Manual de Política Elemental.

—Bueno, no sé a qué se refiere… —dijo el doctor— Un Plan B, eso sí está claro. Ni a mí se me ocurrió. Es cultural. Nosotros no prevemos, pero tampoco anticipamos lo imprevisto. Estos son unos hijos de puta, está bien, como usted quiera, pero los necesitamos. ¡Vaya si los necesitamos, por Dios! Serán unos hijos de puta, pero saben cómo hacerlo.

Luego miró hacia donde estaba Gabriel con la mujer crucificada y dijo:

—A propósito, arquitecto... No veo la necesidad...

—¿También usted va a darme órdenes?

—No, para nada. Sólo me preguntaba si realmente no puede usted dejarlo con una niñera.

—Usted sabe... es por mi esposa. Ella se siente mejor así.

—Arquitecto, su esposa es muy dura. No me diga; nunca lo ha dejado comer afuera...

—¿A qué se refiere con eso?

—No, nada, déjelo así. Ya bastantes problemas tenemos como para meternos en otro. Hace bien su mujer en proteger su coto de caza. Un político de raza puede sobrevivir a cualquier catástrofe, puede arruinar a un país, mandarlo a una guerra equivocada, hundir su economía, pero hay dos cosas prohibidas desde el principio: usar un lenguaje inapropiado y ser descubierto en una cama equivocada.

El tío llamó a Gabriel para irse.

—Voy a pedir un Vivaldi. —dijo el doctor Ramírez— ¿Le gustan *Las cuatro estaciones*?

—No me gusta Vivaldi. Me parece demasiado maricón. Si me va a fastidiar, al menos hágalo con Wagner.

—Tranquilo, arquitecto. Las cosas se van a arreglar.

El doctor Ramírez le mostró dos discos y *dijo Conseguí Sibrlius y Leonard Bernstein.* El tío se dejó caer en el mismo sillón de siempre, como si estuviese agotado. *No sé,* dijo, *cualquiera... No, a ver... Sibelius no, me suena a película vieja. Necesito aire nuevo. A ver, tal vez Bernstein es mejor, sobre todo porque no lo entiendo.*

—Hay una nueva opera revolucionando Europa...

—¿Cómo, hay algo nuevo? ¿Hay algo nuevo, realmente? ¿Cómo se llama? —preguntó el doctor Ramírez.

—*Evita*

—¿Qué? ¿La prostituta?

El tío hizo un gesto de indiferencia.

—Eso decían las malas lenguas.

—Incluso una buena, como la de Borges.

—No sé si llegó a tanto. Borges le tenía un odio de clase.

—Come on, arquitecto. No me hable así, ya sabe...

—¿Qué debo saber?

—Que me está hablando usted como un zurdo.

—Perón no era de izquierda.

—Él no, pero ella sí. Y usted sabe cuánto pueden unas piernas bien entrenadas... Si no puede el sentido común de un hombre, lo puede el común de las mujeres.

—No siempre pensar en los pobres lo hace a uno de izquierda.

—Mire, si esa opera está triunfando en Europa, seguro se hará camino de este lado también. Debemos tomar nota, demorarla lo más posible.

—Yo no la he escuchado aún. Le pedí a un colega de Paris un disco para cuando venga… No me mire así. No tengo capacidad alguna para hacer popular ni un cuento de hadas. No soy crítico. Además, ¿quién le dijo a usted eso del personaje y de la obra de izquierda? Recién mencionaba a Borges, ¿no? No va a acusarlo a Borges de izquierdista.

—Sí, claro. Borges es uno de los pocos intelectuales de los nuestros. Pero la política brilla por su ausencia en cada una de sus páginas. Bueno, me refiero a la política chiquita, la visible, la política para tontos.

—¿Y?

—Aceptémoslo, Arquitecto. Si *Evita* está triunfando en el arte también es porque era de izquierda o porque la obra se florea de política zurda. En la derecha no tenemos héroes amados por el pueblo, por eso de vez en cuando nos apropiamos de alguno de ellos, como Jesús, o como el negrito ese, Martin Luther King. No le dé más vueltas, arquitecto. Si uno pierde perspectiva de la realidad está liquidado. No tenemos ni mitos, ni siquiera artistas de relevancia. Ni cantores, ni potas. Ni científicos de relevancia. Filósofos, bueno, algunos, más bien como excepciones. Y poco más.

—No sea tan pesimista. Si busca, encontrará algo más.

—Ese es el problema. Es necesario ponerse a buscar. Por eso debemos ser realistas si queremos una pelea justa, si queremos tener alguna chance en ese valle.

—Qué curioso. Según dicen los zurdos, la industria del arte está en manos del capitalismo internacional.

—Claro, y tienen razón los hijitos de puta. Pero cuando el arte moderno ha servido a la derecha ha sido presentándose como algo disimulado, enmascarado, políticamente neutral, vacío. Disney, todas y cada una de esas películas de Hollywood de los sábados. Las novelitas románticas de Ágata Christie y Corín Tellado… Sólo la izquierda puede emocionar y hacerse popular metiendo la política sin ocultamientos. Ellos te hacen una canción de protesta o una película criticando a Dios y al Diablo y es Gran Arte para los críticos y emocionante para los muertos de hambre. Nosotros intentamos algo parecido y nos sale esa película basada en una novela de Francisco Franco… ¿Cómo se llamaba aquello? *Raza*, creo. Sí, *Raza*. Era una película escrita por el mismísimo generalísimo. Pero la gente prefiere esos absurdos de García Lorca, ¿sabe por qué?

En ese momento tocaron la puerta y entró un señor de lentes, el Profesor, y detrás un hombre muy delgado y encorvado.

Enseguida y sin presentaciones, le hizo una señal con la mano. El hombre delgado le alcanzó una carpeta negra al tío. El tío la estuvo leyendo un largo rato mientras los otros escuchaban atentamente el piano de Bernstein. El doctor Ramírez lo interrumpió preguntándole qué le parecía.

—¡No! ¡Dios, más encuestas, no! —se lamentó el tío.

—No es una encuesta más —dijo el doctor—. Además, usted sabe, nosotros nos tomamos todas las encuestas de nuestro equipo muy en serio. Las anteriores también. Pero esta es diferente, es algo mucho más específico.

—Ya veo. *¿Qué le preocupa más a la población al día de hoy?* ¿Es necesario una encuesta para saberlo?

—El sondeo —dijo el profesor— ha sido científicamente elaborado, por lo que…

—Sí, sí, ya sé, no me diga. A mí no me preocupa la falta de rigor de nuestras encuestas. Me preocupa su alto rango de falibilidad.

—En este caso es más menos 2,5 porciento…

—Oh, sí, su *más menos 2,5 porciento* hacen un cinco por ciento de error real. Es decir, la tradicional diferencia entre una derrota catastrófica con el 45,5 por ciento y un triunfo ajustado con el 50,5. Razón por la cual siempre le han errado tanto como le han acertado en todos los países conocidos y por conocer cuando intentaron predecir el ganador en alguna elección.

—Eso, porque muchas elecciones son transparentes...

—Además, no me venga con eso de científico cuando, como cualquiera sabe, los resultados son obra de ingeniería política. Si la gente está muy preocupada por la seguridad y no tanto por la economía y las libertades civiles, no es porque no tengamos problemas económicos ni de los otros, sino porque nosotros mismos nos hemos encargado de hacerles ver la *verdad*: "tenemos un serio problema de seguridad".

—¿Acaso no es cierto, arquitecto? —preguntó el doctor Ramírez.

—No digo lo contrario. Pero una cosa es una observación científica y otra muy distinta es una obra de ingeniería. ¿Entiende la diferencia?

—Entiendo. Sin embargo, arquitecto, aquí no todo es obra de ingeniería. La última encuesta revela un cambio significativo con respecto a los años anteriores mientras nuestras políticas han sido las mismas desde entonces. Usted, como yo, nos hemos ido acostumbrado a leer los mismos informes de inteligencia y nos confiamos demasiado. "No se puede esperar resultados diferentes haciendo siempre lo mismo", se dice, pero no estoy del todo de acuerdo. Sí se puede. Lo dijo Einstein, si mal no recuerdo. Pero a veces la realidad actúa por desgaste, y un día, por inercia y repetición, se llega a un punto crítico, algo se rompe y todo se viene abajo. Si usted agrega cada día un par de naipes en una torre de naipes, el solo hecho de hacer siempre lo mismo no garantiza el mismo resultado siempre. Según nuestros informes de seguridad, en este momento no es la seguridad la mayor preocupación de la población sino la economía, y, usted sabe, cuando la economía comienza a flaquear, enseguida empiezan con eso de las libertades y los derechos humanos. La gente tiene sus partes más sensibles en el fondo del bolsillo. Todos tienen un clítoris en la billetera, pero cuando el dinero se acaba recién entonces se sienten abusados. Todos lo saben, pero nunca nadie lo quiere reconocer, porque hasta el más indiecito tiene su pudor ético. Cuando se la tocan, es como si a un hombre lo agarrasen de los testículos o a una mujer le pasaron la mano en uno de esos colectivos del trasporte público (todavía por mejorar, no hablemos de eso) donde delincuentes y doncellas van apretujados por igual como sardinas. *Como sardinas felices en aceite de oliva*, me dirán, porque Dios nunca explicó el misterio de cómo hacen los pobres para ser tan felices como parecen serlo cuando no andan metidos en cuestiones políticas. No, no, no, no, no, no es la educación. La educación funciona bastante bien y es fácil de controlar. Si los jóvenes no piensan como queremos es casi toda nuestra culpa y un poco de los radicales infiltrados quienes, dicho sea de paso, no son tan malos del todo, porque cumplen una función… Es la economía, arquitecto. La economía es siempre la ovejita negra. La economía despierta cuestionamientos morales, sobre todo contra un gobierno, como si los gobiernos fuesen los responsables de todo, hasta de la salud de sus hijos. Y lo peor, arquitecto: el pueblo no tiene memoria…

—No sólo el pueblo. Para los señoritos de bien, los pobres y los indios son los responsables de su propia pobreza. Pero cuando se termina el champagne y empiezan a perder sus empleos, entonces la culpa es de los pobres y de los indios de otros lados.

—Bueno, eso es opinable y para el desempleo usted ya tiene un nuevo plan… Pero si no nos concentramos en un problema, difícilmente podamos ocuparnos de los otros. Si no ganamos las elecciones, mucho menos.

—En definitiva y en pocas palabras ¿cuál es la idea de haber encargado esta encuesta tan obvia?

El doctor Ramírez miró al profesor un momento, revelando a esa altura signos de cansancio.

—Como le decía —dijo el profesor—, el sondeo fue científicamente elaborado. Usted sabe; en una encuesta elaborada con rigor se deben incluir *distractores*. Es decir, si queremos saber si su negocio marcha bien no le preguntamos sobre su negocio hasta haberlo bombardeado con preguntas sobre sus opiniones sobre el Papa o el interés del encuestado por el sexo opuesto…

—Por favor, evite las explicaciones metodológicas y vaya al punto.

—Según la encuesta, sólo un 35 por ciento la población teme el resurgimiento de la subversión, de un regreso al pasado. Para un 65 por ciento la economía va por mal camino y para el 55 si no hay cambios inmediatos, entraremos en recesión el próximo año. El 45 por ciento está enterado de las críticas de la Comisión de Naciones Unidas sobre la situación de los derechos humanos en el país. Un 16 por ciento ha leído o escuchado sobre la novela *Iguana al sol*, pese a estar prohibida por el gobierno y casi la misma cantidad sabe por qué la novela ha sido prohibida. Un 89 por ciento no teme a las clases bajas sino a las clases altas, mientras un…

—Por favor, señores —insistió el tío—. Tengo años en esto y conozco la cocina por dentro. Dejémonos de vueltas y vayamos al punto.

El doctor Ramírez se puso de pie y felicitó a su equipo por un trabajo fantástico, como siempre. Se dirigió a la puerta y el profesor salió.

El doctor Ramírez volvió a paso pensativo y se dirigió al tío.

—El profesor Ríos —dijo, cansado— es de esos pocos académicos interesados en servir a su patria y a su profesión. No se le puede reprochar ninguna intención de hacerse famosos como ese Jean Paul Sartre jugando de rebelde terrible. Es de total confianza y ha estado comprometido con la patria por más de veinte años. Es más: sabe sus límites y hasta dónde puede meter la lengua. ¿Lo vio? Apenas me levanté, dejó la carpeta y se levantó también.

—Sí, he oído hablar mucho de él —dijo el tío.

—El único defecto del hombre es su carácter. Hace unos años descubrió a su esposa en la cama con la empleada y no echó ni a una ni a la otra. Por el contrario, las mujeres lo echaron a él y desde entonces duerme en la piecita de la empleada, todo para conservar las apariencias. Pero al final todo se sabe y cuando el pobre hombre lo supo ya no pudo cambiar las cosas y así siguieron los tres. Las mujeres disfrutando de su nidito de amor y él mirando por la cerradura. Bueno, pero no entremos en detalles. Cada loco con su librito. Al fin de cuentas quién no tiene sus muertitos.

—Algo de eso sabía, pero, honestamente, no me interesa —dijo el tío, dirigiéndose a la puerta y poniendo una mano en el picaporte.

—Claro, claro —se apresuró a decir el doctor, deteniéndolo con un gesto papal—. Siempre y cuando el país no termine como el pobre profesor Ríos, por no reaccionar a tiempo. Déjeme resumirlo así. A dos meses y medio de las elecciones, las encuestas continúan confirmando una derrota segura del Partido. Existe sólo una manera de revertir esta situación en curso de colapso y es provocando... ¿Cómo explicarle...?

El doctor se detuvo y el tío levantó las cejas.

—... un hecho puntual, algo para refrescar el hipotálamo del pueblo.

—Estaba esperando algo de esto desde hace algún tiempo... —dijo el tío.

—Ya lo ve, así son las cosas. Vamos a discutirlo la semana próxima. Pero será en sesión especial, como usted sabe, en el lugar de siempre.

—Bueno —dijo el tío levantándose, tan cansado como había llegado—. El asuntito parece inevitable. Una o dos horas escuchando disparates. Cuánto tiempo perdido… Al final se aprueba, por unanimidad, la opción más absurda. No sé qué estaba pensando cuando agarré este lagarto.

—Vamos, arquitecto, lo noto cansado.

—Sí, estoy cansado de muchas cosas…

—Procure disimular mejor en la reunión especial. Nadie quiere ver un candidato a vicepresidente cansado y escéptico.

—Porque el lagarto terminaría mordiéndome.

—No se me ocurrió antes, pero tal vez tenga razón. Lagarto suelto, termina mordiendo.

El tío lo miró en silencio. Iba a decir algo, pero cayó.

—Salga, diviértase un poco —dijo el doctor Ramírez—. ¿Sabe una cosa? Mi psicólogo siempre repite un proverbio de la antigua Roma, aquella recomendación de hacer alguna locura una vez por año. Por algo existe el carnaval. Por algo alguna gente se disfraza todos los años de los personajes más ridículos. Y son los más felices, a juzgar por las apariencias. ¿No ha notado usted la capacidad de la gente pobre para ser tan feliz? Es porque ellos todavía pueden soñar con ser ricos o algo parecido y los ricos no. Los ricos no pueden soñar con ser pobres. No tiene gracia. Si quisieran serlo lo serían y punto. Uno sueña con carencias, con insatisfacciones. Como mucho una señora de bien puede soñar con un pobre, darle el gustito al chofer y esas cosas, pero ahí se queda si no decide visitar la pobreza, por un ratito no más... A mi señora la dejo salir una o dos veces al año de compras al bajo y luego no le pregunto de dónde viene tan contenta. En esos momentos la odio, claro, pero así funcionan las cosas, según mi psicólogo. Entonces, para quedar a mano, yo también me doy una vuelta por el bajo de vez en cuando. Por mi función en el gobierno no puedo hacer mucho ahí, pero al menos me distraigo. Imagínese beber whisky todos los días. Ningún cristiano lo soportaría, aunque sea etiqueta negra. Vamos, arquitecto, no se ponga así. No hablaba en serio. Todavía hay mucho por hacer. Pero igual siga mi consejo. Diviértase un poco, distráigase y vuelva con las baterías cargadas. Salga, tome el ejemplo del pueblo, fuente inagotable de inspiración. Dese una vuelta por los barrios más pobres y los encontrará sentados en una mesita sucia, riéndose como si hubiesen sacado la lotería.

—Será la cerveza.

—No, no creo. No puede ser solo eso. Nosotros consumimos más alcohol, y no, ya lo ve, a las pruebas me remito. Debe ser otra cosa. Una vez el profesor Torres Melada me dijo algo interesante sobre unas estadísticas. Según él, no hay mucha diferencia en la cantidad de relaciones sexuales en las diferentes clases sociales. Pero seguro se les pasó considerar la verdadera diferencia. Es la calidad, no la cantidad. Si fuese por la cantidad, las prostitutas serían las mujeres más felices del mundo. Si fuese por la cantidad, la gente no andaría flirteando por años antes de terminar en la cama. O se conformaría con la cama propia en lugar de andar buscando problemas en sábanas ajenas.

—Bueno, dejemos eso. Eso y el Johnnie Walker. Es demasiado. Estoy realmente intoxicado de encuestas inútiles. Buenas noches, nos vemos la próxima semana.

—Espere, arquitecto, una cosita más —dijo el doctor Ramírez mientras se mordía un dedo y miraba los zapatos del tío—. No lleve al niño a la reunión… ¿No consiguió niñera todavía? ¿Y aquella muchacha pelirroja, tan guapa? Usted la despidió por conducta inapropiada, ¿no es así? Tal vez quiera hacerse unos pesos extras cuidando un crío por las noches.

—Ni en sueños. Si la despedí por conducta inapropiada ¿cómo podría confiarle mi sobrino?

—Sí, no tendría sentido.

—Además, ya le dije, es por mi esposa. No necesito explicarle de nuevo.

—Sí, sí, entiendo. Lo había olvidado. Lástima no tengo hijos ni sobrinos para cuidar, sino la había contratado yo mismo. ¿Cómo se llama la muchacha?

—Ni me la recuerde.

—No diga eso. Tal vez después de la próxima semana la necesite. Una cosa es meter la mano en la lata y otra es no saber cuidar a un niño.

El tío Arturo miró al doctor a los ojos como esperando algo. El doctor puso su mano sobre la cabeza de José Gabriel y le indicó el camino hacia la puerta, con un gesto exagerado, como suele hacer la gente cuando querían decirle algo con pocas palabras o con ninguna.

—He escuchado comentarios elogiosos sobre usted en la radio —dijo el doctor—. Ponerse al cuidado de un chico, víctima de los errores históricos de este país, habla enormidades de su sensibilidad y de su capacidad de perdón…

El tío dijo *Por favor, doctor, no hagamos una telenovela de esto* y se dio vuelta.

Cuando el tío fue a la reunión con el doctor Ramírez, dejaron a Gabriel con Claribel y Carlitos. Ese día Gabriel se sintió muy mal. No quería estar con ellos jugando a la cuerda o a los cowboys y empezó a vomitar un líquido amarillo. Tampoco ellos querían jugar con él. Lo hacían porque la tía se los mandaba, pena de no recibir esto o aquello. *No sigue las reglas de ningún juego*, se quejaba Claribel. *Es insoportable*. Y después, aparte, como si Gabriel no fuese capaz de escuchar o de entender: *Mamá, ¿hasta cuándo se va a quedar?* Entonces la tía la arrastraba de un brazo sin decir nada o diciendo *Cállate. ¿No te expliqué esto mil veces? Tal vez tú no entiendes.*

José Gabriel imaginó todo el tiempo, una y otra vez, al tío pasando por la calle empedrada antes de la reunión. Estaría feliz, liberado, por no llevarlo, pensó Gabriel. Muchas veces él mismo había sentido esa sensación de ser liberado, de huir de algo. Algo como estar atrapado en una obligación absurda. Como estar lejos de ella cuando él estaba cerca. Mientras él jugaba como un niño tonto con otros dos niños tontos, él estaría conversando con Daniela.

Al final terminaron peleando con Carlitos porque lo había matado varias veces y él, Gabriel, se negaba a tirarse al piso. *¡Estás muerto! ¡Debes tirarte al piso!* gritaba Carlitos mientras trataba de doblarlo hasta el suelo. Gabriel se resistió y le dio con la pistola en la cara. Enseguida Carlitos comenzó a sangrar por la nariz y Claribel salió corriendo y gritando *¡Gabriel lo va a matar, tiene la fuerza de los locos!* Al rato apareció la tía Noemí y los separó. Detrás apareció Rosario, la nueva empleada. José Gabriel era un niño peligroso, dijo, y ella se había dado cuenta desde el primer momento. José Gabriel era demasiado grande para jugar con Carlitos y Claribel. Aunque solo unos meses mayor, a esa edad unos meses de diferencia son demasiado y más debido a su condición. Josesito ya no era Josesito porque se estaba haciendo un hombre pese a sus nueve, más de ocho años (¿nadie había notado los bellos en su cara?) y un día iba a ocurrir una desgracia, Dios no lo permitiera.

Cuando el tío Arturo llegó tarde por la noche, la tía lo informó de lo ocurrido. Estuvieron discutiendo un buen rato. José Gabriel solo pudo escuchar con claridad cuando la tía dijo *El muchacho está más tranquilo entre adultos porque se cree un adulto* y el tío contestó con un contundente *No*. Para él comenzaba a ser un problema, sobre todo cuando tenía reuniones formales con mucha gente y más en este período de plena campaña electoral.

Sin embargo, dijo la tía, muchos periódicos atribuían su popularidad a la historia del niño abandonado. El tío respondió, enfático y de mal humor, *Una cosa es aparecer en la televisión y otra muy distinta son las reuniones del partido.*

Pero a la semana siguiente el tío lo llevó con él, no a la reunión en la casa del doctor Ramírez sino a la casa de Daniela. Cuando llegaron a la calle empedrada y el tío le ordenó bajarse del choche porque se iba a quedar una hora o más con Daniela, Gabriel comenzó a sentir el corazón golpeándole en la garganta. Casi no podía respirar.

—No quiero —dijo Gabriel.

El tío no perdió la calma. Él siempre se había llevado bien con ella, le recordó. Al menos nunca había tenido ningún problema. Pero Gabriel se resistió varias veces sin responder y sin levantar la cabeza para mirar al tío o hacia la casa de Daniela. Quería escuchar música en la casa del doctor Ramírez, dijo. Pero el tío lo agarró del brazo, muy fuerte, hasta hacerlo lagrimear. El tío Arturo estaba cada vez más impaciente, cada vez más molesto con algo, con todo, cada vez más agresivo en cada detalle, todo lo cual revelaba un autocontrol todavía férreo pero crecientemente imperfecto.

José Gabriel no lloró. Daniela no debía verlo llorando.

El tío tocó la campana una sola vez y casi inmediatamente apareció ella cruzando el jardincito. Levantó las manos, como festejando un gol del seleccionado, dijo *Mi niño*, y lo abrazó muy fuerte. Luego lo miró y Gabriel pudo ver de cerca, otra vez, sus ojos claros, suaves como el agua; y pudo sentir, otra vez, el mismo olor a lápiz de labios. Cuando ella lo miraba así, Gabriel se moría de miedo y quería salir corriendo, pero, sabía, el tío estaba allí detrás, esperando, y entonces le pasaba lo contrario: se ponía duro como una estatua, como una estatua de mármol blanco esforzándose en vano por mover un brazo, un pie, por decir algo, como en uno de aquellos sueños recurrentes en los cuales Gabriel se hundía en una corriente de agua, ancha como mar, y no podía ni siquiera gritar.

Poco a poco se fue acostumbrando a aquella casa tan pequeña y con tan poca luz. Daniela hacía lo posible para mantenerlo ocupado con los libros del tío. A José Gabriel le gustaba leer, pero no le gustaba explicar qué había leído porque los adultos nunca estaban de acuerdo, lo corregían y terminaban explicándole otra cosa con una paciencia descalificante. Él siempre entendía otra cosa y ellos siempre lo hacían leer todo de nuevo, esta vez sin las ganas del principio, sin la maldita curiosidad de la primera vez.

Yo siempre entendía todo mal. Así fue como se acostumbró a leer varias veces la misma historia hasta descubrir el secreto más importante de su vida: las cosas parecen, pero son siempre otra cosa. Lo mismo la gente. Nunca una historia era la misma historia, aunque se pareciese, como un día de lluvia se parece a cualquier otro, pero también como el recuerdo agradable de una misma persona se vuelve algo muy distinto cuando uno descubre alguna verdad desagradable: aquella persona no era tan buena como uno pensaba y así es como todo cambia sin cambiar y luego ya nada vuelve a ser igual. O simplemente *cuando uno lee un capítulo de un libro acerca de una niña rebelde perdida en el bosque y luego lee el libro entero y se da cuenta: esa niña tenía una madre y dos hermanas, pero no tenía nada para comer o estaba buscando a su padre. Entonces, cuando uno vuelve a leer la historia de la niña perdida, resulta otra historia. La niña ya no es exactamente la misma niña ni la palabra* rebelde *vuelve a ser exactamente la misma. Lo mismo pasa con los adultos cuando uno empieza a crecer y descubre las bondades de aquel mal hombre sentándome en una silla por una hora, por el tiempo necesario hasta hacerse odiar. En realidad, el mal hombre era un hombre bueno.*

Daniela no era muy diferente en esto de no entender las explicaciones de Gabriel sobre esta o sobre aquella historia, aunque ella no se enojaba; sólo le sugería volver a leer con más atención. Ella también estaba siempre ocupada, cociendo y arreglando sus trajes de mujer voladora y sus trajes de mujer, o corriendo a anotar algo en su lista de cosas por hacer.

Una vez, Gabriel llevó la máscara del Zorro y se la puso cuando ella estaba en su cuarto, preparándose para salir. Cuando ella lo vio, gritó como en los sueños, un grito ahogado, casi inaudible, pero luego se rio. Lo abrazó fuerte diciendo *Pero si era El Zorro, mi héroe*, mientras Gabriel sentía sobre su cara su perfume y la agitación de su voz.

Luego ella le sacó la máscara y se la probó.

José Gabriel sintió una erección y un infinito bochorno. *Horrible*, dijo, *te ves muy ridícula con eso.*

Una tarde alguien tocó la campana en casa de Daniela. Era un hombre flaco y alto, vestido de mecánico. Daniela miró por la cortina y salió. Estuvieron hablando un rato y él le entregó un sobre. El hombre tenía lentes negros, pero a Gabriel no le gustó su cara desde esa primera vez. Su cara lloraba cuando hablaba, pero no se veían lágrimas ni se le escuchaban gemidos. No podía explicarlo ni tuvo ningún sentido para Daniela cuando se lo dijo. *¿Su cara llora sin llorar, llora aunque no llore? ¿Cómo es eso? No estaba llorando. Te pareció porque desde acá se ve todo desde lejos. Los* vidrios de aquella casa, decía Daniela, eran de los más ordinarios y por eso deformaban las cosas. *Cada uno tiene su propia cara y eso no se puede cambiar. No te asustes. Es un amigo; lo conocí hace poco en la casa donde limpio.*

—Malacara —dijo Gabriel.

Daniela se rio.

—No, no —dijo ella, sonriéndose—. Poner sobrenombres es feo. Además, José no es malo. Es muy bueno. Trabaja todo el día, como yo, para darle de comer a sus hijos. Por si fuera poco, se hace tiempo para ayudar a los demás.

—¿Dinero? —pregunté señalando el sobre.

—¿Esto? No, no. Esto es para mi padre.

—Tu padre está preso.

—Así es. Pero ya sabes, las cosas no se dicen así.

—Está de viaje y el penal no es un penal sino un hotel.

—Eres un chico muy listo. Nunca entendí por qué algunos no…

José Gabriel se quedó mirando el piso para no ver su rostro, su mirada fija en él. *Cuando la gente dice, "este niño es muy listo",* pensó Gabriel años después, *nunca queda claro si lo piensa realmente o quiere agradar a alguien o quiere hacerle creer a un hijo tonto cuán listo es, para animarlo a no ser tan tonto y así logran el efecto contrario. Porque un tonto orgulloso es un tonto al cuadrado.*

—Según me dijo un pajarito, tú nunca rompes una promesa… —dijo ella.

171

—Nunca.

—¿Me prometes algo?

—Sólo pídemelo.

—Nunca vas a hablar con nadie lo de mi padre?

—Sí. Nunca. Te prometo.

—Bueno, en realidad puedes hablar de él con tu tío Carlos y conmigo, pero con nadie más. ¿Está claro?

—Sí.

—¿Está claro…?

—Sí.

—Mi pare es muy amigo de tu tío.

Se quedó mirándolo a los ojos un momento y luego se fue a la mesa de la cocina donde estaban leyendo antes de Malacara. Abrió el sobre. Le temblaban las manos. Estuvo un largo rato estudiando un dibujo hecho a mano. Lo puso en el sobre otra vez y lo llevó a su cuarto. Volvió y se sentó en la cocina.

Se quedó muy seria y ya no cambió por el resto del día.

A las 19: 30 Daniela preparaba café y comenzaba a maquillarse. Tomaba un poco y dejaba la taza en la mesa. Cuando se iba a su cuarto, Gabriel bebía de su café besando sus labios dibujados en la taza. Una vez llegó a tomar cinco veces sin ser descubierto.

—¿Puedo tomar café?

Ella se reía y al rato contestaba:

—No, claro, no puedes. Eres muy chico todavía.

—¿Por qué?

—El café excita demasiado a los niños.

—¿Qué es eso?

—Los estimula demasiado, los deja nerviosos y después no pueden dormir.

—Yo no quiero dormir. Además, yo no soy un niño. Carlitos es un niño, no yo.

Y ella se reía otra vez con su risa suave, suave como sus ojos y como sus labios y como sus manos.

—Dormir es bueno. ¿Por qué no quieres dormir?

—Dormir es como estar muerto.

—¡Virgen santa! ¿Por qué dices eso?

—Dormir es no controlar los pensamientos. Cuando uno piensa sin saber, sueña y todo es mentira. Cuando uno se sueña libre, no es libre.

—¿Qué ves cuando duermes?

—Cosas horribles.

—¿Sólo cosas horribles?

—A veces no…

—A ver, olvidemos lo malo. Cuéntame qué cosas lindas ves cuando sueñas con cosas lindas.

—No puedo.

—¿Por qué no? Las cosas buenas se deben compartir. Cuando uno comparte cosas buenas las cosas buenas se multiplican. ¿Sabías?

—No.

—Bueno, cuéntame.

José Gabriel intentó no pensar en nada.

—Una vez soñé contigo.

—¡Ay, qué dulce!

Se va a enojar, había pensado, pero esa palara, *dulce*… (No sabía explicarlo. Seguramente nunca sabrá explicarlo.)

—Más de una vez.

—¿Más de una vez soñaste conmigo? ¿Y no era una pesadilla?

—No.

—¿Y qué hacía yo ahí en tu sueño?

—Me dejabas tomar de tu café…

Ella volvía a reírse con ganas, se acercaba, tomaba otro sorbo de café y dejaba la taza lejos de mí, sobre la mesa de la cocina. Cuando se iba otra vez a su cuarto, Gabriel se levantaba despacio y bebía otro sorbo del café. Se acercaba despacio y veía su pelo. Ella lo peinaba con sus dedos, de abajo hacia arriba.

A las 19: 45 se cambiaba de ropa para ir al circo porque el tío llegaba a las 20: 15. Ella nunca le dijo nada sobre su trabajo en un circo, pero Gabriel lo sabía de mucho antes. Tampoco el tío Arturo se lo dijo nunca, pero los adultos nunca dicen todo, nunca confiesan nada totalmente. Carlitos y Claribel podían bañarse desnudos en la piscina, pero nunca íbamos a ver al tío haciendo lo mismo delante de la gente. Los adultos están todo el tiempo ocultando cosas, y cuando dicen algo dicen la mitad de todo, y si alguna vez en sus vidas lo dicen todo, sólo se lo dicen a unos pocos, muy pocos. Cuando la tía decía *Hoy viene la abuela para salir*, significaba *La abuela viene del campo para llevarlo con ella a la visita del tío Carlos*. Los guardias maltrataban a su hijo, pero ella los llamaba *Soldados de la patria*. Soldados de la patria. Al principio Carlitos, Claribel y Gabriel los llamaban así. Luego Gabriel lo supo; la abuela no quería escuchar a ninguno de los niños llamar a los soldados por su verdadero nombre, Hijos de puta, como los llamaba ella cuando no había niños cerca. Pero no se trataba sólo de los militares, o de los hombres del partido del tío Arturo. Era todo lo demás. Por eso Gabriel aprendió a ser un adulto también, porque él nunca lo decía todo o decía cosas irrelevantes a propósito. Por eso el Zorro era el Zorro, porque sabía decir y mostrar sólo una parte y esconder todo lo demás. Uno se convierte en hombre cuando aprende a mentir. Ni mentir es siempre malo ni sólo la gente mala miente, como decía siempre la tía. Esas son mentiras de los adultos para controlar a sus hijos o para no ser engañados por ellos. Mienten los buenos y mienten los malos. La mejor gente mentía todo el tiempo. Mentir es necesario. Si uno no mintiese todos los días sería tan tonto como si el Zorro se sacara la máscara, como si la tía se bañara desnuda en la piscina, como una niña. Llevar ropa es una forma de disfraz, una forma de mentir. El tío Carlos pensaba igual. *Un hombre no es malo porque miente,* decía, *sino porque hace cosas malas con sus mentiras. Don Diego a veces debe mentir para descubrir las mentiras de los guardias malos.*

Tengo algo importante para decirte, le dijo Daniela. Después de un rato le dijo *Espera un momento*, en la cocina, como siempre, en la cocina mientras ella se preparaba para las 20:15.

José Gabriel se quedó solo, haciendo sus tareas. Al principio dibujaba y hacía cuentas, pero poco después Daniela dijo *Eres demasiado listo. No puedo corregirte esas divisiones con tantos números.* Caminó de un lado para el otro, nerviosa, acomodando vasos y servilletas perfectamente alineados y doblados unos sobre otros. *Además, para serte sincera, nunca me gustaron los números, mucho menos cuando se mezclaban con las letras. Siempre recuerdo a mi padre con la cabeza metida en ese pozo del cual nunca salió. Ahora, nada de eso le sirve para ser libre. Allá está en su pozo, dependiendo de una mujerzuela de circo y de un niño...* Daniela hizo un silencio abrupto. José Gabriel parecía ausente, pero nunca se sabía, pensó. Además, volvió a insistir, tantos dígitos juntos no eran para su edad.

En realidad, José Gabriel no tenía problemas con los números. La lectura era el problema, decía Daniela, tal vez porque lo decían todos. Es muy difícil para un individuo pensar sin dejarse llevar por la corriente de cosas pensadas por los demás, como un barquito de papel no puede escapar de la fuerza de una inundación. Pero siempre hay salmones. Como Josesito, decía el chofer, porque Josesito se pasaba en los rincones del garaje leyendo historias complicadas y conocía la diferencia entre una división y una historia, entre las historias de los libros y las historias del periódico, entre las historias de la escuela y las historias de su propia casa. Una tiene una sola solución y la otra más de una. No cualquier solución, pero sí más de una. Pero ni el tío Arturo le hizo caso al chofer. Mucho menos la tía Noemí.

Después de las insobornables matemáticas, Daniela le hacía leer una historia mientras ella repasaba una lista de cosas por hacer antes del circo. José Gabriel leía muy rápido, luego titubeaba una interpretación para enseguida escuchar el previsible, *No, no es así, la cosa no va por ese lado, lee de nuevo, cariño*. Por ejemplo, si le decía *A Cenicienta le gustaban las fiestas, los vestidos y los zapatos*, ella decía *No, eso no es lo importante*. Entonces José Gabriel agregaba, palabras más, palabras menos, *Bueno, también ella era humillada cada día y por eso necesitaba justicia. En realidad, ella no quería al príncipe. Tal vez le gustaba, pero no sabemos si lo quería. Quería justicia, pero justicia para ella sola. De tanto sufrimiento, se había vuelto egoísta.*

—Ahí debes trabajar mucho —decía ella— todavía te falta entender por qué nadie quería a Cenicienta y por qué era una princesa, aunque lavaba pisos.

—¿Por qué no la querían? —preguntó él.

—Tal vez porque era bonita —contestó ella—. Sus hermanastras eran feas, según la historia.

—¿Y si Cenicienta hubiese sido fea? —preguntó él.

—No conozco ninguna historia de una Cenicienta fea...

—Sí, hay una. La historia del "Patito feo". Nadie lo quiere porque de chiquito es demasiado grande y feo. Luego, un día, ya crecido y con un nuevo plumaje blanco, descubre la verdad: no era un patito feo sino un cisne, un cisne hermoso. Entonces se une a los otros hermosos cisnes, aunque no los conocía ni de cerca, y desde entonces ya no sufre más. Está con los de su bella raza, mientras sus imbéciles hermanos se quedan allá abajo, admirándolo.

—Esas son cosas de tu tío Carlos... ¿Algo más para agregar sobre la fealdad?

—¿Por qué en las historias todas las princesas y los príncipes son lindos? El tío Arturo tiene un libro de pinturas antiguas y todos los príncipes y los reyes son muy feos. Cuando paso por la página del rey Carlos II de España debo apurarme para no ver su cara. Me da miedo. ¿Qué piensas tú, Daniela?

—¿Sobre qué? —preguntó ella, concentrada en su lista de tareas urgentes.

—¿Sobre si Cenicienta hubiese sido fea?

—No sé... —respondió ella, levantando la vista— ¿Qué piensas tú?

—Si ella hubiese sido fea no se hubiese hecho justicia.

—¿Es un error ser fea?

—No…, no lo creo. Está mal tratar mal a quienes nacen feos.

Se hizo un silencio. Ella dijo, *Tienes razón, cariño. No solo eres listo. También eres un niño muy sensible.*

—Pero la belleza es un don también, ¿no?

—No lo sé —dijo ella—. Si yo fuese bella lo sabría. Tal vez sea un don si se la sabe usar. Si no, puede ser una maldición…

Y no dijo más.

Gabriel la miraba confundido y ella lo miraba con los ojos más dulces del mundo. Entonces se sonreía y decía, *Bueno, no debes preocuparte por nada de eso. En realidad, ni los hombres mayores llegan alguna vez a comprender la historia de Cenicienta. Ni la de Blancanieves.*

—¿Qué es? —preguntó Gabriel.

—¿Qué es qué? —preguntó ella desde su cuarto.

—Tenías algo importante para decirme.

—Muy bien, mi chiquito —dijo ella, mientras corría la cortina para cambiarse de ropa—, ya has construido muchas frases completas por ti solo, como hubiera dicho tu tía. Nadie me creerá. Nadie creería si te viese hablar como cualquier niño. ¡Pero qué digo! Nadie creería siquiera si te viese hablar como un adulto.

—Yo ya no soy un niño —dijo él.

—Es verdad, Josesito, ya eres un hombrecito.

Quedaron un rato en silencio. La única puerta de la casa de Daniela era la de entrada. Ella no tenía dinero para mejorar su casa y no le importaba mucho, decía, porque no iba a quedarse allí por mucho tiempo.

Una vez, unos minutos antes de salir, Gabriel se acercó a su bolso rosado, siempre colgado detrás de la puerta. Abrió el cierre un poco, muy despacio. Muy lentamente, sin ser advertido por ella, fue metiendo su mano en el interior. Siempre había querido hacer eso porque su cartera rosada era un misterio, y ella se encargaba de mantenerla siempre cerrada y alejada de él. La primera vez. sacó un espejito y sintió su perfume, pero mucho más fuerte; luego un dulce. Guardó el dulce en su bolsillo. Luego un lápiz labial. También lo escondió.

La última vez, metió la mano y descubrió una pistola.

—¿Qué estás haciendo? —preguntó ella.

José Gabriel se apresuró a decir *Nada* y corrió a la cocina. Cuando se acercó a la cortina de su dormitorio, la pudo ver. La primera vez fue un accidente. Pero ella estaba allí, poniéndose el traje de mujer voladora. José Gabriel se quedó inmóvil, como una estatua sin saber qué hacer, sin poder mover un pie. Daniela era bonita, muy bonita, demasiado bonita. Se quedó mirándola sin poder no mirar. Luego, cuando ella se puso los zapatos él corrió a la cocina y se puso a leer. Ella observó:

—El libro está al revés.

—Puedo leer así —dio Gabriel.

Ella se rio.

—No te creo —dijo.

José Gabriel leyó un párrafo al revés. Ella no dijo nada. Se acercó, lo miró otra vez a los ojos y le pasó una mano por la cabeza. A José Gabriel no le gustó este detalle. Le gustaba cundo ella lo miraba a los ojos, pero no cuando le pasaba una mano por la cabeza. Era como cuando alguien acaricia a un perrito. Algo así.

Daniela se inclinó sobre la mesa de la cocina y lavó un vaso. José Gabriel observó las líneas de su ropa interior. Se quedó pensando un segundo como si fuese toda una hora frente al mar. Para José Gabriel, Daniela había sido, hasta entonces, como una de aquellas esculturas griegas de los libros del tío Arturo. Blanca, perfecta, impecable blanco mármol desnudo debajo de su vestido. Así, exactamente, era ese día cuando descubrió la verdad, una verdad para siempre, para el resto de su vida. Daniela y las mujeres más hermosas de esta tierra no eran, ni nunca fueron, apenas suave blanco mármol sino blanco y negro, o blanco y cobre, o blanco y oro oscuro, la misma cosa para las penumbras de un dormitorio humilde, lleno de vida, no de un museo donde posan las muertas miles de años atrás. Tal vez su desnudez era agresiva, demasiado humana, pero más allá de la sorpresa, de la casi decepción ante la imperfección, comenzaba algo parecido al deseo, como una ola alzándose de repente sobre la calma del mar y arrasando una playa llena de bañistas desprevenidos.

—Debo decirte algo —dijo ella—, pero es un secreto.

Lo miró un rato, hubo un largo en silencio.

—¿Sabes qué significa un secreto, ¿verdad?

José Gabriel dijo sí con la cabeza, sin mirarla. Pero en ese momento sonó el timbre. Daniela se levantó, agitada, y dijo en voz baja *¡Dios, tu tío se adelantó hoy!* Corrió a la ventana, miró por entre las cortinas, se pasó las manos por el vestido para planchar las arrugas y salió al jardín.

José Gabriel corrió a mirar por la ventana y la vio caminando hacia la puerta de rejas. El tío la esperaba fumando y mirando hacia otro lado. Lugo entraron y atravesaron el jardincito. Se detuvieron antes de abrir la puerta de la casa. El tío la tomó de un brazo. Luego de un rato, ella separó el brazo para soltarse de la mano del tío y abrió la puerta.

—Listo, chico —dijo ella—. Tu tío ya está aquí. A portarse bien en casa, ¿de acuerdo?

—Como usted ya sabe, el Comité para la Transición al Sistema de Instituciones Tradicionales contrató a la Consultora Zenit para evaluar la situación moral y social del país y el informe está disponible desde el día lunes pasado.

—No lo he leído. Disculpe, pero no he tenido tiempo de pasarme por Casa de gobierno para levantar una copia.

—No está en Casa de gobierno. Está en Inteligencia y nadie puede llevarse ninguna copia porque sólo hay un original encuadernado.

—¿No le parece un poco exagerado?

—Ninguna medida precautoria es exagerada. Además, le recuerdo, el original será destruido a cuarenta días de haber sido entregado.

—¿Un millón y medio por el estudio para hacerlo polvo en unas pocas semanas?

—Como le dije, ninguna medida precautoria es nunca exagerada. Cuando un documento no se destruye, tarde o temprano termina desclasificado en manos de oportunistas, de aquellos escasos de memoria, de nuevas generaciones agraciadas por el privilegio de vivir en tiempos mejores y desagradecidas por el sacrificio ajeno. Luego vienen los críticos como ángeles de la guardia de los derechos humanos, porque aquí o allá hubo algún exceso. Como si alguien pudiese pelear en una guerra sin cometer algún exceso, ¿no le parece? Si uno no aprende de la historia no aprende nada.

—Estoy tentado a no leerlo nunca.

—En dicho caso, esa será su opción personal. Yo he leído las mil seiscientas páginas (bueno, no todas sino las más importantes), y me parece... un estudio serio... sí, muy serio. En realidad, nada nuevo para quienes desde el Comité impulsamos la idea de la asesoría, pero las mil seiscientas páginas son una obra maestra en la forma de probar con datos, estadísticas y cálculos de probabilidades hasta lo más obvio.

—¿A qué se refiere con eso de *nada nuevo para nosotros*?

—¿No estábamos hablando de lo mismo?

—Pregunto para confirmar, porque si se trata de esa teoría Nazi…

—No es ninguna teoría Nazi. Nadie más lejos del espíritu del Comité como algún tipo de racismo… Se trata de lograr una democracia limpia y estable, como la de países como Francia y Estados Unidos…

—No sólo me preocupa eso de *una democracia limpia*, sino…

—…sino tomar como modelo a Francia y Estados Unidos, ¿no es así? Francia y Estados Unidos han sido modelos de todas las democracias en América Latina desde las fundaciones de nuestras repúblicas. ¿Se está volviendo usted antiamericano? Podemos ser los mejores nacionalistas sin dejar de reconocer las virtudes ajenas.

—No, si en este país yo soy el más pro americano por lejos, mire usted, pero depende de qué Estados Unidos estamos hablando. Los Estados Unidos de la Constitución y del Bill of Rights, de Franklin y Jefferson, del Jefferson de la Declaratoria de la Independencia… bueno, sí, de ese Estados Unidos y de ese Jefferson sí. Pero no del Jefferson dueño de esclavos, del Jefferson según el cual los negros eran seres inferiores. Jefferson se acostó con una mulata de dieciséis años y la dejó embarazada varias veces.

Los Estados Unidos de Lincoln, sí, pero no el de los racistas del sur. La América de Martin Luther King sí, pero no la de los Ku Klux Klan y los Robert Lee y los Stephen Austin y los... En fin, para qué seguir.

—No, no siga porque terminará por meterme a los hippies y a los profesores de izquierda dentro de los buenos. Mire, no se fastidie, porque yo bien sé. Usted no renguea de ese lado. No hay democracia perfecta y un hombre culto como usted debería saberlo. Por alguna razón Estados Unidos nunca recurrió a un golpe de Estado en toda su historia. Ese es un hecho incontestable.

—Bueno, militar no. Ha sufrido otros tipos de golpes, aparte de especializarse en darlos en otros países, en países como los nuestros.

—Todo eso es debatible y tema favorito de nuestros enemigos. El proceso desarrollado en este país no tuvo relación alguna con la mil veces mentada Injerencia extranjera y usted lo sabe. ¿No son los negocios de cualquier tipo una forma de injerencia extranjera? ¿Está usted a favor de eliminar los negocios y el libre mercado de la faz de la Tierra? Por favor, seamos realistas. Usted mismo estuvo de acuerdo en la forma como se resolvieron las cosas aquí. ¿O no? No se quede buscándole la quinta pata al gato. Si va a decir la verdad, conteste sin pensar.

—Sí, de alguna forma estuve de acuerdo o al menos fui cómplice, como muchos en el actual gobierno. Pero como muchos también queremos una salida democrática. No se puede mantener estados de excepción por años…

—Esa es la idea, esa es la idea, mi amigo. Pero la salida debe ser ordenada. Debe haber una *transición*. Recuerde, nuestro país todavía está lejos de los estándares de alfabetización del primer mundo. Y la idea es, precisamente, lograr una institucionalidad estable como la de esos países. Un día el pueblo estará realmente preparado para tomar las riendas de su destino. De lo contrario, se sumirá en el caos y la anarquía. Hasta el gran Simón Bolívar lo dijo, ¿o no? Corríjame si me equivoco, pero según Bolívar un pueblo puede esclavizarse en pocos años, pero liberarse de la esclavitud es cosa de varias generaciones.

—Todavía dudo de las estabilidades del primer mundo. Mucho más cuando el Comité parece convencido de una salida estilo Edward Bernays.

—Ha sido, precisamente, cuando Bernays entra en la órbita de los gobiernos estadounidenses cuando ese país se convierte en una potencia de desarrollo, gracias al cual hoy no vivimos bajo la hégira de Adolf Hitler. Es decir, durante lo mejor del siglo XX. ¿No había observado ese detalle? *La mejor forma para hacer funcionar una democracia es cuando el gobierno le dice a la gente cómo debe pensar...* ¿Más o menos no era ese su postulado? ¿Recuerda en cuál de sus libros dijo esto? Yo soy malo para las humanidades. Lo mío son las ciencias.

—Bueno, los comunistas hicieron lo suyo. Quizás la mayor parte, aunque sus Bernays no eran tan buenos para apropiarse del triunfo contra los nazis. Pero de alguna forma los nazis sobrevivieron en Estados Unidos, también.

—¿Y qué hay de Perón?

—Puede ser, pero los nazis no se refugiaron solo en Argentina. Cuando Hitler todavía era un soldadito insignificante, los propagandistas y aficionados al psicoanálisis como el sobrino de Freud, Bernays, y otros como Walter Lippmann, ya tenían claro ese asunto de la Opinión Publica, algo tan manipulable como la masa del pan. En Austria se conocían todos y sobre todos conocían esas ideas, las cuales fascinaron tanto a los propagandistas nazis como Goebbels. El mismo Goebbels se inspiró en los escritos de Bernays para manipular la opinión de los alemanes. Toda esa gente estaba obsesionada con controlar la mente de los demás. Cuando debieron huir de Alemania por el triunfal desembarco de los americanos, aliados de Stalin, muchos se fueron a Estados Unidos. Allá no había pocos simpatizantes. El mismo Henry Ford envió dinero a Hitler y su desprecio por los judíos no era menor, aunque sabía controlarse, aunque no mucho. Lo mismo el de un gran presidente como Franklin Roosevelt. Desde su época de administrador de Harvard se había quejado porque había demasiados judíos estudiando allí y hasta propuso limitar su ingreso con cuotas. Luego, ya presidente, puso bastantes trabas para recibir refugiados de Alemania con argumentos ridículos. Hoy en día nadie se queja ni si quiera señalan lo más obvio. Mire si no. Todos los hombres más influyentes en el gobierno son judíos, desde el amigo Kissinger... Ese usted lo conoce muy bien...

—¿Yo?

— ...hasta los administradores del banco de la Reserva Federal. Pero por entonces la cosa era al revés y los refugiados judíos, no los ricos sino los otros, llegaban en cuentagotas. En cambio, durante y después de la guerra, las visas para los nazis se expidieron con una considerable facilidad. La excusa era la de siempre: debían drenar los cerebros de Alemania. Gran parte de los avances de la NASA se sustentaron en la larga experiencia de los técnicos alemanes como Von Brown, quienes habían consumido años y millones de las arcas de Hitler hasta lograr su primer éxito lanzando un proyectil. Los nazis refugiados se debieron sentir bastante cómodos entre los fervorosos partidarios del apartheid americano, por entonces la norma en la Gran Democracia de los cincuenta. ¿O acaso los experimentos realizados por los doctores estadounidenses, inyectándole sífilis a un millar de guatemaltecos en 1946 para probar un nuevo medicamento, no llevaban todo el estilo nazi? ¿No tenían suficientes mujeres y soldados en Kansas o en Nueva York? No, claro; los indios en Guatemala no eran seres humanos para un pueblo tan civilizado y tan democrático. Nadie quería ni chinos ni japoneses ni mexicanos, pero alemanes sí. Cuando uno es tan bonito e inteligente se le perdona todo, ¿no? Y como si fuese una maldición para aquellos indios bananeros analfabetos, como en gran parte somos aquí mismo, pocos años después mandaron liquidar la única democracia de la región, todo muy bien orquestado por los servicios propagandísticos de Edward Bernays, contratado por la CIA y por la United Fruit Company, para hacerle creer al pueblo americano y a los mismos guatemaltecos la historia del bombardeo de la capital para luchar contra los comunistas de Jacobo Arbenz…

—Sí, alguna idea tengo de la historia. También sabemos de un tal Che Guevara, muy involucrado…

—Tal vez *involucrado* no sea la palabra. Por entonces, apenas era un médico joven, casi sin actividad política. Después de la obra maestra de los propagandistas de Bernays, el Che huyó a México y allá se conoció con Fidel Castro. Cuando los revolucionarios vencieron en Cuba, el Che lo tenía más claro: Cuba no iba a ser otra Guatemala. Tal vez en eso tenía razón, aunque más no sea sólo en eso. Cuando uno vive en un país pobre y analfabeto, cualquier democracia abierta es un suicidio…

Se hizo un gran silencio. Todos se miraron entre sí, menos Arturo MacCormick, quien había bajado la mirada hasta el piso, pensativo. Pero esa noche llevaba dos copas de más y no pudo frenar la lengua, atizada por tanto libro de tapas blandas, todos regalos de profesores norteamericanos:

—Como decía el presidente depuesto por los marines americanos de la Republica Dominicana, allí no había suficientes comunistas como para administrar un hotel. Pero el presidente Lyndon Johnson, a la distancia, se confiaba de los informes de sus gentes de la CIA, y todos ellos sólo conocían la república bananera por las versiones de los "hombres bien vestidos", los únicos capaces de hablar inglés en aquella isla de mierda. Mire el caso de Juan Bosh, el primer presidente electo por el pueblo en toda la historia de la Republica Dominicana. Pero no, un dictador confiable era mejor a un demócrata independiente. Rafael Trujillo mató cientos de a los haitianos en 1937 haciéndoles pronunciar la palabra perejil. En creole, no se pronunciaban la *r*. ¿Saben cómo se pronuncia *perejil* en creole?

—Todo eso puede ser, arquitecto. No se lo vamos a negar. Usted es un hombre culto y bien leído en temas internacionales. Pero en nuestro caso es diferente. Nuestra existencia misma como país y como nación está amenazada por la propaganda comunista, no por los cañones del tío Sam… No, no, no me caen para nada bien los yanquis. Pero cada país debe elegir sus batallas y ser pragmáticos.

—*You should pick your battles* —dijo el tío Arturo, pasándose la mano por la cara como si acabara de despertar—. Eso lo escuché en alguna parte.

—Mejor llamo a Joaquín. Él puede llevarlo a su casa. No, no, no se ponga así. Todos tenemos un día de esos. Por ejemplo, yo hoy me tiraría en la cama así no más, vestido, con corbata y zapatos puestos. Hay días de verdadera reverenda mierda.

—Verdad…

La semana siguiente, Daniela se enfermó. Llamó por teléfono; ese día no podía cuidar a Gabriel y el tío preguntó qué le pasaba. Ella debió restarle importancia a la excusa del momento, porque el tío insistió para llevarle cualquier cosa de urgencia. Ella le dijo algo y el tío repitió varias veces *Sí, voy a ver, no se preocupe, Daniela*. El tío nunca la tuteaba.

De todas formas, ese día pasaron por casa de Daniela, pero el tío le pidió a Gabriel esperar en el auto. Le dejó varias revistas del Pato Donald y Superman. José Gabriel no dijo nada, ni un *sí*, como una confirmación obligatoria. El tío tampoco esperó respuesta. Estaba apurado.

Después de mucho esperar, treinta o cuarenta minutos, tal vez, Gabriel salió y fue hasta la esquina. Desde allí se veía el portón de rejas de la casa de Daniela. Se acercó despacio un par de veces. La última vez, vio la puerta del jardín abriéndose y, detrás, salió tío, cabizbajo. Daniela cerró las rejas y Gabriel corrió hacia el auto.

Cuando Gabriel no pudo quedarse con Daniela el tío lo llevó a la casa del doctor Ramírez. Pero no lo dejaron entrar a la sala donde escuchaban música. El doctor llamó a una señora, quien lo llevó a otra sala donde había un televisor muy grande. La señora puso dibujitos animados y se sentó en la mesa a escribir y hacer cuentas en una calculadora. José Gabriel trató de escaparse de los dibujitos varias veces, pero apenas la señora lo veía moverse le ordenaba quedarse sentado y en silencio. José Gabriel le señaló los libros en los estantes de una biblioteca muy chiquita, pero ella dijo *No, de ahí nada*.

Luego de una hora y media salieron el tío, el doctor Ramírez y dos señores más. Hablaban en un idioma extranjero. José Gabriel se sorprendió de escuchar al tío hablando de esa forma, como si no fuera él. Sólo entendió unas palabras sobre la inminente tormenta. Cuando los hombres de traje se fueron, el tío le hizo una señal y Gabriel se levantó. *Nos vamos*, dijo el tío.

El doctor Ramírez los acompañó hasta el auto con un paraguas mientras le decía al tío *Quédese tranquilo, arquitecto*. Como siempre todo se iba a arreglar. ¿Cuándo no se habían arreglado problemas mucho peores en este bandito país?

—No importa qué fuerte sea la tormenta, siempre pasa —dijo el doctor Ramírez.

—A mí la tormenta no me preocupa —contestó el tío—, sino el día después. Los escombros.

—Vaya tranquilo —insistió el doctor a través de la ventanilla del auto.

Pero el auto no arrancó. Hizo un ruido débil y se apagó.

—Esa batería está muerta —dijo el doctor Ramírez.

El tío golpeó con furia el volante.

—No se ponga así, arquitecto. El chico debió estar jugando con las luces y las dejó encendidas.

El tío apoyó la cabeza en el volante.

—No se preocupe, arquitecto —repitió el doctor—, eso se arregla fácil. Yo los llevo a su casa.

—No, usted no puede —dijo el tío—. No está en condiciones.

—No exagere, arquitecto. Me va a ofender.

—No estamos para salir en los diarios mañana, ¿no le parece?

—Sí, comprendo… Bueno, déjeme hacer una llamada.

El doctor entró de nuevo a la casa y el tío le preguntó a Gabriel si había estado jugando con las luces. *No*, dijo Gabriel con la cabeza. Al rato se estacionó un auto negro al lado.

Volvieron a la casa en silencio. El tío seguía enojado y no dejaba de mirar la lluvia por la ventana. En cierto momento el chofer comentó *Si las lluvias no dan una tregua, van a suspender el partido del fin de semana.*

Cuando se detuvo en un semáforo en rojo, el hombre se dio vuelta y dijo *El tiempo es lo único verdaderamente fuera de todo control, ¿no le parece, arquitecto?*

Era el hombre de cara triste. Malacara. Lo había visto antes tocando el timbre en casa de Daniela, pero aquella vez estaba vestido de mecánico y ahora tenía un traje negro. Aquella vez llevaba lentes negros y ahora no, pero era la misma cara triste hasta cuando se reía. Las cejas curvadas hacia arriba, la boca fingiendo reír.

El tío no contestó. Iba distraído. Sólo cuando llegaron y ya se habían bajado del coche, el tío le preguntó cómo había salido Caterina de la operación. El hombre dijo *Bien, está todo bajo control.* Dios mediante iba a volver a caminar.

El tío Carlos había mejorado. Ya no tenía manchas en la cara ni en los brazos. Sonreía como siempre, pero una vez le mencionó a Gabriel estar preocupado. No quiso decirle por qué, pero quería escuchar las palabras secretas. Quería asegurarse. ¿Tal vez había escuchado mal la vez anterior? Quería estar seguro. Era importante.

Entonces Gabriel se las repitió:

De la C 14 hasta la C 56. Primer nivel. De la C13 a la C 44 del segundo. De la C11 a la C 52 del tercero, bajando por C 16 del primero, C 21 del segundo y C 52 del tercero…

El tío levantó un poco la mano y dijo *Ahí está el error. Ahora sí tiene sentido,* dijo, pensativo. *Bajando por la C 21 del segundo y la C 52 del tercero… Luego, Destino en ángulo Noreste de la C56 del primero, ¿verdad?*

—Sí —confirmó Gabriel.

—¿Qué significan todos esos números? —preguntó el tío.

—No sé —contestó Gabriel.

—Eres un buen muchacho. Dios te lo va a pagar con una novia bien bonita. ¿A quién más le vas a decir?

—A nadie más. Ni a los postes de luz.

—Ojalá Dios exista y nos dé a cada uno nuestro merecido —dijo el tío Carlos con una sonrisa melancólica y luego se puso serio.

Parecía profundamente preocupado por algo.

—La C56 quedó vacía hace quince días… —dijo el tío, otra vez pensativo— Hace justo quince días, pero seguimos siendo los mismos adentro y afuera.

Luego salió de sus pensamientos y lo miró a Gabriel con su sonrisa de siempre.

—Excelente, mi Bernardo. El resto déjaselo al Zorro —dijo, y dibujó la Z en el aire.

Un soldado lo vio, pero no dijo nada. Sólo puso cara firme, cara de advertencia. Los caballos y los pájaros estaban prohibidos en el penal, y El Zorro recordaba al menos a los caballos y al tonto del sargento García.

En los últimos diez minutos hablaron de lo mismo de siempre. El tío le preguntó por su semana. José Gabriel le contó de Claribel y Carlitos, y de Daniela. Daniela estaba enferma.

—¿Qué tiene? —preguntó el tío Carlos.

—No sé —dijo Gabriel.

—¿Pero ya está bien?

—Sí.

—No debe ser nada serio. Daniela es una chica muy fuerte y valiente. Está sola para resolverse con todo. ¿Estuvo en cama?

—No sé.

—¿No sabes? ¿No la viste esta semana?

—No. Estaba enferma y el tío Arturo me llevó con él a la casa del doctor Ramírez.

—¿Te quedaste leyendo en la sala de música?

—No. Ellos no me quieren allí cuando están reunidos. Me quedé con una señora gorda, todo el tiempo con la misma señora gorda.

—¿Viste a alguien más?

—Dos señores.

—¿Cómo eran?

—Altos.

—¿Algo más? Disculpa tantas preguntas, pero el Zorro debe saber…

—Hablaban raro.

—¿Raro? ¿Por qué hablaban raro? ¿De qué hablaban?

—A veces no les entiendo. A veces. No, nunca les entiendo cuando hablan así.

—Pero ¿cómo eran? ¿Eran altos, rubios?

—No eran tan rubios como el doctor Ramírez. Eran como el tío Arturo pero hablaban diferente… Sí, olían diferente.

—No entiendo —dijo el tío Carlos, casi sin poder contener la ansiedad. En pocos minutos sonaría el timbre.

Gabriel no dijo nada. Se quedó pensativo.

—¿Olían diferente? Debía ser gente… ¿Cómo decirlo?… ¿Gente fina?

—No, no era perfume. No era.

—Bueno, está bien, déjalo así. No es importante.

—Olor a trenes.

—¿Olor a trenes?

—Josesito nunca viajó en un tren…

—No. Josesito nunca viajó.

—¿Entonces?

—Los viajeros viajan. Llegan. Vienen de lejos. Yo no viajo, estoy ahí. Estoy contra la pared. Todos tienen ese olor. Olor a estaciones de trenes, a taxis. Cuando la gente viaja mucho tiene ese olor. Sí, tiene.

—¿No será olor a aviones?

—No sé. Da igual. Son viajeros y siempre traen ese mismo olor a otra parte.

El tío se pasaba las manos sobre los brazos, como si tuviese frío. Quería saber quiénes eran los señores, pero Gabriel no sabía nada más.

—Nunca había pensado en eso —dijo el tío—. Pero ahora recuerdo cuando tenía tu edad y me llamaba la atención el olor de la visita. A mí me impresionaba esa gente tan rara, tan elegante. Me había olvidado por completo. Olían como a lejos. Debe ser eso, ¿no?

—No sé —dijo Gabriel.

—¿Y después qué hicieron? —insistió el tío Carlos.

—Nos fuimos. Pero estaba lloviendo y el auto no arrancó.

—Llamaron un taxi.

—No sé. No. El doctor Ramírez. Él llamó un auto.

—¿No recuerdas nada más de los dos hombres altos? —volvió a preguntar el tío.

—Nunca los había visto antes. Uno tenía una corbata azul...

—Entiendo. Está bien. ¿Y qué pasó con el auto?

—Al chofer del auto sí lo había visto antes.

—¿Al chofer?

—Malacara.

—No entiendo. ¿Quién es Malacara?

—El hombre de la cara triste. La cara llora, pero él no.

—¿Él no llora?

—Él no. A veces él se ríe mientras su cara llora.

En ese momento el guardia hizo sonar el pito. Había terminado la visita. Pero el tío Carlos lo abrazó y le volvió a preguntar:

—¿Quién es Malacara? ¿De dónde lo conoces?

—Yo no lo conozco. Es el amigo de Daniela. Es una buena persona, dice ella.

—¿Te refieres a José, el hombre de los planos? José le llevó los planos a Daniela.

—¿Planos?

—¿Es José el tal Malacara?

¿Están sordos? gritó un guardia. *¡Cuántas veces debo soplar este maldito chifle, carajo!*

La tía Noemí le ordenó no beber whisky delante de la periodista, ni antes, porque ya sabía cómo eran ellos, sobre todo los extranjeros. Apenas sentían un poco de aliento de sobremesa, enseguida hacían correr el rumor sobre los problemas de adicción del candidato a la vicepresidencia. El tío dijo *Por favor, mujer, no exageres.* Se ajustó la corbata mientras la veía a ella por el espejo, recostada en la cama, dejando de mirar una revista, pensativa. *Y tú tranquila. Conozco de sobra esa clase de gente.*

Después de un largo rato, como si continuase una conversación imaginaria, dijo, casi murmurando: *Claro, es muy fácil hablar de los Derechos Humanos cuando se vive en un país rico, pero ellos nunca están preparados para debatir con alguien de otro mundo.*

Cuando llegó, la periodista se disculpó por la tardanza. Calculó mal. El viaje desde el hotel le había llevado más de una hora. Salir del centro fue la peor parte.

—Estamos estudiando varias opciones para mejorar el tráfico— dijo el tío.

Era una mujer muy elegante y con acento extranjero, por no hablar de la conjugación de los verbos. El tío la invitó a pasar a la biblioteca. Él parecía muy amable y ella muy sensual, como si se temieran.

—Una semana de las elecciones —comenzó diciendo la mujer—, las encuestas no se miran muy bien para el partido de gobierno. ¿Preocupa a su campaña la fortaleza del Frente Independiente? ¿Qué son la estrategia para revertir la situación?

—Nuestras encuestas muestran cierta ventaja para el partido de gobierno.

—Dicho sea de paso, son las únicas encuestas publicadas hasta el momento en la prensa nacional. Según Gallup, el Frente Independiente posee el treinta y cinco por ciento de las intenciones de voto contra un veintiocho por ciento del oficialismo.

—Lo cual es un empate técnico.

—¿Con un más menos 2,5 por ciento de error?

—¿Qué pasó con el treinta y siete por ciento restante? Es mucha gente.

—No sabe o no contesta.

—Porque tienen miedo.

—¿Miedo de quién? ¿Del gobierno?

—No, por supuesto, del gobierno no. Tienen miedo de los terroristas. Usted debió conocer este país diez años atrás.

—Yo vine hace veinticinco años y...

—Bueno, pero no ha vivido permanentemente aquí. Una cosa es visitar un país y otra vivir y trabajar en él.

—Con frecuencia, desde afuera se ven las cosas con mejor perspectiva.

—Uno debe vivir las cosas para saber de qué se está hablando.

—¿Los partidarios del Frente Independiente no viven en este mismo país?

—¿Es esto una entrevista o un debate?

—Intento hacer una buena entrevista.

—Más bien parece un debate...

—Tal vez le parece a usted, pero yo tengo casi veinte años de carrera profesional y...

—Nuestras encuestadoras no dejan lugar a dudas. Ese grupo de novatos improvisados llamado presuntuosamente Frente Independiente tiene apenas un veinticuatro por ciento de intenciones de voto contra el sesenta por ciento de nuestro partido. Los números hablan solos.

—Los números no hablan, señor ministro.

—Es su opinión.

—Bueno, está bien. Volvamos a las encuestas. Veinticuatro por ciento es todavía un número significativo, considerando la falta de acceso de la oposición a cualquier tipo de publicidad contratada.

—El gobierno permite y protege el derecho de la oposición a realizar propaganda en favor de su ideología.

—¿Cuál es la ideología del gobierno?

—En este país cualquiera puede decir cualquier cosa. De hecho, estamos como estamos por eso mismo.

—La oposición puede expresar sus ideas, pero no en los canales oficiales, y los medios privados les cobran tres veces más. Nunca son editoriales representando la posición de la oposición sino recuadros rotulados como *Espacio Contratado*.

—Usted quiere el oro y el moro. Eso no depende del gobierno. Como le dije, en este país la mayoría de los periódicos y canales de televisión son privados y el gobierno no tiene injerencia sobre ellos.

—Tal vez injerencia no, pero intereses comunes…

—Esa es otra opinión.

—¿Por qué las encuestas de organismos internacionales no son tenidas en cuenta?

—No lo sé. En este país la mayoría de los medios de prensa son privados y poseen total independencia del gobierno, como ya le dije.

—Se refiere a los medios en actividad. Los periódicos de la oposición se han reducido a un diez por ciento del mercado en los últimos siete años.

—No le echará la culpa al gobierno de haber inventado la ley de la oferta y la demanda, ¿no? Además, las estadísticas sobre diarios vendidos es algo diferente al número de diarios leídos. Nadie le prohíbe en este país leer diez veces el mismo periódico. Así es en cualquier país democrático. Unas empresas se mantienen, otras deben cerrar. No es asunto del gobierno. Es parte del libre mercado.

—Es decir, solo los medios partidarios del libre mercado han logrado sobrevivir al libre mercado.

—Suena razonable, ¿no? Es una política de Estado de su gobierno y de su exitoso país, ¿no?

—Así es, me temo. Ahora, ¿existe el libre mercado o es sólo la libertad de unas empresas poderosas sobre el resto sin el poder necesario para ser libre, para competir libremente en el mercado?

—Preferiría no meterme en temas filosóficos. Decir o mencionar cualquier cosa fuera de mi específica área de conocimiento podría ser usado en mi contra, como suelen decir ustedes en las películas.

—En el exterior se ha dicho repetidas veces, sobre todo luego del golpe de Estado…

—Disculpe. Aquí no ha habido ningún golpe de Estado. La mayoría del parlamento estuvo a favor de una intervención militar para reorganizar las bases institucionales y democráticas de este país, sobre todo aquellas sumidas en el más profundo caos, nunca antes conocido en este país. A los hechos me remito: siete años después estamos llamando a elecciones. Elecciones libres y con observadores internacionales, como usted.

—Bueno, según la información recibida en el exterior, existen reclamos por la desaparición de miles de personas.

—¿Miles? ¿Desaparecidas?

—La oposición no ha tenido el mismo espacio en los medios para expresar sus ideas. El gobierno ha proscrito a las mejores figuras en cada debate. Muchas de ellas, incluso, están presas desde hace años.

—¿Presas o detenidas?

—Mi español no es suficiente para confirmar la diferencia... ¿*Personas presas* significa *en la cárcel*?

—En todos los países hay gente perdida... ¿No ha visto usted en los supermercados de su país las fotos de los niños perdidos? Algunos son ancianos con demencia senil, otros drogadictos, otros... No se sabe dónde están. Están desaparecidos, su paradero es un enigma y por lo tanto nadie sabe dónde están. Muchos han sido víctimas de la propia subversión. Recuerde, hasta no hace mucho tiempo, este país era un caos azotado por el flagelo del terrorismo... El gobierno está haciendo esfuerzos por localizar a algunos de ellos (usted lo llama *desaparecidos*) pero eso llevará tiempo. En cuento a los otros, están bien localizados, bueno, si están presos por algo será.

—Usted dirá por qué.

— Aquí está el problema. Es un problema central en este proceso. La gente, lentamente, ha ido olvidando el drama vivido durante el gobierno anterior. Ahora, como hemos recuperado el orden y la libertad desde hace años, quizás la mayoría ya no se siente amenazada por una realidad todavía latente. Mucha gente no conoce la realidad de este país y por esa misma razón llama *presos políticos* a simples criminales, cuando no terroristas, gracias a Dios a resguardo en el lugar más seguro de este país…. Si están ahí ha sido porque en algún momento atentaron contra las instituciones democráticas.

—Según información en nuestro poder, muchos de estos presos políticos ni siquiera son políticos sino artistas o científicos, como el doctor en matemáticas Osorio Walsh.

—Yo, personalmente (y cuando digo *personalmente* usted ni siquiera puede imaginar el verdadero alcance de mis palabras) quisiera ver a gente como el señor Walsh libre. Guardo un enorme respeto y admiración por el señor Walsh, y por el poeta Mendoza Alejandro, y por… por otras razones bien distintas a… Por razones diferentes por las cuales en este momento se encuentran detenidos.

—¿Es usted sincero?

—¡Cómo se le ocurre dudar…!

—No lo sé… Es una pregunta. ¿Cómo puedo saberlo?

Una silla se arrastra veinte o treinta centímetros por el piso de parquet. Alguien camina, probablemente el ministro MacCormick, hacia la ventana. Unos dedos golpean sobre el vidrio como si fuesen patas de caballo galopando. Se escucha una honda respiración. Sólo después de un largo rato de silencio, vuelve a su asiento, cansado. Exhausto.

—Yo, como muchos de mi generación, estudiamos algebra y cálculo en sus libros. Le doy mi palabra de honor... Me encargaré personalmente de casos como el del Dr. Walsh. Puede tomarlo como una primicia: muy probablemente, el próximo año introduzca un proyecto de ley para otorgar una amnistía a casos como el suyo donde el acusado no se encuentre involucrado directamente con casos de terrorismo o de crímenes de sangre. Una idea semejante encontrará mucha resistencia de parte del pueblo, pero a veces uno debe tomar riesgos y promover ideas impopulares para abrir un debate sobre un tema a esta altura demasiado recurrente. Dicho esto, sin embargo, por otro lado, primero es necesario reconocer la responsabilidad del Dr. Walsh, como muchos otros, en hechos o atentados contra las instituciones democráticas. Una vez reconocido el pecado y el arrepentimiento, tal vez haya lugar para un perdón...

—El Dr. Walsh era un duro crítico de este gobierno y por eso fue acusado de intentar desestabilizar las instituciones. Para su gobierno, ¿ejercer la libertad de expresión es un atentado contra la democracia?

—Más allá de la belleza del aforismo, y más allá de tratarse de un tema particular, como vicepresidente trabajaré para abrir un espacio de discusión sobre este problema. Pero en ningún caso debemos olvidar las responsabilidades indirectas de alguien diciendo o haciendo algo conducente a la desestabilización de las instituciones democráticas. Si yo instigo a alguien a cometer un delito, soy, inevitablemente, copartícipe, lo sepa o no lo sepa. Responsable por incitación a la violencia, y, por lo tanto, sujeto a las figuras correspondientemente establecidas por nuestro Código Civil y responsable de atentar contra las instituciones democráticas del país, según las enmiendas vigentes y contra cualquier sentido de la responsabilidad y la ética en cualquier país, incluido el suyo.

—¿El gobierno no ha quebrantado la constitución al tomar el poder por las armas?

—¿Pero de qué armas me habla? Aquí no se ha disparado un solo tiro. La otra parte. En cambio, sí disparó unos cuantos, dedicándose a robar bancos, asesinando a cinco soldados e indoctrinando a nuestra juventud en la universidad con ideas foráneas…

—¿Su gobierno no está fundado en ninguna idea foránea? Digo, Platón, Adam Smith, Milton Friedman…

—Por favor…

—¿No hubo intervención y privatización de bancos? ¿Tampoco hubo desaparecidos forzados, secuestrados, torturados o, al menos, despojados de sus propiedades y

de sus familias por sus ideas políticas o por sus reivindica-
ciones o por cualquier otra cosa…?

—No hubo quiebre institucional alguno, sino todo lo
contrario. Salvamos las instituciones, ya no sólo de la vida
democrática de este país sino además contribuimos a salvar la Civilización occidental…

—Digámoslo de otro modo. Se ha suspendido la
constitución anterior bajo las fuerzas de persuasión de las
armas. Los tanques no dispararon ni una sola vez, como
usted dice, es verdad, pero estaban en las calles… ¿No es
eso un golpe de Estado llevado a cabo por el ejército y sus
aliados civiles?

—¡No! Obviamente no. ¿En qué idioma debo decirlo?
¿Quiere continuar esta entrevista en inglés?

—It is up to you…

—Ya le dije, una y otra vez, fue una medida *excepcional*
cuyo proceso está llegando a su fin.

—¿A su fin o a su continuación? Muchos analistas internacionales entienden las próximas elecciones como una
forma de legitimar un proceso ilegítimo. Sin embargo, un
error de cálculo por parte del gobierno es probable, no se
debe descartar.

—Hemos excedido el tiempo acordado.

—Qué pena. Es verdad.

—Por favor, deje el cassette sobre la mesa. No hablamos nada sobre una entrevista grabada.

—La grabación no será emitida. Es sólo a los propósitos de la transcripción. Sería imposible recordar cada palabra sólo en base a mis notas.

—Usted no me pidió autorización para hacerlo antes de comenzar. ¿No es ése el protocolo obligatorio de cualquier profesional en su país? Bueno, aquí también tenemos las mismas reglas.

—Tiene razón. Se me pasó completamente. De cualquier forma, ¿tengo su autorización para usarla?

—No.

Click

El tío tocó la campana varias veces con fuerza, pero Daniela no salió. Luego caminó en círculos, le hizo una señal a Gabriel con la mano y se volvieron los dos al auto; de ahí a lo del doctor Ramírez.

En la entrada de la casa del doctor había dos hombres de la televisión. Corrieron hacia el tío cuando lo vieron llegar. Preguntaban si finalmente se iban a decidir a realizar un debate con la oposición a dos semanas de las elecciones. El tío dijo, *Eso lo resolverá el partido, ya lo he dicho antes, no depende de mí,* y se alejó hacia la puerta.

Adentro estaba el doctor Ramírez, sentado a un costado de la mesa del comedor, encorvado sobre su vaso de whisky. *Bueno, ya está usted enterado de todo,* dijo el tío. El doctor no respondió.

—¿Podemos pasar a la biblioteca para hablar de esto?
—preguntó el tío.

—Da lo mismo —dijo el doctor.

En ese momento la empleada ya se iba, y por enésima vez le daba las gracias al doctor por el resto del día libre. *Mientras el país pende de un hilo, esta pobre mujer es feliz con unas horas de libertad,* debió pensar el tío Arturo; *tan feliz como ninguno de nosotros, como ninguno de quienes en este preciso momento deciden su destino. Pero los felices nunca llegarán a saberlo hasta el último día. Porque esa inmensa, envidiable felicidad no durará mucho, porque nosotros nos encargaremos de ello.*

El tío salió de su ensimismamiento y le hizo una señal a Gabriel. José Gabriel se dirigió a la sala de televisión, tomó un libro y se sentó en el piso. Desde allí podía ver al doctor Ramírez caminando de un lado para el otro, apareciendo y desapareciendo, siempre mirando el piso, rascándose la cabeza con fuerza o acercándose a su vaso de whisky para beber o volver a llenarlo.

—Nos quedamos sin plan B —dijo el tío—, y el plan A cada día se hunde más, según las encuestas.

—*Según las encuestas…* —repitió el doctor, molesto.

Después de un momento de silencio, dijo:

—Todavía me pregunto cómo supieron lo del túnel.

—¿No lo hicieron ellos mismos?

—No estamos para bromas, arquitecto.

Silencio tenso. Los pasos del doctor resonaban en la sala como si se tratasen de los pasos de un militar.

—¿Cómo lo supieron? Sabíamos de su plan y ellos no debían saberlo.

—En todas partes hay un judas…

El doctor no dijo nada. Seguía caminando, nervioso. Se detuvo. Golpeó los dedos sobre una mesa, como si su mano fuese un pequeño jinete en una llanura perfecta. El tío Arturo debó reconocer este gesto, invisible cuando lo hacía él mismo.

El doctor Ramírez entró en la sala donde estaba José Gabriel leyendo y encendió el televisor. Cuando volvió a la sala donde estaba el tío Arturo, cerró la puerta.

José Gabriel se sentó al lado de la puerta y puso el libro sobre sus piernas.

—Debo decírselo, por si no lo sabe aún —dijo el doctor.

—¿A qué viene tanto misterio? Comienza a fastidiarme todo esto.

—Alguna gente está empezando a mirarlo de cerca.

—¿A quién?

Silencio.

—¿A mí? —insistió el tío.

—Sí, a usted.

—¡Ya veo! Estamos llegando a ese momento de paranoia cuando comenzamos a sospechar hasta de nuestra propia sombra, ¿no?

—Mire, yo soy doctor en leyes, no en psicología. Si alguien lo ha mencionado a usted es por una razón obvia.

—¿Me puede explicar esa obviedad?

Otro silencio. Otro whisky. El jinete sobre la mesa ha dejado lugar a una gran explosión. Probablemente el tío está sentado al lado y ha golpeado la mesa con fuerza.

—Es la chica —dijo el doctor.

—Ah, claro, muy bien —dijo el tío—, no me diga nada…

—Por favor, no levante la voz.

—¿Cómo quiere? Bastante razonable, bastante amable he sido hasta ahora con todos y cada uno de ustedes. Como forma de premiar mi labor y confianza, me están siguiendo de cerca porque, vaya casualidad, fui el contacto con *la chica*. ¿Así la llaman en Inteligencia?

—No es por eso. De alguna forma usted cumplió con su deber. Usted se puso en contacto con ella, en eso quedamos. Pero según información clasificada, usted no se limitó dejar al chico con ella.

El doctor Ramírez no supo continuar. Dejó una palabra sin decir en el aire y se dirigió al barcito. Ese era su gesto habitual de huida cuando no podía resolver algo, es decir, una conversación. Un gesto aprendido de las películas norteamericanas y adoptado por placer y necesidad.

—¿Sabe quién fue Nelly Rivas? Mejor dicho, quién es, porque debe estar viva.

—Ni idea.

—Una chica de catorce años, muy bonita. Tuvo la osadía de ser la amante del general Perón.

—¿Cómo sabe usted esas cosas?

—Se dice.

—¿Cómo sabe si era bonita?

—Circularon fotos entre los comandos de varios países. Yo la vi por primera vez en un viaje a la Argentina, hace unos cuantos años ya.

—No me consta ni me interesa.

—Algunos, en su momento, se escandalizaron. Un viejo como el general Perón de puteríos con una menor, casi un aniña, en la propia casa presidencial... Cierto, a Perón no lo derrocaron por eso, porque seguramente los militares de la época tenían sus miliquitos muertos, como dice un amigo de por allá. Claro, no fue el primero ni el último en cometer estos excesos, producto de la flojedad propia de la edad. Evita ya no estaba para esas carreras. No iba a ser ni el primero ni el... Mire, si no. El gran Jefferson, por o ir más lejos. ¿Usted conoce la negrita Sally Hemings, verdad arquitecto?

—No personalmente...

—Claro, esa historia de amor es casi tan vieja como la de Romeo y Julieta. Los fuegos de aquellas batallas se enfriaron hace ciento cincuenta años más o menos. La negrita esclava... Bueno, era esclava pero no tan negrita. Era mulata, porque al parecer había sido hija del suegro de Jefferson y sus amoríos con una de sus esclavas. Uno de esos productos, la mulatita Sally, debió ser muy bonita para llamar la atención de un intelecto superior como el de don

Thomas. No sólo bonita. Seguro no tenía jaquecas ni nada de eso tan común en las señoras importantes. En fin, Jefferson y la Sally anduvieron de puteríos también, empezando por un viaje diplomático a Paris cuando ella tenía catorce años. Observe la coincidencia. Tampoco en este caso tuvo mayores repercusiones. Porque la prensa de la época era lenta, porque no había fotógrafos o porque por entonces no eran tan chusmas como ahora, y porque ninguno de ellos se jugaba el puesto en una nueva elección…

—Usted se siente cómodo yéndose por las ramas ¿Podría ser más específico?

—A eso voy. No tengo alma de orangután, pero al general Perón le plantamos una chica en un hotel, cuando ya estaba en el exilio.

—¿Le plantamos?

—El hombre tenía ese punto débil, el de las mujeres, y no era para nada difícil plantarle una posando de mosquita muerta. Debe ser algo asociado a la evolución humana; un hombre necesita sentir la conquista de su presa. No se trata tanto de obtener la presa en sí mismo sino del proceso de caza y conquista. Aunque a decir verdad a las hembras les debe ocurrir algo parecido, y por eso se hacen rogar y juegan a las vírgenes o, por lo menos, pudorosas. Hasta las putas fingen tener pudor. Pero en esa área no tengo testimonio de primera mano. Según dicen, ellas prefieren las flores al polen. Aunque nunca lo reconocerán, muchas decentes esposas y arrogadas madres de familia prefieren la rosa de Venus a la espina de Marte...

El doctor Ramírez soltó una carcajada y enseguida la interrumpió abruptamente.

—Bueno —dijo—, volviendo al tema, la chica plantada era una tal Friedman o Freeman. Era americana pero no se le notaba en el acento... ¿En qué está pensando, arquitecto? Se va a ahogar sobre el vaso si se inclina tanto...

—¿Le plantamos, dijo?

—Es una forma de hablar.

—¿Trabajó usted para la CIA?

—¡Cómo se le ocurre! No lo digo porque trabajar para la CIA sea algo vergonzoso... No. Pero usted lo hubiese sabido.

—No creo. Esas cosas se saben luego de treinta años, cuando la verdad ya no importa.

—Por favor, arquitecto, yo cada vez lo entiendo menos...

—Yo también —dijo el tío Arturo—. Cada vez entiendo menos todo lo demás. ¿Podría dejarse de anécdotas históricas y aclarar el asunto?

—Tal vez es usted quien debería aclarar el asunto.

—*El asunto...*

—Sí, el asuntito ese... ¿Hubo algo más allá de lo estrictamente profesional?

—*Profesional…* —volvió a repetir el tío, riéndose—.
Nos estamos volviendo cínicos. Si ya no lo éramos desde
hace mucho antes.

—¿Puede usted contestar esa pregunta?

—Doctor, soy yo el actual ministro y el candidato a la
vicepresidencia y usted el secretario general del partido.
Hasta me fastidia mencionar esto…

—Por favor, arquitecto, no me haga reír. Nosotros lo
pusimos ahí, nosotros lo sacamos.

Los dos hombres se quedaron en silencio, mirándose
un momento. El tío tomó su chaqueta y el doctor dijo:

—Bueno, a ver… Si algo no queremos en este preciso
momento son más problemas. Nosotros lo elegimos a usted por su honestidad. La gente lo quiere bien. Si mal no
recuerdo, usted era uno de los tres hombres con mejor
índice aceptación de este gobierno. Pero es necesario ser
claros. No son sólo miembros de nuestro partido quienes
mencionaron ese tema… ese… —el doctor hizo un gesto
vago con la mano, como si persiguiese una mosca—. Ese,
el de usted y la chica. ¿Vio todos esos periodistas allá
afuera cuando usted llegó? Bueno, querían saber si la belleza en cuestión era su hija, tal vez de algún matrimonio
anterior.

—¡Por favor, qué ridículo! —dijo el tío levantando la
voz.

—Estoy de acuerdo. Como si uno a los cincuenta estuviese para el cajón y las flores. Pero las cosas son como son y no como uno quiere.

—Debo irme —insistió el tío. Todo su rostro revelaba una tensión a punto de estallar.

—No se preocupe —dijo el doctor Ramírez—. Pura fantasía, les dije. Fantasía de gente envidiosa. No se preocupe, yo mismo me encargué de aclararles el asunto, le mencioné el huérfano con necesidades especiales. Uno de ellos de ellos dijo, muy listo el pobre, *Sí, ya sabemos, en los países desarrollados se llaman babysitters.* No sé si me creyeron. Tal vez ya hay fotos, ¿quién sabe?

—¿Fotos? ¿Qué importancia pueden tener?

—Ninguna, espero. Pero si alguna muestra algo inconveniente, estamos liquidados. ¿Me entiende ahora?

—Claro, como si ya no lo estuviésemos. A ver si luego me echan la culpa del resultado…

—No, no lo estamos. Nada está perdido todavía. Si el plan B fue un fiasco, una burla de los mismos presos… Mire, hasta se quedaron durmiendo cuando tenían la puertita abierta…

—Alguno de su selecto circulo ha sugerido alguna posible conexión de Daniela con el fiasco de la fuga… Ergo, por algún motivo, digamos, especial, yo le filtré los planes del gobierno… ¿Estoy entendiendo mal?

—Yo jamás desconfiaría de usted. Creo conocerlo bastante bien.

—Tal vez durante una noche de copas, por algún exceso pasional, se me escapó información confidencial y todo eso…

—Arquitecto, si yo fuese usted no les daría pasto a las fieras. Si nadie ha manejado esa hipótesis antes, no sea usted el primero.

—No he sido el primero, seguro.

—Como sea, sería una mera especulación. Lo importante son los resultados y, en consecuencia, ya hemos estado pensando en plan C.

—Me lo temía.

—Por eso mismo… Usted no apoyaría una suspensión del proceso y eso lo sabe todo el mundo. Quiero decir, todos en el gobierno.

—*Suspensión del proceso…*

— …se ha decidido, en caso de ser necesario el plan C, un reemplazo voluntario del candidato a la vicepresidencia. Estamos hablando de una salida honrosa para usted, algo así como una renuncia valiente. Usted quedará bien parado ante ese creciente público, aparentemente procedente de las filas enemigas, pero sin llegar a cuestionar nuestra apertura y tolerancia hacia los disidentes honestos como usted. Usted podría llegar a representar la disidencia de este país, algo razonable y bien organizado. Luego habrá tiempo, todo el tiempo del mundo para reorganizar este caos y llamar otra vez a elecciones.

—¿Qué caos?

Otro silencio y otra vez el tío tomó su chaqueta para irse.

—Sin embargo, arquitecto —dijo el doctor, con una sonrisa conciliadora—, como usted mismo dijo, el plan A, eso de ganar las elecciones sin conmoción nacional, todavía no está muerto. Hundiéndose lentamente, pero no muerto. Ahora, sin fuga de los terroristas, solo quedan el plan A y el plan C. Dios quiera el primero, aunque uno debe cuidarse de sus propios deseos, ¿no arquitecto?

—Debemos aceptar un debate, como pidió la oposición.

—Sí, esa es una posibilidad, pero no cambiaría nada a esta altura. Además, ya sabemos, el presidente es hombre de acción, no es muy bueno hablando. Menos discutiendo. Tartamudea, se le hinchan las venas del cogote y se le sube la sangre a los ojos.

Hizo una pausa. El tío lo miró a los ojos. El doctor rehuyó la mirada.

—Bueno, él es el hombre, alguien firme y ejecutivo, nada de teorías, pura práctica, pero la gente suele identificarse más con los débiles, y por eso uno nunca sabe si es mejor ganar o perder un debate televisado.

El tío no dejaba de mirarlo en silencio. De repente, parecía haber crecido veinte centímetros, razón por la cual el doctor debía mirarlo hacia arriba, cuando osaba mirarlo. El doctor más bien se escudaba en su propias palaras, como una forma de evadirse de la mirada del tío. No era el tío quien lo miraba: era su propia conciencia, el recuerdo de tantas tardes de whisky, Mahler y Chopin.

—Cuando dos candidatos debaten en televisión, dicen, hasta el diseño de la corbata o algún tic es suficiente para hundir a un partido entero. ¿Se da cuenta qué absurdo? ¿Dejar el destino de una nación librado a la suerte de semejantes frivolidades? Yo personalmente, aunque soy hombre de letras, no confío en el poder de las palabras. Mire, si no; de nada sirvió la reciente campaña, masiva, excelentemente realizada por el mejor equipo de profesionales del país y del mundo, sobre los estragos del terrorismo de hace no tantos años. Un hecho vale por mil palabras, y la fuga del penal era uno de esos momentos... Sin duda habrían dado vuelta las encuestas... Pero todo se fue al carajo, vaya a saber cómo, exactamente. Claro, el enemigo también juega.

—¿Hay otra posibilidad, aparte de ganar las elecciones?

El doctor se rio y, dos pasos después, dijo:

—Bueno, usted sabe, siempre hay otras posibilidades. Menos la muerte todo tiene solución. Sólo debemos descubrirlas con un poco de imaginación.

El tío tomó la chaqueta por tercera vez y le dijo a José Gabriel *Vamos*. Casi choca con él, porque Gabriel estaba detrás de la puerta de la sala de televisión. Lo quedó mirando un instante. A Gabriel le pareció muy un día con sus veinticuatro horas. Fingió leer un libro. El tío dijo, *Ya está, deja eso, nos vamos.*

Poco antes de abrir la puerta, el doctor Ramírez lo detuvo.

—Arturo... —le dijo, y se quedó mirando el suelo. Luego le dio un abrazo. Iba a decir algo y no pudo.

El tío lo miró con curiosidad, inclinando levemente la cabeza hacia un costado. El doctor Ramírez nunca lo despedía de esa forma. Tampoco, pese a los años, nunca lo llamaba por su nombre. Mucho menos lo había abrazado alguna vez.

—No se preocupe, doctor —dijo el tío—. Yo entiendo. Usted es sólo un soldado.

Entonces, se dio vuelta y se fue con el niño detrás.

De la casa del doctor fueron otra vez a la casa de Daniela. Pero ella no estaba.

En el bar de la esquina de Mar de Indias y Valparaíso, el tío Arturo le preguntó a Gabriel si quería un helado o un chocolate.

—No sé —dijo Gabriel, sorprendido.

—¿Seguro, no sabes? —insistió el tío con una sonrisa amable.

Había algo diferente en esa pregunta, en la forma cariñosa de ofrecerle un helado.

—No sé si debo pedirte —dudó Gabriel, pellizcándose las uñas.

—¿Por qué no, hijo? Siempre pasamos por aquí, yo me compro cigarros y tú nunca me pides nada. ¿Por qué nunca me pides nada? A todos los niños les gustan los helados y esas cosas… ¿A ti no?

—Sí, a mí también.

—¿Y nunca me pides un helado? ¿Por qué no?

El tío se quedó mirándolo. Como Gabriel no decía nada, él mismo se contestó.

—Tal vez yo sé la respuesta, Josesito. Es porque yo siempre estoy ocupado con algo muy importante, ¿no es así? ¿No es verdad? Siempre he estado muy ocupado con todo y por eso no he reparado en algo tan simple. ¿Se equivoca el tío? Sí, ya sé, no vas a decir nada feo sobre el tío. Pero yo bebería saberlo. Los niños también son personas, ¿no? Los adultos olvidamos muy fácil. Siempre estamos ocupados con cosas importantes. Importantes para nosotros, ¿no es así, Josesito? Y al final siempre la embarramos.

El tío se quedó mirando algo indefinido. Luego despertó de sus pensamientos:

—Bueno, pues, no se diga más, vamos a comer un helado, un buen helado, el mejor helado de este ingrato país, ¿qué te parece? ¿Te parece buena idea?

—Sí —dijo Gabriel, tímido.

—Bueno, tú eliges.

Estuvieron sentados en una mesita redonda de la acera izquierda hasta terminar los helados de mango y chocolate. Varios jóvenes se acercaron al tío para saludarlo. Uno de ellos le preguntó si el niño era el sobrino. El famoso sobrino del ministro MacCormick. Una niña de cinco años dijo haberlo visto en la televisión y otro mayor la hizo callar.

Una anciana vestida de negro y con una cartera roja, por el contrario, murmuró, mientras pasaba encorvada, a paso lento y sin mirar,

Se va a acabar

se va a acabar

la dictadura militar...

El tío Arturo y Gabriel estuvieron hablando sobre la escuela, los golpes en el estómago, los libros de geografía, el tío Carlos, el Zorro, Chopin y Vivaldi en casa del doctor Ramírez, el abuelo, los padres de Gabriel, los soldados, Daniela, su padre, el padre de Daniela, el hombre de la cara triste, el tío Carlos otra vez, Daniela otra vez, otra vez el doctor Ramírez y el chofer, el hombre de la cara llorona, el futuro de Gabriel, *Periodista*, dijo, o historiador, o tal vez dibujante para *La Razón*, Daniela, sí, Daniela...

Cuando comenzaba a ponerse el sol, el tío sacó de su billetera varios billetes de mil pesos, hizo un rollito apretado, lo envolvió con una gomita y se lo dio a Gabriel. Gabriel no sabía si tomarlo y el tío se lo puso en el bolsillo de la camisa. *Escóndelo donde nadie lo pueda encontrar*, dijo.

Luego sacó el resto del dinero de su billetera y lo dejó de propina sobre la mesa. El mozo apareció enseguida y al ver el dinero se inclinó hacia el tío Arturo y dijo, *Dios lo bendiga. Es usted demasiado generoso, ministro.* El tío no sonrió. Negó con la cabeza, como si de repente lo invadiera una tristeza abundante como el Amescagua.

Se levantaron y se dirigieron al auto. José Gabriel se subió al asiento de atrás, como siempre.

Cuando el tío se disponía a abrir su puerta, apareció la moto negra con los dos hombres enmascarados. Uno de ellos le disparó varias veces. El tío cayó sobre la acera. Una mujer gritó desesperada y corrió hacia la esquina.

José Gabriel quiso salir del coche, pero su puerta estaba trancada. El tío siempre ponía la traba de seguridad para para los niños. Gritaba desesperado mientras golpeaba el vidrio hasta lastimarse los puños, pero sólo podía ver a la gente acercándose para mirar, mirando sin atreverse a tocar al tío Arturo, inmóvil sobre la acera, mirando sin mirar, mirando sin dolor, sin alegría, como si todavía estuviese pensando en todas aquellas cosas, sentado y con un codo apoyado en la mesita de la heladería.

El tío se quedó encima de un charco de sangre, con los brazos extendidos y la mirada fija en el rostro de Gabriel. José Gabriel gritaba, pero también estaba mudo del otro lado del vidrio. Del otro lado.

Todavía del otro lado, pensó muchos años después.

Finalmente, José Gabriel logró escaparse por la puerta de adelante y corrió como si lo persiguiera el Diablo hasta la casa de Daniela. Saltó la verja y se quedó sentado en un rincón del jardín hasta la noche, cuando se encendieron las luces de la calle. Entonces, llegaron unos hombres del ejército y rompieron el portón de entrada, primero, y la puerta de la casa, después. Estuvieron un rato revisándolo todo, adentro y afuera, con una linterna. Pero no lo descubrieron porque Gabriel estaba acurrucado entre dos esqueletos, dos plantas de hojas grandes como dinosaurios (le había dicho a Daniela alguna vez) y se había encogido tanto como un perro asustado.

Sólo salió de allí cuando llegó Daniela. Ella se asustó y enseguida lo tomó de un brazo y lo metió en la casa.

¿Cómo había llegado hasta allí? ¿Quién había destrozado la casa de esa forma? ¿Qué sabía él? ¿Qué moto? ¿Quiénes?

Al final, aunque Gabriel no quería, Daniela lo llevó a la casa del tío, pero no pudieron acercarse mucho porque había gente en la puerta. Daniela fue hasta el restaurante *El Italiano* de la esquina de Plaza e Independencia y pidió para hacer una llamada. Al poco rato apareció la tía Noemí. Daniela quiso explicarle cómo había encontrado a Gabriel, pero la tía no dijo nada. Se limitó a sacar dinero de su bolso y lo dejó sobre la mesa. *No necesito su dinero*, dijo Daniela. *Sé cómo cuidarme sola.* La tía Noemí la miró con ironía, tal vez con algún reflejo de sonrisa, y dijo *Desaparece de aquí, no sea cosa de cruzarte con algún periodista. No vuelvas, ya bastante daño has hecho...*

La tía se fue arrastrando a Gabriel de un brazo mientras él miraba a Daniela.

Daniela se quedó sentada en la mesita, con la cara entre las manos. Enseguida apareció el mozo con una taza de té. Ella lo miró confundida; no había pedido nada, pero el mozo le dijo:

—No se preocupe, señorita. Todavía no ha comenzado lo peor. Sólo finja no saber nada. El ministro ya lo sabía. Él ya lo sabía.

Daniela lo miró un instante. Era un hombre delgado, de ojos grises, con una cara curtida por el hambre y quemada por el sol de muchos años, con lentes y bigotes gruesos para disimular una dentadura sin arreglos, con un uniforme blanco algo arrugado para su gusto.

—Don Arturo era rico y poderoso —dijo el mozo—, como nunca lo seremos nosotros... Pero, usted lo sabe, era uno de los nuestros, el único de los nuestros en el gobierno. ¿Me entiende? No levante la voz. Mejor ni diga nada. Yo no sé cuándo se pasó a nuestro lado, pero antes no era así. Más bien era un tipo arrogante, cliente de suntuosas propinas, convencido de... Bueno, ahora no importa.

Limpió la mesita con un paño y continuó:

—Don Arturo me dijo, hace dos días no más, *Mire, Lopecito* (porque así me llamaba y así me llaman todos aquí, porque mi apellido es López y, como la señorita puede ver, no soy muy alto) *todavía no ha comenzado lo peor*, dijo. Sí, eso mismo dijo. Esta mismo era su mesa favorita, contra la ventana, con vista a la entrada para asegurarse… ¿Cómo puedo decirle? Desde aquí se ve mejor quién entra y quién sale. ¿Me entiende? Entonces tomaba su café y se tomaba un descanso. ¿Ve esa planta ahí? La puse yo mismo esperando se sintiese más cómodo. Él me decía, *Lopecito, no exagere, no hay problema*, y se tocaba la cintura. Siempre iba armado o eso quería hacer creer. *Igual*, le decía yo, *las armas en manos de los buenos nunca son tan efectivas como en las otras manos*. Él se reía, no sé si en serio… Ya ve… *Nada es para siempre*, decía. Siempre tenía esas frases misteriosas. Le venían de su abuelo, el Tata No-se-qué. Con el paso del tiempo, decía, se iba pareciendo más y más a él, al Tata. Entonces, después del café, y a veces después del coñac si era invierno y estaba un poco bajo de espíritu, para no hablar de cosas serias y peligrosas hablábamos de mujeres.

Daniela hizo un gesto con la mano, como si espantara una mosca.

—Disculpe, señorita —insistió Lopecito—, lo digo con respeto, pero era verdad. ¿Alguien se imagina al famoso ministro Arturo MacCormick hablando de mujeres? Nadie. Como si un hombre dejase de ser hombre al asumir un cargo de tanta responsabilidad. ¿No le parece todo eso absurdo? Por eso hablaba sólo conmigo, *Usted es el hombre más razonable de mi distinguido entorno*, bromeaba cuando pasaba la tercera copa de coñac y empezaba a decir la verdad. Nunca quería ser atendido por ningún principiante y yo lo sabía. Por eso cuando don Arturo se aparecía aquí yo dejaba todo e iba a tenderlo. De alguna forma aquí todos lo sabían y cuando alguien me venía con preguntas sobre el ministro yo los dejaba patas arriba con respuestas sin sentido. *El mozo está loco*, decían. Yo venía a ser como su confesor porque nunca lo traicioné y él lo sabía. Uno sabe cosas y no sabe por qué. ¿No le ha pasado? De tanto atender gente aquí puedo reconocer cuando alguien es un traidor, una basura o un hombre honesto sólo con mirarlo. Con las mujeres ya no tengo esa habilidad. Él también lo sabía. Nunca, mientras don Arturo estuvo vivo, se me ocurrió desparramar ni una sola palabra suya. Yo no voy a escribir ningún libro ni voy a hacer plata contando cosas en la televisión. Ni voy a terminar en la cárcel por saber demasiado, eso espero. ¿Quiere otro té? ¿Toma una chocolatada con coñac? Se la recomiendo, total, pocas cosas hay en esta vida mejores.

El mozo no esperó respuesta y se fue por la chocolatada con coñac. Regresó después de unos minutos y dijo:

—No, no se moleste. Esta vez invito yo. ¿Puede creer? Es la primera vez en veinticinco años. Alguna vez debía invitar yo. No, no, por favor, se lo ruego. Yo sé, lo tengo clarito. No la veré nunca más en mi vida y no me voy a quedar con las ganas de decirle tres o cuatro cosas. Usted no puede imaginarse cuánto la conozco yo. A usted y al niño. Don Arturo era como un hermano para mí, no era el ministro ni uno de los hombres más queridos de este país lleno de hipócritas, si me perdona, sino un hermano. Nunca lo traicioné contando nada de él, ni siquiera a mi mujer, la pobre, querida como la mejor, pero nunca confiable en cuestiones de lengua. *Palito, nunca me cuentas nada interesante de El Italiano*, decía siempre, y yo sólo le decía *Nada, pura rutina*, hoy le había servido café al Ministro MacCormick, un tipo bueno pero aburrido, el negocio no iba mal, don Fagúndez, el patrón, estaba conforme con el trabajo, y todo eso tan abundante de nada, como la misma muerte. *¿Pero de qué te habla tanto el ministro?* me preguntaba a veces el patrón, y yo sólo le decía *Nada, hablamos de fútbol*. Y el patrón no decía nada porque sabía: el ministro y yo nos llevábamos bien y él lo quería de cliente por siempre. ¿Ve aquella foto allá en la pared? Nos la tomamos hace como cuatro años y el patrón la mandó ampliar para ponerla allí, con firma y todo del ministro. Pero yo era una tumba, y hasta me alegraba, porque sabía cosas fuera del alcance del patrón y de muchos otros en el mismo gobierno y en la mismita prensa hija de puta. ¿Por qué lo protegía tanto al ministro MacCormick? Ni yo lo sé. Tal vez porque yo sabía quién soy. No me impresionaba su cargo ni su prestigio, era algo más, algo como una amistad hermana, algo a prueba de balas. Usted sabe, una confianza rota es como hueso de caballo, no tiene arreglo. Y yo siempre fui potrillo de pradera. Me gustaban las hembras tanto como galopar libre por la pradera…

El mozo hizo una pausa, como si contuviese las ganas de llorar, y continuó:

—Pero un día me agarran borracho y con rabia acumulada y voy a hablar, y más de una olla podrida se va a destapar en este país. Porque si el primer café el ministro MacCormick me pareció otro hijo de puta, otro de los tantos hijos de puta a los cuales serví café con croissants y otros antojos, poco a poco el hombre me fue demostrando quién de verdad era. Y eso me sobra y me basta. Don Arturo no era un facho más. Parecía, pero era uno de los nuestros, un hombre honesto, inteligente, con estudio y por esas cosas de la vida había llegado hasta allá arriba. Tal vez estaba en el lugar equivocado, o vaya a saber qué. No sé. De cualquier forma, los de abajo lo necesitábamos allá arriba. Y yo aprendí de él y tal vez él aprendió de mí también, vaya uno a saber.

Otra pausa. El mozo advirtió un cliente observándolo con atención, aunque no podía oírlo a una distancia de cinco mesas.

—Pero bueno —continuó diciendo Lopecito, mientras Daniela miraba por la ventana, pensativa—, no es el momento y a usted no le interesa. Don Arturo me *decía Lopecito, siéntese un momento y cuénteme sin apuro,* y yo le decía

Disculpe, ministro, pero no puedo. Al patrón no le gustaba tanta confianza ni distracciones en el trabajo. Igual yo me quedaba apoyado en este respaldo, escuchándolo cuando no había muchos clientes para servir. O iba, tomaba el pedido de uno y volvía a donde estaba don Arturo, como lo llamaba yo y a él no le molestaba. Eso, hablábamos de caballos, de fútbol y de mujeres. ¿Y dónde más iba a hablar de fútbol y de mujeres, el pobre hombre? Yo hablaba de todas las muchachas bonitas vistas y por ver en el barrio, en éste y en el suyo, y él hablaba de una sola... ¿Entiende?

Daniela levantó la mirada, como preguntando sin preguntar.

—Bueno —dijo el mozo—, en realidad nunca me confesó nada, así, nada directamente, pero yo soy viejo lobo hecho en la universidad de la calle y sabía perfectamente. El hombre estaba enamorado de alguien y no era su mujer... Su mujer no era una santa tampoco, eso lo supe de un mozo colega del *El Plaza Richter*, el café de bulevar Francia para allá de donde mataron al Zorro. Él lo sabía, pero no decía nada. Ese era un silencio cómplice. No quería un escándalo en la prensa o entendía, de alguna forma, a la señora. No sé. Algunas cosas se entienden mejor callando. Más en su situación, ¿no le parece?

El mozo volvió a mirar hacia el cliente del saco a cuadros y luego hacia Daniela.

—Bueno —dijo—, aunque no dije todo ya dije demasiado... Me parece. A ver si el próximo soy yo, por no cerrar la boca a tiempo… No voy a aparecer en las primeras páginas de *La Nación,* se podrá imaginar. Tal vez en la sección policial y por mis iniciales no más. Imagínese:

Ha muerto el mozo J. L. de El Italiano. La nación llora la pérdida. Incertidumbre sobre el futuro del café y los croissants mejor servidos del país.

—Tal vez ni siquiera Dios se acuerde de mí, porque en esta vida solo hice el bien sin rezar ni dar limosnas en la iglesia del padre Roberto. Pero esa es la verdad, señorita. ¿Cómo se llama? No, no, deje, como están las cosas mejor ni saber su nombre. A mí me da igual. Yo sé quién es usted y eso es suficiente. El hombre andaba con mal de amores, como decían las viejas cuando yo era chico.

Daniela maneó la cabeza, como si no entendiera.

—Mejor termine su chocolatada —insistió el mozo—, porque tal vez el dueño cierre el restaurante por el día, tal vez por unos días más… El coñac en el chocolate caliente reanima, ¿vio? Y nunca lo tomo, pero según decía mi esposa decía, eso la sacaba de sus depresiones. Esperaba abundancia de chocolate caliente con coñac en el cielo, muy merecido, por otra parte…

El mozo puso unos cubitos de azúcar cerca de la taza de Daniela y, antes de irse, agregó:

—No se preocupe. Las cosas siempre se entienden y se sobrellevan mucho mejor con el tiempo… Claro, cuando entender ya no sirve de nada. Pero eso tampoco importa.

Alguien hizo castañar los dedos y el mozo se marchó. Al salir, Daniela miró hacia atrás para convertirse en una estatua de sal. Allí quedaba, sin remedio, la cara curtida por el hambre de aquel hombre cuyo trabajo era poner cada día comida sobre once mesitas según los gustos ajenos.

El hombre de la camisa a cuadros lo conocía. Lopecito sabía demasiado, casi tanto como el doctor Ramírez. Tal vez más. Pero no fue necesaria ninguna medida cautelar por parte de Inteligencia. El mozo Lopecito se hundió él solito en el rechazo de las mujeres, en las deudas de los juegos de carta, y en el lento suicidio del alcohol. En su nicho, primero, y en la pequeña urna cinco años después, escribieron mal su nombre y el año de defunción: Jendro Lopez, 1915-1882. Sus padres lo habían bautizado *Jandro López*, pero el patrón Fagúndez consideró demasiado caro reparar el error sobre la pequeña cajita de mármol y así quedó por el resto de la eternidad.

Durante varios días, multitudes marcharon por las calles con banderas, cantando el himno nacional. Cuando pasaban frente a la casa del ministro Arturo MacCormick gritaban *¡La muerte no pasará! ¡Arturo, vives en tu pueblo! ¡Viva Arturo! ¡Viva la patria!*

Por esos días, fueron saqueados varios comercios, la
mayoría de los cuales había exhibido alguna vez algún
anuncio sutil o con doble sentido, alguna referencia ses-
gada, alguna crítica oblicua contraria al gobierno en una
de esas pizarras poéticas (por demás ingeniosas, como fue
reconocido por los más fervientes patriotas de escarapelas
los domingos y hasta en las más prudentes editoriales de
La Nación los martes y sábados) llamando a la reflexión de
los ociosos y de lectores de panfletos sobre derechos su-
puestamente omitidos o violados por el Proceso. Otros,
más bien neutrales y sin ninguna preferencia política, también habían sufrido en la confusión, pero nada de esto
pudo ser confirmado en la prensa de la época. Entre ellos,
el restaurante El Italiano, la esquina favorita de don Arturo, a tres cuadras de su propia casa, sufrió la rotura de
un vidrio y la pintada de unos signos, con pintura negra,
igualmente ilegibles. Según la tía Noemí, y según la misma
Rosario (a quien el Cebollita Ramiro llamaba El Radar,
porque siempre andaba recogiendo novedades a quinientos metros a la redonda) probablemente se haya tratado
de alguna escaramuza menor y por eso no mereció la normalmente exagerada atención de la prensa por otros detalles de la vida ciudadana. El incidente de El Italiano apenas
fue mencionado al pasar en un elogioso artículo al recientemente asesinado ministro y candidato a la vicepresidencia de la nación. El cocinero del restaurante perdió la vida
en el lamentable incidente cuando uno de los clientes

enfurecidos fue hasta la cocina y arrojó una botella, golpeando por casualidad en la cabeza del armenio Joseph, y lastimando levemente a uno de los mozos de apellido López al cual, se dijo, era el objetivo principal y probablemente único del patriota enardecido. La primera autopsia erróneamente establecía muerte por apuñalamiento, pero enseguida fue corregida por el mismo médico cuando pudo analizar el caso más detenidamente en la morgue.

Para la tía Noemí, el tío Arturo no se había ido, estaba allí todavía, lo podía sentir a su lado cuando se despertaba a las 3 y 10 de la madrugada, y sin duda había sido él quien había conducido al partido a un inesperado triunfo en las elecciones del domingo 21 de noviembre. Había sido él quien había conducido al pueblo a salvar a la nación de la catástrofe. El doctor Ramírez estuvo de acuerdo y recordó un detalle insoslayable: la lista del arquitecto, la 77, con su hondura moral y su sensibilidad por el sufrimiento del pueblo, había arrasado hasta en los departamentos donde se daba por seguro un triunfo de los rebeldes. Poco tiempo después se comprobó la implicación de los rebeldes con financiamiento extranjero, mientras en las calles y en el canal 10 de televisión, días tras día la gente cantaba y repetía: *Su sangre no ha sido derramada en vano. La patria se lo agradecerá eternamente.*

Durante seis noches persistieron los disparos en las calles, súbitamente vacías a partir de las diez de la noche. Según Carlitos, los revoltosos no sabían perder, pero para

Claribel los disparos eran de celebración, porque no se sentían las sirenas de las ambulancias ni de la policía. Gabriel no decía nada porque ninguno quería hablar con él ni él con ellos.

Para evitar complicaciones (la tía llegó a mencionar la palabra *secuestro*), enviaron a Gabriel a la casa de campo de la abuela, por entonces ocupada por una familia sin tierra encargada del cuidado y de las tareas del campo mientras se decidía qué hacer con la propiedad de la finada.

Como José Gabriel tampoco se entendía ni con los hijos ni con la señora de Rosas, todas las tardes, después del almuerzo, se iba a pescar al rio Amescagua y allí fumaba los cigarros robados por las noches a don Armando Rosas, el casero. Un día don Rosas lo descubrió metiendo mano en su tabaquera, pero lo perdonó a cambio de más tabaco de la ciudad. Fueron los primeros y últimos cigarros en toda su vida. Llegaron a repugnarle, pero por entonces fumaba sólo por hacer algo prohibido, algo parecido a la libertad y al poder.

En la casa y en la ciudad le advertían sobre los peligros del Amescagua, conocido desde tiempos profundos por haberse quedado con niños llorones, y aunque José Gabriel no era de llorar sino de estarse triste demasiado tiempo, es decir de llorar sin llorar, un día iba a perderse entre tanto árbol y tanta soledad, decían, y a pesar de todos los deseos y oraciones de Claribel y de los hijos de don Armando, se sospechaba, Gabriel nunca se perdió. Mejor dicho, se perdió muchas veces, pero siempre encontraba el camino de regreso a la casita maloliente. Lo intentó varias veces, pero siempre sabía dónde iba a dar y nunca alcanzaba ese miedo propio de los niños normales a la oscuridad o a estar perdidos. Sólo podía demorarse lo más posible y regresar cuando lo vencía el hambre, lo cual, de todas formas, no producía ninguna alarma en la casa.

Por otra parte, por aquellos días el rio no era un lugar deshabitado sino todo lo contrario. Sobre todo al atardecer, cuando pasaban hombres y mujeres, todos en la misma dirección, caminando al borde del rio y perdiéndose entre los árboles como fantasmas. A Gabriel no lo asustaban porque eran eso, pensaba, fantasmas, hombres y mujeres muertos hacía años, tal vez siglos, caminando y buscando dónde perdieron la calma. Pero no. Eran fantasmas de verdad, fantasmas vivos, y cuando lo veían sentado allí con su caña de pescar se alejaban en silencio, como si le tuviesen miedo, como si fuesen con prisa hacia alguna parte, hacía algún tiempo perdido o todavía inexistente. La caña apenas perturbaba el espejo rojo del río y de la misma forma apenas él distraía a los fantasmas.

Entre el primer caminante y el último pasaron veintiún días.

Luego sí, todo fue silencio por tres semanas. Veintiún atardeceres después, encontró a Dios sentado al borde del

237

río. Ese mismo día, Gabriel se había demorado disputándole un libro a Ramoncito quien, a sabiendas de estar mintiendo, insistía, casi a los gritos: *Madame Bovary es mío, mío, y solo mío.* José Gabriel preguntaba, incrédulo: *¿Dónde lo compraste? ¿Quién te lo regaló?* y la bestia enorme insistía *Es mío desde siempre, desde los tiempos cuando no existían los libros.* A Ramoncito sólo le interesaba el trofeo. Odiaba leer. Ni siquiera le importaba el modesto valor de un libro manoseado por generaciones de mujeres (por entonces casi todas ancianas, muertas o sin la pasión de la juventud) sino por la forma de obtenerlo: sólo quería ganándoselo a alguien más, como en cualquier torneo medieval, como en cualquier amor falso donde solo vale la conquista, no lo conquistado. Para Ramoncito, como para unos cuántos más a nuestro alrededor, la derrota ajena tenía un sabor infinitamente superior al éxito propio. No por casualidad, Ramoncito disfrutaba robando los bizcochos del horno, no tomándolos de la mesa cuando su madre se los servía. *Los pancitos robados son más ricos*, decía, y su padre lo mandaba callar. *Puede ser, sí,* decía don Armando, *son más ricos robados, no lo diga; tenga un poco de vergüenza.* Entonces Ramoncito preguntaba *¿Usted padrecito, de chico nunca…?* Y el padre lo interrumpía con un gesto muy parecido al impulso de una cachetada.

Su madre se mantuvo al margen, mirando de lejos la disputa por aquel librito para adultos, fingiendo estar ocupada con el pollo recién degollado y, para entonces, sin plumas y listo para zambullirse en el agua hirviendo. Fingía no ver, sobre todo cuando Ramoncito, con su indiscutible superioridad física, orgullo de su padre, logró desprender el libro de las manos de Gabriel. Cuando Ramoncito sacaba la lengua y la apretaba fuerte entre los labios alguien, el perro, sus hermanas o Gabriel, terminaba golpeado. José Gabriel le hubiese regalado el libro de buena gana porque, al fin de cuentas, libros y Madame Bovarys no faltaban en este mundo y menos en la casa del tío Arturo, pero lo ponía furioso la mentira, el robo descarado delante de todo el mundo, delante de aquellos cuatro locos ocupados en tareas menores, irrelevantes, aprobando con su pasividad la injusticia. Tanto sufría José Gabriel por la injusticia como Ramoncito disfrutaba de su pillaje.

Por meses, por años, José Gabriel pensó en ese libro. No era el libro sino las circunstancias, todas materializadas en el recuerdo de un solo objeto, para peor uno de los objetos más fieles, más amados de cuanto lo rodeaba, incluidos los seres humanos. De otra forma, hubiese desaparecido de su atención. De otra forma hubiese seguido respetando los libros como si hubiesen sido escritos por dioses, por ángeles y por demonios. En el lapso de cinco años, con uno de los billetes del tío Arturo, llegó a comprar tres ediciones diferentes (la última era la de Ramoncito) y leyó las tres, pero nunca pudo dejar de pensar en aquel otro, en el original, como si existieran libros originales. Ramoncito no lo leyó, eso era seguro. Ni la primera página. La señora sí, probablemente, una tarde de abandono y silencio. Otra tarde robada al fregado de la cocina y de los barriles con comida podrida para los cerdos. Una noche también, cuando el esposo estaba borracho y dormido como una marmota a su lado, a la luz de un farol agonizante, como su única forma de serle infiel con el pensamiento, casi sin quererlo, casi como si se lo ocultara al mismo dios colgado de una pared oscura y retorciéndose con la luz nerviosa del farol mientras ella leía y descubría su verdadero nombre, *Madame Bovary*. La señora habría leído con dificultad, no tanto por la poca luz sino por sus pocas luces, y habría leído un desconocido interés, oculto, aquella historia de deseos disimulados, como todo en la vida. El libro habría sido protegido por el desinterés de don Armando por cualquier forma de lectura, primero, y por el fuego preventivo, después. Tal vez, para entonces, el libro habría sido consumido por los ratones, siempre inquietos por las noches, o, más probablemente, habría servido como papel de diario viejo para avivar el fuego de los bizcochos, para asar la pata de un cerdo grasoso, alegrado con abundante vino tinto y convertido en orín y excremento mucho antes del amanecer.

Cuando José Gabriel llegó al rio aquella tarde, Dios estaba pensativo, más bien triste. Gabriel se acercó por detrás y pudo ver la túnica blanca, resplandeciendo a esa hora de la tarde cuando el sol ya se ha puesto pero todavía no ha llegado la noche. No pudo ver su rostro porque el sol de frente le cerraba los párpados, pero le pareció un hombre algo oscuro, para nada atractivo, es decir, no se parecía a los héroes de los libros o de la televisión, ni siquiera a los protagonistas derrotados, siempre con aspecto de Cristos sufrientes, facciones delicadas, barbas suaves cuando las tienen, ojos claros. No, éste era lo contrario a Marlon Brando o Ted Neeley. *No me dijo* Yo soy Dios*, o* Soy el Hijo de Dios*, pero yo lo supe porque estaba muy triste.* Si tiras el anzuelo siete veces sacarás siete pescados*, dijo, y mientras yo sacaba exactamente siete pescados con una facilidad de otro mundo, desapareció entre las ramas de los árboles.*

Cuando José Gabriel se lo contó al padre Roberto, él no le creyó. Probablemente se trataba de alguien pescando. Por aquellos días el país y el mundo estaban atravesando por situaciones muy dramáticas y tal vez se trataba de alguno de los tantos hijos de esta tierra tratando de abandonarla. Si hubiese visto a la Virgen, tal vez, podía ser, sin duda, porque la Virgen se solía dejar ver mucho y el Señor, su hijo biológico, muy poco. Aunque, pensándolo un poco, de todas formas, tampoco le parecía posible. Ni José Gabriel ni nadie podía ver a Dios porque Dios no se podía ver (solo de espaldas como lo vió Moisés y sólo Moisés) y si se trataba de su hijo, el Señor Jesucristo, tampoco era probable porque cuando vuelva significará el fin del mundo y eso no parecía estar muy próximo y, además, esa historia de Dios, el creador del Universo, imagínate, bajando del cielo para ayudar en la pesca…

—Era el Señor, de eso estoy seguro—dijo Gabriel, aunque ya por entonces de toda su convicción sólo quedaba la perseverancia.

—¿Y cómo lo sabes?

—Porque lo sentí y tengo fe en Él.

—Eso no es suficiente, hijo —dijo el padre Roberto.

—Si uno cree en algo entonces eso es verdad, dice el pastor James. Quienes no creen son pecadores mortales.

—La gente cree muchas cosas, hijo, algunas definitivamente absurdas.

—¿Pero el número siete? ¿Y esa forma imposible de adivinar el futuro, aunque solo sea para algo tan insignificante como un atado de pescados?

—Cierto, hijo, son cosas misteriosas.

—Aunque tal vez usted tenga razón, padre. ¿Cómo es posible eso del Creador del Universo preocupado por la pesca cuando hay tantos niños muriéndose de hambre en este país? Sin considerar aquellos otros donde hay guerras y todas las noches se acuestan bajo racimos de bombas, cada una tan cara como una casa del centro y una escuela juntas, dice el tío Carlos. aunque sean bombas de buenos cristianos, no dejan de ser bombas ¿no? y los niños, aunque no sean cristianos no dejan de ser muertos ¿no? Es como la aparición de la Virgen, aquella de la hija del funebrero Almacio hace un mes. Anunciaba malos tiempos.

¿Pero cuándo no hubo malos tiempos por delante? Más en este país, padre. No es necesario ser la Virgen para anunciar malos tiempos…

—Bueno, hijo, los misterios son eso, misterios, y nadie puede explicarlos.

—Eso espero, padre, porque si el Dios del Amescagua tuviese explicación me sentiría muy decepcionado.

—Ya deja eso, muchacho. Lo tuyo es recordar, sólo eso, recordar e inventar cosas todavía por ocurrir. Por mi parroquia y por mi iglesia pasaron muchos buenos hijos, pobres muchachos, y todos empezaron así.

—¿Así cómo, padre?

—Así mismo, hijo. Ya deja eso y termina con tus tareas o perderás el año.

La rebelión de los idiotas

Como bien dijo el padre, Gabriel perdió ese año. Repitió quinto y sexto dos veces. La escuela y Gabriel nunca se llevaron bien. Sobre todo, cuando su memoria comenzó a fallar. Inventaba recuerdos. Al menos eso decían sus maestras. Según otros, recordaba eventos por venir, pequeñas cosas de un futuro invisible a los ojos de la gente común. Era muy bueno para los cálculos pero no entendía los problemas, decían unos. Era muy bueno recordando cosas, pero no comprendía la historia, decían otros. Era muy bueno dando detalles de cada evento, pero eran detalles inventados, imposibles, al menos en nuestro país. A veces porfiaba citando un libro de la biblioteca del tío Arturo, una supuesta edición desconocida o censurada demostrando lo contrario, contradiciendo al *Texto Único de Sexto* de la escuela, y la maestra se ponían furiosas. Una buena mujer, según reconoció años más tarde. No sabía por qué les porfiaba, si no le iba nada beneficioso en todo aquello. Una vez logró encontrar un libro sobre el general Prudencio Paz Ortiz y su nunca aceptada matanza de setecientos ocho indios en Caudales de Plata (aproximadamente trecientas mujeres, cuya fealdad de indias las salvó de la violación segura, y ciento cincuenta niños menores de doce años) entre la noche del 16 y el mediodía del 17 de marzo de 1895. Pero de nada le sirvió para refutar la versión azucarada y lacrimógena del *Texto Único*. Al enterarse del intento fallido de Gabriel (intento de reescribir la historia, como si eso fuese posible), la señorita Jimena de la Concha lo envió a la dirección y la directora lo envió a la casa de la tía, no sin confiscar previamente el libro del doctor Arbelo Williamson, advirtiendo los peligros de introducir en la institución de enseñanza cualquier tipo de texto sin la vigilancia del Estado y del consejo para la Educación y la Moral. La introducción de un texto alternativo, escrito, por si fuese poco, por un extranjero o por un hijo o nieto de extranjeros, constituía una falta grave a la institución escolar y a la institucionalidad misma del país. Mientras ella tuviese salud y estuviese en el cargo, dijo, tan dignamente representado en los últimos cuarenta y dos años, dijo, no toleraría ninguna afrenta contra la Patria y contra la Autoridad Natural, considerando la edad todavía temprana de Gabriel, es decir, siendo el elemento problemático todavía un niño, seguramente influenciado por alguno de sus parientes cercanos a quien le resultaba conveniente y necesario no mencionar, y no se refería, precisamente, al siempre recordado prohombre arquitecto Arturo MacCormick sino a otras ovejas negras, como las hay en toda familia de bien.

246

De haber estado vivo, pensó Gabriel, el tío Arturo se hubiese sentado a explicarle el lío de los libros. El tío Arturo no hubiese montado en cólera como lo hizo la directora, quien intentó explicarle, casi a los gritos, por qué él no había entendido ni una página del *Texto Único* ni había entendido el libro robado a la tía. José Gabriel no dijo nada. Se limitó a mirar la punta de sus zapatos. Eso le había enseñado el tío Carlos. De repente, la señora directora se quedó sin palabras, como un camioncito en una pendiente cuesta arriba, y cambió un brevísimo silencio por el grito de *¡Señorita Pérez, levante sumario y llame a la casa de su tutora para reportar el incidente con las consecuencias amparadas en el artículo Diez del Reglamento Magisterial Aplicado!*

Las consecuencias amparadas en dicho artículo (José Gabriel no llegó a leer ni le leyeron nunca) consistían en la expulsión del ofensor del Centro Educativo por el resto del año lectivo, convirtiendo todo su esfuerzo anterior por no perder ese año en materia de desperdicio, idas por el caño, casi igualito al año anterior.

Visto y considerando, y como consecuencia de la consecuencia y en atención a la sugerencia de la superintendente del Centro de Estudios, la tía decidió internarlo, a modo de prueba y como forma de advertencia, a ver si reaccionaba, según le escuchó decir a una amiga, muy en voz muy baja para no ser escuchada por las vecinas presentes a esa hora en la carnicería de don Ramiro, pero suficientemente alto como para dejarle saber al mismo José

Gabriel. Había decidido ponerlo en el Internado de Menores General Prudencio Paz Ortiz de Matamoros, donde al final estuvo tres años sin saber de un libro, excepto cuando llegaba el ministro de Educación Moral y Cívica, el teniente José Paz Ortega, siempre acompañado de los periodistas del diario *La Nación*, todos excitados y contentos. Entonces las maestras sacaban los libros impecables de sus baúles, siempre serrados con candado y lejos de las manos destructivas de los niños, y los ponían en las manos de sus enemigos, bajo pena de no dejarlos caer en el suelo y de no abrirlos para no arrugar las páginas. El ministro siempre tenía un ejemplar extra del *Texto Único Maravilloso. Para una juventud especial con tiempos diferentes* pero, apenas se iba, la Supervisora nos confiscaba el *Texto Maravilloso*. El olor a libro nuevo la excitaba.

Tal vez éste era uno de los aspectos más insoportables del internado. Todos querían salir en las fotos con el ministro y la presidenta de la Comisión de Damas del País, porque una o dos terminaban publicándose en el diario del día siguiente. La competencia era atroz. La última vez, el ministro lo eligió a José Gabriel, tal vez porque era el más tranquilo del grupo de excitados y excitadas, más bien tratando de esconderse detrás de los nervios ajenos e inútiles de sus compañeros de internado —con el tiempo comprendió mejor no solo la vanidad de los nervios sino, además la inmensa ridiculez de temer la mirada ajena, es decir, de temerle al rugido de una hormiga.

Entonces el ministro teniente Paz le dijo a los periodistas *Ahora una foto con este buen muchacho* y José Gabriel tuvo la inoportuna idea de negarse. El ministro le ofreció una barra de chocolate suizo junto con la nueva edición del *Texto Único adaptado para Niños Especiales*, mientras sonreía a las cámaras, pero solo logró unas fotos decepcionantes, porque en ningún momento José Gabriel quiso agarrarle el Toblerone suizo, algo nunca comprendido ni por sus compañeros de sección ni por la Supervisora ni, probablemente, por él mismo.

Por el contrario, las fotos publicadas expresaban todo su asco por aquella gente y por aquel señor, en realidad desconocido pero inexplicablemente desagradable, de todas formas, producto quizás de su repentina y luego incurable nostalgia por las conversaciones con el tío Carlos, prohibidas desde hacía mucho tiempo.

La foto circuló por todos los barrios y, decían, fue comentada y festejada en cada uno de los rincones del país. La gente veía en ella las obras del gobierno libertador, decían algunos, pero para otros era por la cara de vómito del niño discapacitado, un símbolo inequívoco e insuperable del desprecio y la incomprensión de un pueblo aún inmaduro para reconocer y agradecer los beneficios otorgados gratuitamente por el sacrificio de sus mejores hombres. Otros detalles menores complementaron la nota, como la diarrea del ministro y su consecuente ausencia en la inauguración de un nuevo busto en homenaje a su abuelo

Fulgencio Paz Obregón, clara consecuencia del abuso de toblerones y escocés en las rocas, traducido por en las notas periodísticas "una indisposición personal y pasajera del ministro debido al exceso de trabajo".

Desde el exterior, un profesor exiliado en Bolonia, Italia, de apellido Atahualpa, llegó a ver en *el Toblerone rechazado por el joven discapacitado* un símbolo fálico y lo comparó con el obelisco de la Libertad de Arcagua City. Gracias a ingentes gestiones del gobierno nacional y de su cancillería no oficial (es decir, no reconocida por el gobierno italiano de la época), el profesor fue despedido dos años después de su puesto en la universidad extranjera, acusado de no publicar suficientes estudios científicos sobre el gerundio en Góngora, su especialidad, según se enteró el miso José Gabriel un día (no sin cierto sentimiento de justicia y maldad) leyendo un periódico en la sala de espera del aeropuerto.

Como consecuencia de aquel desdichado incidente con el ministro, de su creciente mal comportamiento y de su caída irremediable en la tontería hereditaria (todos nacemos genios pero la genética se corrige), José Gabriel fue transferido al nuevo Proyecto Piloto ubicado de forma provisoria en el para entonces obsoleto Aeropuerto Internacional General Félix Elber Galarga.

La rebelión de los Idiotas comenzó casi nueve años después de la Revolución Libertadora. Es decir (aclaró inútilmente alguien debajo de una gorra vasca) ocho años después. Ni siete ni nueve, números más elegantes, con algún tipo de misticismo religioso uno y algo de científico el otro. No: ocho, un número tan obtuso como el ocho, sin gracia, revelando además el largo tiempo tomado por los idiotas para darse cuenta de su situación.

Pocos meses después (Gabriel sabía perfectamente: fueron 129 días, pero desde la muerte del tío Arturo había aprendido a expresarse con vaguedades y olvidos para aparentar normalidad), pocos meses después, decía, del inesperado triunfo del Partido en las Elecciones, la mayoría de los presos del Correccionario de Libertad fueron enviados a La Colonia. Casi todos correspondían al tercio más joven, es decir, menores de treinta años, mientras una considerable minoría pertenecía a la siguiente franja etaria, de entre treinta y cincuenta. Casi todos diagnosticados con plombemia (los caños de agua y los contenedores de pasta dental eran de plomo, y plomo era el único material disponible para los soldaditos y otras artesanías), aunque en el extranjero circuló el rumor de la radiación de uranio para disminuir las capacidades intelectuales y las expectativas de vida de los presos del Correccionario de Libertad, algo por demás evidente si se echaba una mirada al alto índice de enfermos de cáncer, enfermedad o epidemia ésta responsable de un dramático descenso de la población del segundo al tercer tercio etario y del progresivo zumbido en los oídos de los reclusos del primer nivel.

Pero la edad no fue el único criterio de clasificación. Hubo muchos otros, producto de la afición de los dirigentes medios por las nuevas estadísticas y la antigua burocracia, conservada por el gobierno revolucionario con patriotismo, es decir, por el antiguo régimen con una estimulante reposición de rostros más jóvenes y de mujeres más hermosas, entre los cuales todavía persistían algunos prohombres de la vieja guardia, rostros adustos simulando inteligencia y confianza detrás sus poblados bigotes, producto de la afición al azúcar y del estado calamitoso de la ciencia odontológica de la época anterior a la Revolución Libertadora.

Cierto, esto mismo se puede decir de otra forma. En las radios y en los diarios se usaba un tono dos puntos más grave, más dramático, como en las telenovelas responsables de la conmoción nacional poco después de la puesta del sol, entre las siete y las ocho de la noche, justo a la misma hora de los lamentos del monte Uinik May, producto de la superstición y la alucinación colectiva de los indios aficionados a la quema diaria de sus salarios en aguardiente.

Pero el tío Carlos siempre veía las cosas al revés. *La realidad es una ficción contada por el poder*, decía años atrás, cuando Gabriel todavía lo visitaba en la prisión. *No importa qué se dice sino cómo.* Entonces Gabriel se lo contaba a la tía

Noemí y la tía se enojaba como un gato. Odiaba cuando su hermano se ponía a hablar difícil para complicar hasta lo más simple. Pero a Gabriel no le molestaba porque estaba acostumbrado a no entender.

En fin, volvamos a aquella época de aislamientos de la Revolución Libertadora. Los afectados de plombemia fueron acogidos por el gobierno en un sanatorio estatal administrado por un consorcio privado. El sanatorio operó provisoriamente durante cinco años en el para entonces inoperativo Aeropuerto Internacional General Félix Elber Galarga.

A menos de un año, el sanatorio del aeropuerto dejó de ser provisorio cuando fue adquirido al gobierno por la empresa Bonita Company, un *joint venture*, como se dice ahora, de capitales nacionales y extranjeros. En su declaración de principios, el objetivo de Bonita era "Avanzar en el Progreso Nacional a Través de la Salud Integral de los Pueblos". La compañía se había hecho conocer en el país cinco años antes cuando ganó la licitación para la construcción del correccionario de Santa Bárbara y poco después, debido al éxito de la obra y la puntualidad de las entregas, el gobierno, con el apoyo del consejo de ministros, de las Fuerzas Vivas (del ejército, la marina y sus filiales no estatales), de la prensa capitalina y de la opinión pública, le concedió la administración de la seguridad exterior del presidio, primero, y de la cocina más tarde. Para la ocasión, Bonita se llamaba BCo, e hizo gala de su modelo científico de gestión, tanto en la construcción como en la administración de recursos humanos. BCo convertía en eficiencia todo bajo sus manos, hasta el extremo de ser reconocida por los mismos reclusos. Con el paso del tiempo, todos fueron testigos del crecimiento gradual y sostenido de la población carcelaria, gracias a una notoria mejoría en los servicios de limpieza y alimentación. Cuando el número de reclusos de Santa Bárbara alcanzó los tres mil sin registrar una sola fuga en cinco años, la sociedad en pleno, a través de los medios, las manifestaciones callejeras y, finalmente, valiéndose de un decreto promovido por todos los partidos, asignaron a Bonita Company la administración completa del correccionario de Santa Bárbara y aprobaron la construcción de dos nuevos centros correccionarios cercanos a la capital. Gracias a estas iniciativas, a leyes más estrictas sugeridas por la empresa en las comisiones investigadoras y aprobadas más tarde por el gobierno, la población carcelaria se multiplicó por tres y la criminalidad en el país creció a niveles mucho más moderados. Ante la opinión pública, Bonita se había convertido en el modelo de éxito y eficiencia para el mismo gobierno y en la única esperanza razonable de bajar los impuestos aumentando los servicios. Pero el directorio de Bonita se negó rotundamente a los reclamos populares para fundar un partido político con su nombre o similares (como el Partido Bonito, propuesto por el diario *La Nación*), aduciendo improcedencia ética. *Así como las religiones no deben mezclarse con los gobiernos*, rezaba la declaración pública de la empresa, *así los negocios deben mantenerse al margen de la política*. La declaración del directorio de la empresa fue apoyada por el gobierno y comentada elogiosamente por la opinión pública.

En el quinto año del Proceso de Reconstrucción Nacional, Bonita Company presentó el proyecto del manicomio Aurora, luego conocido como General Félix Elber Galarga, por haberse iniciado en el aeropuerto nacional con el mismo nombre, hasta el momento de su súbito cese de funciones. La nueva fase empresarial representaba, en realidad, una continuación de los proyectos carcelarios anteriores, pero ahora acentuando el aspecto preventivo de la criminalidad y el delito. Según la compañía, si se atendía la salud mental de los sectores vulnerables de la población, los delitos tenderían a disminuir o, al menos, se desaceleraría su aumento. La compañía, como era natural, necesitaba un perpetuo crecimiento en sus beneficios para poder subsistir como tal, pero no estaba interesada en incrementar indefinidamente el número de reclusos del país y las leyes ya no se podían ajustar más ante una población cada vez más obediente y pacífica, por lo cual el margen remanente de ganancias estaba en el sector de la salud y la venta de bebidas carbohidratadas.

El funcionamiento y la administración de esta nueva institución ya habían sido estudiados y puestos en práctica décadas antes en los países desarrollados, aunque, se reconocía, las formas habían sido ajustadas con el tiempo. La empresa había decidido comenzar por el principio de la experiencia para, con el tiempo y la experiencia propia, realizar los ajustes más adecuados según la cultura del nuevo país.

Los grados de deficiencia mental habían sido clasificados en tres grandes grupos, dentro de los cuales había subgrupos, pero más para consumo de los afectados y no como clasificación científica. De arriba hacia abajo, desde el grado de menor de deficiencia hasta el más severo, los internos fueron clasificados como:

I. Retardados,

II. Imbéciles

III. Idiotas.

El tercer grupo era el más popular y contenía mongólicos, mirocefálicos, abandonados, indianos, nerds, zambos, etc. Destacaba también por una breve lista de personajes inclasificables dentro de la categoría general de Idiotas. Uno de ellos, por ejemplo, el doctor Saul Silverg, había sido el inventor del proceso de inversión de cultivos por el cual las cosechas del país se habían multiplicado en la década de los sesenta sin necesidad de fertilizantes químicos, pero su real estado de insuficiencia intelectual se había revelado en toda su magnitud cuando denunció los planes de deforestación del gobierno y promovió ideas absurdas y difamatorias, según las cuales dicho plan había sido consecuencia de presiones imperiales. El segundo ocupante de esta sección era el maestro Victoriano Encina, autor de veintidós libros sobre educación y democracia, los cuales fueron finalmente retirados de circulación por su escasa utilidad y las unánimes críticas adversas recibidas en la prensa especializada.

Al principio, esta clasificación se evitaba llamar por su nombre oficial porque en castellano sonaba a mero insulto (lo cual degradaba la seriedad científica sobre la cual estaban sustentados). Había sido realizada en estricto cumplimiento con la avanzada *"Eugenical Sterilization Act"*. Esta ley, y parte de la experiencia de su aplicación, era materia obligatoria en la facultad de Derecho y Psicología. Había sido promulgada en Virginia, Estados Unidos, en 1924 y establecía con claridad las características de los habitantes de Virginia Colony como "idiocy, imbecility, feeble-mindedness or epilepsy", todos males conocidos por ser hereditarios y, en muchos casos, se podían diagnosticar prestando atención a la forma craneana del individuo y a la línea del perfil desde de la frente hasta la barbilla. Para evitar la reproducción de la idiotez por todos los Estados Unidos, los pacientes y los sospechosos de ser los portadores de estos males fueron esterilizados y el país se convirtió, más allá de los últimos coletazos de la generación anterior, responsable de la Gran Depresión de los años treinta, en la superpotencia conocida por todos.

En nuestro país, la Revolución Libertadora propuso, como era costumbre, una idea siempre novedosa: copiar los buenos ejemplos a las espera de resultados similares, verificables en la realidad concreta de los hechos.

La Colonia estuvo ubicada hasta hace cinco años en el antiguo Aeropuerto Nacional Coronel General Cerrano Cepeda. En 1983 el gobierno decidió construir un aeropuerto modelo, el más grane de la región, primero, y el más moderno del mundo, se dijo poco después, y para ahorrar dinero debió cerrar el aeropuerto existente (además de otros servicios públicos como las guarderías infantiles y las pensiones a los discapacitados) con lo cual, de paso, el país se evitaba por algún tiempo, al menos mientras durase la construcción del nuevo aeropuerto, el creciente contrabando de información defectuosa realizada por los periodistas y algunos profesores extranjeros, ignorantes de la realidad del país pero frecuentes visitantes invitados de la Universidad de la República, casi todos intelectuales incapacitados para entender la realidad nacional desde sus maravillosos puestos del Primer Mundo, desde donde se arrogaban el derecho de opinar sobre realidades del todo ajenas.

Los retardados, aquellos con algún entendimiento de cómo funcionaba un aeropuerto (aunque prácticamente ninguno había tomado un avión en toda su vida) ocupaban las salas VIP, las cuales no se diferenciaban demasiado de las otras salas de espera a no ser por el cartelito colgando sobre la puerta principal con las tres letras doradas sobre fondo negro: *VIP*. Fue recién al tercer año cuando a alguien se le ocurrió preguntar por el significado de las letras mayúsculas y, luego de una larga investigación, una de las azafatas confirmó la versión de Gabriel, aunque con un acento del todo distinto: VIP significaba *Very Important Person*. La confirmación provocó un estallido de alegría entre los compañeros con el ánimo por entonces venido a menos por el creciente retraso de los vuelos. Aunque la mayoría nunca había visto un avión despegar o aterrizar, no habían perdido la esperanza de escuchar el llamado anunciando el próximo vuelo, marcado en pasajes encontrados (y disputados, no sin cierta violencia) en los cajones de las compañías aéreas.

Una hora después de acabar con esmero y pasión su chocolatada con pan, cada idiota volvía a su sala de espera y se sentaba mirando los carteles anunciando la partida del próximo vuelo, casi siempre *a tiempo*. Los retardos, conocidos como los *vips*, hacían la cola primero y sólo se iban cuando el resto había formado fila para la clase económica.

La población de La Colonia, compuesta de 625 viajeros al principio y 932 al final, se dividía, con relativa estabilidad, en seis grupos: pasajeros con destino a Paris (7: 30 PM) y Miami (8: 15AM) eran los más numerosos, seguidos por los de Madrid (9: 20 PM), Los Angeles (11: 11 PM), Acapulco (5: 05 AM) y Guantánamo (9: 16 AM).

Todo se desarrolló siempre con extremo orden y civilidad. Sólo persistió, por algunos años, una mínima discusión acerca de la hora oficial. El reloj de la sala VIP marcaba 3: 55, mientras el de la sala económica marcaba 3: 15.

Antes de acostumbrarse, Gabriel se quejaba de esta penosa situación. El aeropuerto era una pesadilla, decía, sin monstruos ni demonios, una pesadilla mediocre, insoportable, como cuando tenía gripe y no podía dormir ni podía despertar; o como cuando se levantaba sonámbulo en la casa de la tía y, aunque no estaba durmiendo, lo sabía de alguna manera, tampoco podía comprender qué estaba haciendo y hacia dónde iba. Ni la cárcel del tío Carlos era tan horrible. Al menos no era una pesadilla y desde algún punto de vista se podía comprender, tenía algún sentido.

Según quien fuera más tarde su terapeuta, el doctor Ramonetti, esto último era parte de una paranoia fóbica semi fálica desarrollada por Gabriel en algún momento de su infancia, pero de cualquier forma confiaba curarlo algún día, si él, Gabriel, decidía asistir regularmente a sus sesiones de terapia por los próximos treinta años y si no desarrollaba ninguna resistencia hacia el tratamiento. En definitiva, a Gabriel le dio miedo arruinar la carrera de aquel profesional y terminó por entregarle en cuotas una interminable lista de escusas por la cual no podía asistir a su terapia, pese a la no menos interminable insistencia de su parte, de parte del terapeuta.

De la sala VIP, Gabriel iba a la librería y de la librería a la VIP. Antes de un año había leído todos los libros y todas las revistas. Luego debió conformarse con releer cada libro y cada revista periódicamente en ciclos aproximados de tres meses.

En la librería (cuyos precios se habían detenido en el tiempo, como sus compradores) solía estar el Poeta, un hombre bastante joven, de barba rubia y pelo largo, con la mirada fija en alguna parte del tiempo, y con el cual era difícil, sino imposible, intercambiar alguna palabra. Él siempre estaba ensimismado en sus versos y sus versos le brotaban a cada paso entre los suvenires del país.

Tus pies de gacela
Tus ojos de luna
Tu poca fortuna
Acaba a la una

Sus labios de rosa
Su pelo sin luna
Su clara cintura
Su boca oportuna

La lluvia llama
La blanca calma
La negra clama
La dama fortuna

Tus manos con flores
Tus labios de espuma
Tus pechos de soles
Acaba a la una

La VIP sólo servía para descansar de la montonera, pero Gabriel prefería compartir algún tiempo con la chusma, siempre más alegre, siempre más sabia, probablemente debido a su condición de idiotas o al simple hecho de ser un número mayor. Siempre encontraban alguna forma de matar el tiempo, sino con elegancia al menos con cierto entusiasmo.

Las cuatro de la tarde era uno esos momentos, apenas aparecían las azafatas con la leche chocolatada y los panes sobrantes del ministerio. No era un trabajo fácil, aunque los idiotas eran muy educados y contenían su desesperación con hidalguía. Una vez Gabriel le escuchó decir a una de ellas algo sobre estar cansada, harta de darles comida a los cerdos y un día se iba a levantar de mal humor e iba a condimentar la comida con algo especial para acelerar los planes del Señor.

Que se tenga noticia, ninguno de los habitantes de La Colonia tuvo nunca descendencia alguna. Probablemente porque la vida regimentada no dejaba mucho espacio para la intimidad. Probablemente porque a sus habitantes no les interesaba tanto el sexo como la comida, lo cual sería otra razón por la cual Gabriel nunca se consideró parte de todo aquello. Al principio hizo algún esfuerzo por salirse de aquella pesadilla, tratando de pasar los test del doctor Olaizabal, pero siempre fracasaba por misteriosas (o al menos no clarificadas) razones.

Una de las preguntas, por ejemplo, se refería a cómo reaccionaría él si fuese caminando por la calle y se encontrase con un grupo de manifestantes reclamando por el derecho de los cerdos. *Bueno* (había contestado Gabriel ante el tribunal), *primero trataría de enterarme de qué va el asunto. ¿Los cerdos son maltratados en este país? ¿Por cerdo se refieren a los animales más comunes de las parrillas y las celebraciones religiosas o más bien es una metáfora para referirse a cierto tipo de seres humanos? Porque he escuchado, no pocas veces, honrar a diversas figuras de la sociedad con títulos semejantes...*

Un muchachito muy joven, recién recibido de la universidad y a esa altura tratando de forjar los comienzos de su carrera como asistente científico, sugirió una revisión cuidadosa de las lecturas más recurrentes del paciente y un largo etcétera, por las dudas.

Con los años, la teoría y la práctica se fueron modificando pero, dicen, no para mejor. Con el tiempo, el desconcierto fue aumentando, aunque normalmente ocurre lo contrario con las ciencias nuevas. Los habitantes de la Colonia fueron volviéndonos más y más viejos y ninguno, con la sola excepción de Perla (más adelante podríamos explicar su caso) ninguno tuvo hijo o hija alguna aparte de unos pocos perros y unos cuantos gatos.

En cambio (ironías de la historia, dirán unos; misterios del Señor, dirán otros), los jóvenes con deficiencia mental comenzaron a nacer en hogares de buenas familias, muchos de ellos de padres eminentes en las ciencias, profesores, sacerdotes, administradores y generales del Ejército. Muchos de ellos, sino todos, terminaron afiliados a clubes y sectas las cuales sostenían ideas patéticas, como la relatividad del tiempo, de las distancias y de algunos valores morales. Unos pocos fueron enviados a estudiar al extranjero, casi todos a Francia y Estados Unidos, y en lugar de menguar sus deficiencias volvieron con un grado de idiotez aún mayor. Se sabía, incluso, de sus conspiraciones, es decir, de sus traiciones a la patria y a sus propias familias. En Paris y en Princeton, donde entraron por el dinero y la influencia de sus padres, no por los escores de los exámenes internacionales, lograron convencer a la mitad de la elite de aquella intelectualidad sobre la validez de sus ideas absurdas. Este nuevo fenómeno escandalizó al presidente de la Republica, quien llamó a conferencia de ministros y promulgó acciones específicas para un retorno forzado de los becados y la cancelación de cualquier ayuda a los estudios de posgrado.

Este incidente, o noticia, circuló en El Aeropuerto como reguero de pólvora. Los idiotas, quienes para entonces ya no consideraban ese nombre como un insulto, sino todo lo contrario, comenzaron a organizar la resistencia.

En un rincón, muy cerca del gran ventanal hacia las pistas de despegue y aterrizaje, la india 44 hablaba con el hombre de la cara triste. El Malacara no paraba de sonreír, pero Gabriel sabía: aquella risa no significaba nada, como no significaba nada aquel pobre hombre con aquella pobre cara.

Cuando llegaron los soldados, decía la india 44, *mamita corrió a levantar a Luisito, por entonces entretenido con unas piedras y comiendo tierra de vez en cuando. Me* grité ¡Vete a la casa! *pero el miedo me pesó en las piernas tanto como cuando una se sueña queriendo correr y no puede, como cuando uno se sueña queriendo gritar y no puede, como cuando uno se sueña ahogándose o ahogado, o cayéndose desde un precipicio muy alto y antes de llegar al suelo se despierta.*

Pero yo no podía despertar ni podía correr. Entonces, apenas pude, me escondí entre unos arbustos. Al poco rato los vi pasar con prisa, cargando sus fusiles y sus machetes. Comenzaron a sacar a la gente de sus casas. A los hombres los golpeaban con los fusiles o les cortaban las manos con los machetes. A las mujeres más viejas les cortaban los pechos, a las tres embarazadas del pueblo le arrancaron sus hijos de sus vientres y arrojaron los sin nacer contra las piedras para aliviarlas de peso y pudieran así caminar más rápido. A las más jovencitas las desnudaban y las llevaban para atrás de las casas o las volvían a meter adentro. Todos se peleaban por las más blanquitas.

Después un tiempo (no parecían dispuestos a irse hasta no terminar con toda la comida, todo el vino y cualquier cosa de cierto valor), llevaron a todos a la plaza del pueblo. Uno de ellos gritó ¡No gasten balas en indios! *y los soldados comenzaron a cortar las cabezas de un solo machetazo, o con varios machetazos cuando alguno intentaba escaparse. Pero al final los soldados estaban muy cansados y empezaron a matar gastando balas.*

Por esa simple razón sólo han encontrado cien cartuchos de bala con el sellito de Missouri, cuando aquella tardecita murieron los setecientos cincuenta habitantes del pueblo, menos una. Y porque ha pasado algún tiempo y las máquinas de siembra arrasaron aquel lado del cerro, ya no está allí el arbustito donde me escondí cuando llegaron los soldados ni está allí la Virgen, porque se la robaron y no porque desapareció por milagro. Robar una virgen es como violarla, decía mi mamita, y eso mismo hicieron los soldados. Tal vez ahorita mismo está en alguna capilla lujosa de algún señor, bien cuidadita y bien rezadita.

Pero la gente del pueblo siempre vuelve al lugar donde murieron, y aun así, muertos a más no poder, siguen fastidiando cada noche con sus lamentos y con los mismos zumbidos en las cabezas desveladas de los vivos por las noches, ruidos de cabezas rodando desde la plaza hasta el acantilado, hacia los otros pueblos de más abajo. Y porque los vivos se acostumbraron a escuchar siempre los mismos lamentos, dicen, cada tanto algún finadito se anima y se escapa a la ciudad, y allí incendia casas y cuarteles y hasta lograr meterse en los sueños de la gente de la capital, allá lejos y allá tan alto.

"*India, no llores*", dijo el Malacara. "*Los indios siempre andan buscando dar pena*".

Pero no soy yo la quien llora, dijo la india 44. *Son mis papitos y mi hermanito. Ellos lloran dentro de mí cuando me ven así tan sola.*

Dentro del grupo de Retardados había dos categorías las cuales, poco a poco, se fueron haciendo inconciliables. La primera se había reafirmado en la idea imperiosa de salvar a los habitantes del aeropuerto de un progresivo proceso de anarquía. Los internos de los eslabones inferiores no alcanzaban a comprender algo del todo simple: aunque injusto en alguna manera, aquel orden era el mejor posible, considerando las alternativas, es decir, era el orden más justo posible, en el lenguaje de los más moderados, y lisa y llanamente Justo, por no llamarlo Divino, según la definición de los más radicales, conocidos como el grupo de los Moderados. La segunda categoría de la clase Retardados abogaron algún tiempo por introducir cambios. Uno de los cambios más discutidos consistía en el progresivo *retorno* de los internos al exterior, lo cual fue duramente criticado por los Moderados como un eufemismo de la palabra *liberación*, se dijo (y se asintió por unanimidad), la cual tantas desgracias había traído desde el uso de razón y memoria de los internos.

La propuesta de exigir un retorno progresivo o, mejor dicho, gradual, para aquellos lugares de donde provenía cada uno, fue perdiendo impulso con el paso del tiempo. Quizás no tanto por la férrea resistencia del primer grupo de Retardados sino por la casi monolítica negación de los eslabones más bajos.

Al principio, cuando dos de los retardados (Gabriel, Kanikas y otros) bajaron a las salas de espera de la clase económica para conversar con algunos miembros del eslabón de los idiotas, les pareció encontrar fácil recepción al planteo.

Demasiado fácil, dijo Kanikas, con su característico dejo de escepticismo.

Volvieron varios días y continuaron la tarea silenciosa de conversar sobre las condiciones arbitrarias bajo las cuales quemaban sus vidas y, sobre todo, las condiciones absurdas de los miembros del eslabón más bajo. Todos escuchaban con mucha atención pero, apenas los dos sospechosos subían a la VIP para discutir sobre los resultados, Kanikas le advertía a Gabriel sobre el terrible error de cantar victoria antes de tiempo.

—Los idiotas no nos están escuchando como parece —decía Kanikas—. Sólo nos miran como quien mira un cuadro en un museo.

El día sin soles
La noche con lunas
La clara fortuna
La cama sin Clara

—¿A qué te refieres con eso?

—Que nos miran… Los mueve la curiosidad y la obligación, tal vez el honor por estar cerca de ellos, renunciando por unas horas a las salas superiores…

—En fin, mientras les sirva para escuchar…

—Si llegan a escucharnos. Pronto, cuando ya no les provoquemos esa curiosidad y entusiasmo, nos van a sacar a patadas.

Las manos llaman
Las llamas calman
Los ojos besan
Los besos aman

Pronto Gabriel lo fue comprobando. Kanikas no estaba muy errado. Especialmente cuando se aproximaba las cinco de la tarde y la mayoría de ellos comenzaba a tragar saliva. A las cinco pasaban los de servicio, tan ciegos por la costumbre como los internos siempre esperando desesperadamente el tazón con leche. A veces una funcionaria debía golpear con un cucharón en la mano o en la cabeza de algún incontenible para evitar el manotazo sobre un trozo de pan antes de tiempo y, sin molestarse por el golpe, el idiota hundía el trozo de pan en la leche blanca y lo devoraba en pocos segundos. Cuando una de las funcionarias anunciaba excedente de pan para el mes, aunque duro como la piedra, para ser distribuido como ración extra, todas las mesas aplaudían en un estrépito ensordecedor.

Son tus labios de metal
quienes me pesan
Son tus ojos de verdad
quienes me besan

En una de estas sesiones descubrieron a Gabriel y Kanikas sentados en un rincón sin aplaudir y los sumariaron. Al Poeta lo dejaron ir. ¿Por qué? No se sabe.

El castigo consistió en privarlos de la sala VIP indefinidamente, por lo cual debieron limitarse a la sala de espera de las puertas con destino a Roma y Estocolmo. Probablemente no haya sido sólo por el error de no aplaudir, porque ya los habían visto antes, deambulado por la sala contigua al comedor de los idiotas un par de veces. Probablemente hubo alguna denuncia o filtración de parte de los retardados moderados, quienes nunca vieron con buenos ojos algo muy parecido a un complot anarquista.

No se trataba de ningún complot anarquista, había dicho Gabriel, mucho tiempo después. *Era un complot, si cabe la palabra, un movimiento interno para acabar con aquel absurdo imposible de abolir por iniciativa de sus propis inventores, mucho menos por sus propias víctimas.*

Pero los internos eran los últimos interesados en perder sus privilegios.

Ni Gabriel ni Kanikas recuperaron las salas VIP donde los asientos se podían reclinar lo suficiente como para dormir confortablemente. La sala de las puertas a Roma y Estocolmo se fue llenando en cuestión de meses. Aunque las posibilidades de encontrar un rincón libre para dormir de forma horizontal eran cada vez más reducidas, tanto Gabriel como Kanikas mantuvieron cierta esperanza en el empeoramiento de la situación.

El campo sin flores
El río sin sales
El cielo sin nubes
Tus ojos sin vida

Con cada nuevo ocupante de la sala Roma Estocolmo, Kanikas dejaba escapar una sonrisa, entre sarcástica y destructiva, una sonrisa inútilmente idiota, como él mismo la calificaba. *Puede ser cosa de la naturaleza humana*, decía, *eso de alegrarse cuando las cosas van mal, muy mal, y empeoran, como si existiese un momento insoportable, extremo, cuando hasta el infierno mismo termina por quemarse a sí mismo, aunque sea un proceso eterno, infinito, sólo sostenido por una esperanza vana, como la del*

número 0,99 esperando ser un día el número uno agregando infinitos
nueves a su derecha…

> *Todos hechos de tiempo*
> *y de materia y de los dos*
> *el tiempo*
> *el mayor misterio*

Cada dos de mayo se homenajeaba a los Caídos en el
Cumplimiento del Deber. Años atrás, Gabriel había conocido a un soldado llamado Andrade, a quien habían matado en un enfrentamiento con integrantes de la tribu
Uinik Tonto. Era un buen tipo, pensaba Gabriel, pero, por
alguna razón, no lograba relacionar al pobre Andrade con
el Dos de Mayo.

En los altavoces de música FM los sábados y misa los
domingos, una voz grave y profesional proclamaba:

¿De dónde nos viene esta libertad, dulce bendición de cada día?
¿Quiénes sacrifican sus vidas por nuestro estilo de vida? ¿A dónde
reside la reserva moral de la patria? Si en este momento usted se
encuentra desayunando, leyendo el diario, conduciendo el colectivo con
los niños a la iglesia, con los fanáticos a ver el partido de esta tarde,
si en este momento usted está lavando y planchando la ropa de la
semana para su hombre, mientras él está en los campos, recogiendo
los frutos de la generosa madre tierra, detenga un memento todo,

*déjelo todo ahora mismo y ofrezca un minuto de silencio en recuerdo
a los héroes de esta gran nación...*

Entonces hasta los inválidos se ponían de pie (algunos
con una mano en el corazón, otros con el último trozo de
pan atracado en la garganta, como si se estuviese por
anunciar el fin del subsidio al pan) y guardaban un minuto
de silencio. Luego, la voz decía, con más cafeína:

*...Porque si algo tenemos en este país y en esta vida, se lo debe-
mos a nuestros soldados y a nuestros veteranos de guerra. Porque sin
ellos*

no tendríamos nación,

no tendríamos libertad de religión,

no tendríamos libertad de expresión,

no tendríamos libertad,

no tendríamos familia,

no tendríamos trabajo porque,

simplemente, amigos y amigas escuchas,

simplemente porque no tendríamos país...

¡No tendríamos nada!

Por eso, donde esté cada uno haciendo patria,

¡démosle a estos héroes un fuerte aplauso,

una de esas expresiones de amor nacional para la escala Richter!

Los internos rompieron en un fuerte, casi ensordecedor aplauso.

*Y si entre ustedes hay un héroe, un veterano de lucha por la
libertad, póngase de pie, por favor, ¡para recibir el cariño de sus com-
patriotas!*

Dos internados levantaron las manos, porque no podían moverse de sus sillas de rueda, momento en el cual todos se abalanzaron hacia estos pobres muchachos sin piernas y los abrazaron dándoles las gracias por el servicio prestado a la patria. Aunque habían perdido las últimas cinco guerras, llevadas adelante contra la injusticia y por la libertad (y seguramente sin *aunque* sino *porque*), gracias a ellos el país libre y cada uno tenía una patria.

Varios internados, quizás cinco o seis, se acercaron con sus pistolas de madera a rendir homenaje a los veteranos. Uno de ellos (poseedor de un cabello muy corto, brillante como el fuego en la oscuridad, por encima de una crucecita tatuada en la nuca) levantó su pistola de madera y agradeció a la pequeña bestia, porque gracias a ella era libre de defenderse a sí mismo y por ella se sentía libre, se sentía libre sólo de sentirla apretadita su cintura. Aquella sensación de libertad del internado, se sabía, había ido creciendo con el tiempo, por lo cual ya ni podía dormir si no tenía su pistola debajo de la almohada. Y porque vivía en un país libre, cargaba una pistola, y el país era libre porque otros cargaban otras pistolas. Pero como no nunca pudo volar armado, nunca voló. Como no podía andar armado en otros países nunca viajó al maldito exterior. Él vivía *en la tierra de los libres y en el hogar de los valientes*, como decía el himno nacional, pero no era lo suficientemente bravo como para vivir sin su pistola ni era suficientemente libre para conocer el resto del mundo (es decir, casi todo el mundo) donde la gente camina por las calles desnuda de armamento.

Nueva ronda de aplausos y todos a sus puestos en el comedor para terminar de devorar los panes sumergidos en las grandes tazas de leche blanca. Diez minutos más tarde no quedaba mucho. Uno de ellos, conocido como El filósofo, porque nunca eructaba en la mesa, salió de su ensimismamiento para dar a conocer uno de sus últimos descubrimientos: *Hay dos clases de hombres en este mundo,* dijo. *Uno pone el papel higiénico para desenrollar hacia la pared y el otro lo pone para el otro lado.*

El aeropuerto fue cerrado, porque nada es para siempre y porque varios países de segunda línea dejaron de comprar plomo y plata, presionados por los mismos indeseables de siempre, sembrando cizaña, difundiendo mentiras en el exterior, calumnias sobre el inadecuado uso del aeropuerto internacional General Félix Elber Galarga. Cuando llegó el día, el gobierno se debatió entre dejar pasar el hecho de forma desapercibida o, por el contrario, organizar una celebración para convertir una derrota en un logro remarcable.

El gobierno interino finalmente se resolvió por la segunda opción, considerando las dificultades crecientes de ejercitar el silencio. La antigua estrategia de discrecionar hechos y datos inconvenientes o prematuros, se había ido

revelando ineficiente o, por lo menos, muy inferior a la
opción de exponer los hechos de una forma conveniente.
Incluso, los especialistas llegaron a confirmar la extrema
ineficiencia de intentar modificar los hechos pasados. Si el
gobierno montaba una campaña nacional contra el inadecuado e inapropiado funcionamiento del antiguo aeropuerto, se argumentó, la gente iba a terminar por apoyarlo.
Esta hipótesis se confirmó cuando fue anunciada la clau-
sura y los internos estuvieron gritando vivas al presidente
desde la puesta del sol hasta la madrugada, cuando los eu-
fóricos manifestantes fueron cayendo, agotados, por los
rincones, en medio de las escaleras, a veces uno sobre
otros. Los pocos opositores al gobierno, aún con licencia
para actuar responsablemente en política, se encontraron
del día para la noche argumentando en contra del gobierno y en favor de mantener el programa piloto de recu-
peración social inaugurado años antes en el aeropuerto
Elber Galarga, a pesar de la resistencia de la misma oposición en los inicios del programa.

El imperio de la normalidad

Siete años después de las elecciones, gracias a un indulto especial del nuevo gobierno, el tío Carlos salió de la cárcel. Caminaba apenas, sostenido por dos muletas, como colgado de los brazos. Salió, junto con otros dos beneficiados, *porque lo obligaron*, le dijo el doctor Ramírez a la tía; porque después de tantos años de esfuerzo de su parte y de su finado cuñado, el tío Carlos se había resistido a salir casi tanto como se había resistido al arresto en el campo de sus padres, siete años atrás. *¿Razones? No sé si es una razón razonable, me informaron algo sobre su hermano negándose a recibir favores especiales. Un cabeza dura siempre muere aplastado por sus propias ideas,* dijo el doctor. *Por suerte sus compañeros lo convencieron y aceptó, ya no había causa. Tal vez, si su caso funcionaba, habrán pensado, las autoridades podrían aflojar la mano con otros detenidos, todos bajo riesgo de salir con los pies para adelante, como es el caso del profesor, ¿cómo se llama, el padre de la criada pelirroja?*

Una vez recuperado, los kilos y las buenas costumbres, había dicho la tía, el tío Carlos iba a volver a caminar y a conversar como solía hacerlo cuando era un muchacho: desprolijo, bromista y boca sucia, enamorado de la naturaleza, sobre todo de aquella naturaleza improductiva, como decía él. Los atardeceres al borde del arroyo Manso, ofreciendo solo tranquilidad y belleza, cosas sin precio, imposibles de encontrar, de comprar y de vender en los comercios de la ciudad, lejos del poder infinito de los dictadores de turno, de quienes nunca sabrán vivir en serio sin joder a los demás.

El tío Carlos volvió a caminar un mes después y hasta engordó como consecuencia de una ansiedad incontrolable. Comía y bebía en exceso y no perdía oportunidad de salir con mujeres fáciles, decía Rosario. La tía prácticamente lo expulsó de la casa. Ella se había quedado sola a cargo de los niños, había dicho la última noche, y estaba cansada de tantos problemas. No quería más, ya no más. Quería llevar una vida normal, decía, sin política y sin mujeres.

El tío Carlos no contestaba como solía hacerlo antes de entrar a la cárcel. Se limitaba a sonreír y a mendigar una copa de vino, cerveza o cualquier cosa capaz de dejarlo adormecido, flotando en el pasado.

—¿Cuándo te hiciste Zorro? —le preguntó la tía una noche, una de las últimas noches del tío Carlos en su casa.

—En la cárcel —dijo el tío—. ¿Dónde más, si en el campo trabajaba de sol a sol, inclinado sobre la tierra como un animal de tiro? Como ya sabes, una tarde vi llegar a dos hombres y una mujer y me pidieron agua. Les di agua y pan y queso y hasta conversé con ellos, por pura curiosidad. Eso mismo declaré cuando me detuvieron y me torturaron un poquito, porque no se me ocurría otra cosa aparte de la verdad. También les di café con leche más tarde y vino con pan viejo al atardecer. Antes de irse les pregunté a dónde iban, pero no quisieron decirme. *Tal vez un día lo sepas*, me dijeron, *y entonces el pueblo te lo agradecerá*. Esa fue la noche más feliz de mi vida. Imagínate, yo, el inútil, bueno sólo para cultivar la tierra, como decía el viejo, ojala descanse en paz, haciendo justicia, participando de la historia. O ayudando un poquito, no vamos a exagerar. Acomodaron sus pocas cosas y siguieron camino dándome las gracias como nunca nadie me las había dado. Nunca supe quiénes eran, ni siquiera en el penal, donde los presos sabían todo. Tal vez los tres habían sido producto de mi imaginación, llegué a pensar entre tantas horas de encierro. ¿Habían caído como yo o finalmente lograron cruzar la frontera? ¿Alguno de ellos era el Che Guevara, recorriendo el continente, y nunca lo supe? No, imposible, el Che murió en el 67. Nunca supe nada más de ellos.

—Pero al menos sabías lo más importante. Eran fugados...

—Sí, fugados de la Ley.

—Y de la Justicia.

—La Ley, la Justicia... Sí. No sé, yo no terminé la escuela. De cualquier forma, también parecían seres humanos. No como tantos generales... ¿Tú les habrías negado un vaso de agua? Bueno, tal vez tú no… Ayer estuve recorriendo la ciudad y me acerqué a la puerta de una casa muy bonita a pedir un vaso de agua y me dijeron *Fuera, vete a trabajar,* porque iban a llamar a la policía. ¿Siempre fue así por aquí o las cosas cambiaron mientras estuve encerrado? Cuando la gente está muchos años presa o en el exilio y vuelve, es como si viajara al futuro, porque su mente todavía vive en el país del pasado y los cambios le golpean como si hubiese viajado al futuro, como si hubiese dado un salto de valores… Bueno, la gente normal no puede ver ni sentir nada de eso. En cierta manera, ser normal es estar ciego, sordo y mudo.

—Sólo a ti se te ocurre invadir una propiedad privada…

—No, qué invadir, si no estaba armado.

—A mí no me gusta ver a cualquiera golpeando la puerta, no importa si es por un vaso de agua o por un millón de pesos.

—¿Tanto cuesta un vaso de agua aquí en la ciudad?

La tía no contestó. Rompió una nuez con estrépito, pero no la comió.

—Pero bueno —murmuró el tío Carlos—, como no quería volver a donde estaba, salí de allí sin decir nada. Caminé y caminé hasta una casita bastante vieja y fea y me senté en el murito al frente y salió un viejito preguntando si me sentía mal. *No, estoy bien,* le dije, solo un poco cansado de tanto caminar. *¿No quiere un vaso de agua?* me preguntó el viejo. *Marcelo, tráele al señor un vaso con agua,* dijo, sin esperar respuesta.

—Voy a llorar… —se burló la tía—. Tu paseo por el barrio se parce a una de aquellas historias de las *Mil y una noches* de la abuela. Con moraleja y todo. Eso tiene no madurar…

El tío Carlos suspiró sin argumentos y apuró su última copa de vino, como para irse, pero la tía insistió:

—¿Por qué no informaste a la policía sobre los fugados?

—Claro, iba a dejar de atender la siembra justo antes de las lluvias para hacerle un favor a la patria.

—Por lo menos simpatizabas con aquella gente. Eso está claro.

—Probablemente sí… Bueno, no probablemente, sin duda. Pero, lamentablemente, no tenía tiempo para la política, como tu esposo…

—Cuando hables de un héroe nacional, al menos sácate la gorra. Los libros de historia hablarán de él, no de ti. Es decir… ¿no? Por lo menos le debes respeto, aparte de dinero…

—¿Dinero?

—Desde los abogados (sí, esos mismos, gracias a los cuales ahora estás aquí, tomando vino y hablando mal de todo el mundo) hasta el entierro de nuestros padres, todo corrió completamente por su cuenta. Aunque para él eso siempre fue un detalle menor y nunca me lo mencionó, los hechos son los hechos.

—Sí, claro, para él esas cosas debieron ser un detalle.

—Qué pena. Los años adentro no te quitaron la ironía. Eres un mal agradecido.

—No lo creo. Yo siempre tuve gran estima por Arturo. No es nada personal. Es... ¿cómo decirlo sin ofenderte? Como tú misma dices: los hechos son los hechos, y Arturo era parte de una realidad. Esa realidad lo usaba y lo superaba, es algo...

—Basta ya —dijo la tía, levantando la voz y levantándose para irse—. No voy a perder el tiempo con discusiones filosóficas. Por esas tonterías se destruyó nuestra familia y casi destruyeron al país entero. Desde hoy en esta casa ¡precisamente en esta casa! no se habla más de eso.

—Muchas cosas nunca se hablarán en esta casa, porque esta casa no quiere... Por eso todos hablan tanto.

El tío Carlos alquiló una habitación de una anciana rusa, muy cerca del barrio en donde vivía Daniela, por Valparaíso, y veinte días después murió de un paro cardíaco. Al menos eso dijo la tía Noemí cuando una vecina desconocida y desdentada aporreó la puerta de servicio para saber por el hermano de la señora. Según su hijo, dijo la pobre mujer, el señor Carlitos había sido eliminado por el Servicio de Inteligencia como si fuese un Gaitán.

Pero, según Rosario, el tío Carlos volvía en su moto de una noche de parranda cuando sufrió un paro cardíaco, registrado en algún lugar por el certificado de defunción, y terminó estrellándose contra una columna de hormigón, única razón por la cual fue imposible reconocer su rostro y debió ser velado a cajón cerrado sin más explicaciones para muchas otras preguntas. La tía lo lloró tanto como a su esposo, sin el consuelo de sentir orgullo por él y con el agravante de ser, según ella, culpable. El dolor por la muerte del tío Arturo se había distraído con las demostraciones de cariño de miles de personas coreando su nombre, pero la de su hermano la había arrastrado a una soledad sorda y sin atenuantes, a no ser por aquella desagradable señora sin dientes. De alguna forma, se avergonzó por este hecho mínimo pero significativo.

Es cierto, el tío Carlos no llevaba una vida saludable, pero tampoco se veía tan mal. La última vez, recordó Gabriel, iba a poner un taller mecánico y él, su sobrino del alma, iba a ser su socio. En la cárcel había aprendido mucho de motores diésel de varios manuales y de otro preso mecánico. En las horas de taller se la pasaba arreglando motores para los soldados, sin llegar a molestar a los otros presos por semejante servicio al enemigo. José Gabriel era un chico muy listo, le había dicho, y ya tenía edad para aprender un oficio y, apenas su negocio echara a rodar, iba a llamarlo para enseñarle el oficio. La tía Noemí estuvo de acuerdo. La idea prometía solucionar dos problemas de uno y, si se ponía a trabajar en serio, dijo, ella misma iba a prestarle el dinero para comprar el local.

Al principio, a José Gabriel le pareció una nueva fantasía del tío Carlos, pero poco después le entusiasmó la idea de irse a vivir a un rincón del taller y trabajar con él. Eso fue, recuerda, durante dos semanas, lo más parecido a la libertad. Luego José Gabriel fue comprendiendo algo obvio: la libertad no existe; más bien es una idea abstracta, ideal, un mito o una utopía como el Paraíso, y, si existe, no es algo de este mundo. Sólo existe la liberación, esa inigualable experiencia de escaparse de algo o de alguien después de mucho tiempo de no poder hacerlo, como un vaso de agua se vuelve un placer infinito después de caminar por horas sediento bajo el sol de un desierto. Es así como Gabriel podía entender y explicar uno de sus sueños más recurrentes, uno muy parecido, seguramente, a algún día de su vida: huía por un campo al atardecer y mientras cruzaba cerros y cañadas se iba alejando de sus persecutores. Entonces el miedo se iba transformando en euforia, como un color se trasforma en otro, como el atardecer se hace noche y la noche mañana.

El tío Carlos nunca perdió su sonrisa de Diego de la Vega, incluso cuando Gabriel supo la verdad sobre Diego de la Vega y el Zorro.

—Es tiempo de otro Zorro —le había dicho, poco después de salir de la cárcel, evitando mirarlo a la cara desde la altura de sus muletas—, es tiempo de un nuevo

Zorro, uno sin máscara de tela negra, uno con otro tipo de máscara.

—¿Qué tipo de máscara?

—Sólo él lo sabrá —dijo—. Pero ese ya no es asunto mío. ¿Por qué no traes el vino de ayer?

El Zorro había muerto.

Dos días antes habían cambiado el nombre de Avenida Alameda por Avenida Arturo MacCormick. Dos plazas más llevan su nombre, una en la capital. El nuevo aeropuerto internacional fue inaugurado como El AMC, Aeropuerto Internacional Arturo MacCormick. Su nombre integró desde ese mismo año un capítulo destacado en el libro de historia nacional de los colegios y sus biografías proliferaron dentro y fuera del país. Todas eran muy parecidas y ninguna incluía referencias a personas importantes en su vida privada o simplemente mencionaban a huérfanos del terrorismo, como Gabriel, a quienes personas como el ministro Arturo MacCormick acogieron en sus casas y cuidaron personalmente hasta el último momento de sus vidas.

No faltaron quienes intentaron hablar con Gabriel para sonsacarle detalles sospechosamente ausentes en libros y artículos, pero estaban advertidos por todos de la nula fiabilidad de cualquier dato aportado por el pobre muchacho, víctima inocente e inconsciente de toda aquella tragedia. Antes de hablar con cualquier periodista, el muchacho debía terminar su tratamiento con el doctor

Ludwig Geld Ludoffwitz (Luis Gerardo Lugones, para su familia). El psiquiatra, como era uso normal, al menos en aquella época y en aquel país, había fracasado rotundamente con Gabriel y otros adolescentes depresivos y violentos, excepto en sus intentos por justificarse.

José Gabriel tampoco quería hablar con nadie, ni con el psiquiatra ni con los periodistas. *La gente escribe para hacer dinero o para revelar una verdad*, dijo, eso dicen. *Lo cual es, dicho sea de paso, una de las mayores fantasías posibles de imaginar y, sin embargo, muchos, sino miles, persisten en esa insensatez.*

Cuando clausuraron el aeropuerto Félix Galarga, la tía volvió a recibir a José Gabriel en su casa por un tiempo. Claribel y Carlitos habían logrado entrar a la universidad, a medicina ella y a leyes él, y la casa solía estar vacía la mayor parte del tiempo. Los dos habían estado a favor de ayudar al pobre Gabriel, aunque tal vez aquella no fuese la mejor forma porque Josesito, dijo Claribel, ya no era un niño, al menos físicamente, y nadie podía confiarse completamente en sus reacciones. La tía Noemí recibió con agrado aquella muestra de madurez y escaso rencor de sus dos hijos, gracias a Dios encaminados en sus vidas de adultos pese a la pérdida del padre a tan temprana edad. Una futura pediatra y el otro candidato seguro al senado para el período siguiente, reconoció Rosario, la empleada. *Si se hereda no se roba, concluyó,* con los ojos inundados.

José Gabriel redescubrió la biblioteca de su tío y no salió de ella por seis meses hasta leer y releer todos y cada uno de los volúmenes de las altas paredes del viejo estudio, con la sola excepción de la colección de *Anales de Derecho Nacional*. A juzgar por varias páginas sin cortar y por la pulcritud de las tapas, ni siquiera el arquitecto MacCormick ni su hijo ahora en la facultad de leyes los habían leído nunca.

Luego de ese tiempo, la tía volvió a preocuparse por su salud mental y terminó por desarrollar un inexplicable miedo por aquel muchacho silencioso y de poco comer, siempre leyendo entre las penumbras, encorvado sobre algún libro frente al ventanal del jardín de entrada.

Un día la tía Noemí se armó de coraje y tuvo una breve conversación. Ya recuperado de los males del pasado, debía iniciar una nueva vida, le dijo.

El primer paso fue buscarle un trabajo, aprovechando el nuevo programa del gobierno para personas con discapacidades y así poder vivir sin su ayuda, lo más lejos posible.

Lo recomendó al director del diario *La Nación* y a los dos días lo aceptaron para trabajar como ilustrador ocasional y portero full time. Pocos meses después, por reducción presupuestal, debieron prescindir de varios redactores y lo ascendieron a Redactor Asociado de Deportes y Espectáculos. En este puesto, Gabriel escribía las notas y el corrector las firmaba.

Por la urgencia y la obligación de entregar una nota semanal, Gabriel incurrió en los más diversos temas. Incluso en la sección culinaria, como parte de su jurisdicción de Espectáculos. Una vez, Gabriel había publicado contra la matanza de animales, especialmente contra la gran matanza de cerdos para la navidad. Alguien, en una tertulia de café del 24 de diciembre por la tarde, dijo *El tal Santiago de la Vega, seudónimo detrás del cual se esconde un cobarde, es un hipócrita,* porque nadie conocía en este país a un vegetariano, excepto algunos indios patarrajadas, vegetarianos no por elección sino por no tener nada más para llevarse a la boca además de pasto y raíces sucias. Esta crítica justificada le llegó a los oídos. Alguna razón tenía, pensó Gabriel. Aunque en los últimos meses había reducido dramáticamente su ingesta de carne, no la había eliminado por completo, dada la poca variedad de verduras en el país y sus propias dudas morales. Pero luego se despachó con otro artículo fulminante para unos pocos y desgraciado para los demás, algo así como una patada en el hígado de medio pueblo.

¿Quién era peor, había escrito Gabriel, quien advierte algo malo en su vida y lo expone para invitar a los demás, sino a cambiar el rumbo unos pocos grados al menos a reflexionar, o aquel otro quien, en nombre de la coherencia y por la simple razón del confort moral, simplemente se salta esa incomodidad de advertir una falta para poder seguir comiendo carne de cerdo como un cerdo, con el orgullo de no ser contradictorio ni hipócrita, y con el tupé de calificar de hipócritas a los demás?

Gracias a este breve tiempo de casi impune provocador anónimo, y, sobre todo, mientras estuvo metiendo sus narices en los estadios y teatros de la ciudad con un carnet de periodista ajeno, Gabriel se enteró del casamiento de Daniela con un atleta del circo, algo por demás previsible. *Previsible*, pensó, *no sólo porque Daniela era una mujer exageradamente hermosa y un atleta de circo no debe ser algo muy diferente ante los ojos de una mujer, sino porque la gente tarde o temprano termina relacionándose con quien tiene más próximo. Debe haber muchas formas de amor y de deseos, pero ciertamente el amor romántico, el más fraudulento, no es el único. Probablemente sea el menos frecuente, el más sofisticado y el más publicitado. Eso lo puede comprender hasta un romántico frustrado como yo, quien también conoció el deseo animal por mujeres tan feas como la inspectora del sanatorio. Si uno encierra a dos personas por seis meses, un año o dos terminarán odiándose o a los besos o las dos cosas. Como uno vive normalmente rodeado de mucha gente diferente, entonces el corazón o alguna otra tripa elige más o menos según su naturaleza y de ahí luego se dice,* En alguna parte del mundo existe la persona ideal, esperando a su pareja, *la media naranja de Sócrates, aquella persona esperando del otro lado del mundo, pero nunca más allá del alcance de la vista y de los oídos, primero, y de las manos, después.*

Mientras él escribía una columna llamada *Café con Daniela* bajo el seudónimo de *Santiago de la Vega,* aceptado por el Redactor Principal a regañadientes, mientras iba del sentimiento trágico de la existencia a la frivolidad más dulce de los idiotas y comenzaba a divertirse con alguna calculada estupidez para la sección *Deportes & Espectáculos* o se devanaba los sesos para formular historias en clave, sólo comprensibles por ella, ella viajaba por otros países y amaba o fingía amar a su esposo, el atleta de un circo lejano y poco conocido pasando, como un cometa, por los mismos lugares cada siete u ocho años.

Con el tiempo sus columnas se fueron haciendo más literarias, más herméticas y fueron perdiendo sentido para muchos lectores de *La Nación*, excepto para aquellos conocidos grupos de lectores de segunda mano. ¿Quiénes podían leer los diarios viejos sino conspiradores, anarcos interesados en algo más allá de la noticia del día y del vértigo de lo nuevo?

El presidente, Gral. Redondo Gómez visita el establecimiento lechero de El Rincón del Muerto.

¿Qué importancia podría tener (decían) *este titular en primera plana?* Después del golpe publicitario por la visita del presidente, el Establecimiento Modelo terminaría por cerrar trece meses después (tanto la dirigencia como los trabajadores hicieron esfuerzos desmesurados para llegar a festejar el aniversario de tan ilustre visita) porque los más beneficiados por la reciente prosperidad no lograban consumir más leche y el resto, la mayoría de la población, simplemente no podía comprar dicho producto con la misma frecuencia, a pesar de los generosos subsidios del

El mismo fuego

gobierno. Pero el cierre de la lechería modelo apenas fue anunciado en la página doce de *La Nación* y en la dieciséis de *La Razón*, por lo cual nunca entró en la lista de temas urgentes para la opinión pública.

En los bares del Centro y del Barrio Viejo siempre había algún listillo dedicado tiempo completo a señalar la letra chica de cada periódico. Cuanta más chica la letra y cuanto más al final del diario, más importancia le atribuía. Eso suponiendo la existencia de algo importante. *¿Quiénes más pueden ser* (decía el doctor Ramírez, siempre deliberando entre un whisky más y unos puntos menos en su test matinal de glicemia) *sino ese grupejo de intelectuales conspiradores, autoproclamados poetas, dirigentes y profesores frustrados, siempre en la búsqueda de la bendita quinta pata del gato?*

Unos días o unas semanas después todas las noticias eran obsoletas y hasta perdían sentido, excepto las columnas de Santiago de la Vega. Sus breves artículos, tal vez por oscuros, tal vez por la ambigüedad de sus metáforas, eran entendidas como críticas y anuncios proféticos sobre el real estado de la política nacional y su próximo final. No pocas veces sus lectores confundían una profecía hecha realidad con un simple recuerdo, uno de los tantos recuerdos de la memoria absoluta de Gabriel, guardados en sus abismos pero siempre listos para salir a la luz en el momento indicado. Según Gabriel, la memoria emocional del pueblo es muy pobre, y entonces basta con mencionar algo ocurrido tiempo atrás, despojándolo apenas de sus circunstancias particulares, y esperar. Tarde o temprano se repetirá. Santiago de la Vega no era un profeta, no podía ver el futuro; como todos, sólo veía el pasado, pero como pocos, o como ninguno, lo veía muy bien.

Detrás de ese seudónimo se escondía alguien muy cercano al gobierno y a los líderes de la Revolución Libertadora, se supo luego, aunque nadie supo cómo. Alguien probable de rebelarse (y, por ende, de desaparecer) pronto contra el poder incontestable del actual gobierno. Tal vez, simplemente se trataba de un sustituto simbólico de El Zorro (alguien observó lo más obvio: Santiago significaba San Tiago, es decir, San Diego, lo cual hacía del seudónimo una clara alusión a Diego de la Vega). Tal vez se trataba de alguien con una doble vida para erosionar el estado de las cosas o, simplemente, para atenuar el poder absoluto del General Redondo Gómez.

Algunos lectores (especialmente antiguos periodistas, habitués del café Atlantic debido a la prohibición de los sindicatos), mediante anónimos y rumores callejeros, acusaron al diario de emplear enfermos psiquiátricos metidos a dedo o ineptos desconocidos para ahorrar salarios. Antes del año, removieron a Gabriel de la redacción y pocos meses después lo despidieron de su puesto de portero, porque el muchacho no dejaba de escribir las mismas historias incongruentes en una pequeña libreta todavía oculta a sus superiores y a sus compañeros de trabajo. El directorio del diario adujo conflicto de intereses. El peligro era pagarle a Gabriel un salario, aunque miserable, en un puesto demasiado tranquilo y tan poco demandante, ideal para obtener tiempo libre, suficiente como para seguir escribiendo columnas, las cuales un día bien podían terminar en las páginas de *La Razón* o, incluso, en el pasquín clandestino *El independiente*, en alguna otra de esas publicaciones de doscientos ejemplares con destino de letrina para aseo personal, tan atractivas para los académicos extranjeros o, peor aún, en los nuevos diarios a surgir apenas el régimen terminase por colapsar por razones económicas, tal como se temía entre sus ministros. La solución era clara, se decía: o se le consigue un trabajo *full time*, con *time* para nada aparte de trabajar, o se lo enviaba derechito a la calle, con *time* para nada de cualquier forma. Obviamente, la primera era la solución ideal para las masas, pero la segunda se adecuaba mejor a ciertos individuos.

José Gabriel estuvo casi un mes buscando, en vano, un nuevo trabajo. Una noche terminó durmiendo en el jardín de la casa de Daniela, mejor dicho, la casita donde vivía Daniela en la calle Valparaíso, por entonces abandonada. Cuando el dueño del inmueble supo de la situación, lo hizo desalojar por la fuerza y poco tiempo después fue recluido en el sanatorio para enfermos psiquiátricos El Olimpus. Se dejó recluir, para ser más exactos, ofreciendo más bien indiferencia, y allí vivió tres años encerrado con sus propios fantasmas. Nunca pudo dejar de escribir incongruencias.

Nunca pudo dejar de pensar en ella, en Daniela.

Solo la loca Rosario lo visitaba con alguna frecuencia a pedido de la tía. También era la única incapaz de entender las razones científicas por las cuales Gabriel estaba en la casa de sanación. Sin ser brillante, tampoco estaba tan mal de la cabeza, como muchos otros sueltos.

A ella le servía cada tanto salir de la rutina de la casa de la tía y, por eso mismo, no le pesaba llegarse de vez en cuando hasta allí, donde había hecho una interesante amistad con el doctor Ribas, treinta y dos años mayor, pero igualmente abandonado por las mismas incapacidades y otras malas decisiones.

Un día, José Gabriel supo, casi por accidente, cuando Rosario mencionó la última función del circo Aníbal, del paso fugaz de Daniela por la ciudad. El circo estuvo solo tres semanas y debió levantar la carpa por el accidente de un trapecista. Pero cuando José Gabriel lo supo, ella ya se había marchado y, ahora, lo sabía todo en tres segundos. Al parecer, el público había perdido el gusto por ese tipo de espectáculos y el circo ya no tenía ni tigres ni leones o el Globo de la muerte ya no parecía tan peligroso en un mundo cada vez más acelerado.

Un día, José Gabriel se animó a preguntarle a Rosario si todos los integrantes del circo se habían marchado ya. No había mención alguna en los diarios viejos.

—Sí, se fueron todos —dijo Rosario, limpiándose el azúcar de los pastelitos pegados en la nariz—. Se fueron rumbo al norte, dicen, a México o a Estados Unidos, aunque todavía quedan el payaso Alberto y unos pocos rezagados más. Los alcanzarán en la frontera, dicen. Pero no te preocupes, muchacho, volverán, seguro…

—Volverán, seguro —repitió Gabriel— dentro de otros doce o quince años.

—Quién sabe. No habían vuelto desde las elecciones. Recorrieron toda América, eso dicen, quebraron muchas veces y volvieron a renacer otras tantas. En Tierra del Fuego habían incorporado un acto de magia, en Acapulco un hombre invisible y en Río dos chicas tragasables. Pero los animales no se reprodujeron en cautiverio y poco a poco se quedaron sin lo mejor… Ya volverán. Sí, volverán. Volverán. Las oscuras golondrinas…

—No te comas las uñas, Rosario, me pones nervioso.

—Había dejado de comerme las uñas hace años…

—El doctor te pone ansiosa, ¿no?

—Debe ser. Hoy pienso responderle.

—¿Te propuso matrimonio?

—No, quiere acostarse conmigo.

—¿Y por qué me lo cuentas a mí?

—Porque no puedo confiar en alguien normal.

—¿Tan mal me ves?

—Cuando llegué a la casa de los MacCormick para mí fue como ganarme la lotería, como si hubiese entrado a

295

trabajar en el Palacio de Gobierno. No porque me pagasen una fortuna, pero cualquiera de mis hermanas se hubiera muerto por estar en mi ligar y yo quería cuidar aquello como la niña de mis ojos y no podía imaginar otra forma sino demostrándoles a los señores mi celosa preocupación por sus hijos. Por eso los cuidaba de todos aquellos a quienes ellos se les daba la gracia de detestar, como a ti, Josesito. Yo te traté muy mal y tú nunca me guardaste resentimiento. En cambio, los otros niños... ya ves. Bueno, para qué hablar. Todo siempre sale al revés.

El nuevo doctor le prohibió los libros y las revistas. La lectura afectaba sus nervios. Un día aparecieron dos hombres y sin decir buenos días procedieron a despojarlo de todo tipo de material de lectura. No se animaron a llevarse la Biblia también, no por hacerle un bien ultramundano sino por pura superstición. Sin libros, sin revistas sólo podía tirarse en la cama a mirar el cielo y esperar la muerte. Luego comprendió. Exageraba. No era para tanto. Ya había leído muchos libros y en los periódicos nunca, o casi nunca, había nada nuevo.

El doctor Almeidas le permitió dibujar y hasta lo dejó escribir. Aunque la pintura era para los locos y la escritura para los sabelotodo, seguramente no le iba a hacer mal, dijo el doctor, e, incluso, podría tranquilizarlo, porque escribir es como dibujar. Sólo había una única condición:

para recibir un cuaderno nuevo, Gabriel debía entregar cuaderno escrito. El doctor Almeidas parecía un buen hombre, con cierta debilidad para no resistir ideas ajenas. Sugerencias. Indicaciones, en realidad. Razón por la cual, pensó Gabriel, las pastillas y toda aquella mierda tras veces al día, seguramente no habían sido idea suya sino una imposición de más arriba. Así era siempre, pensó Gabriel: cuanto más arriba peor, lo cual hacía de la existencia de cualquier divinidad superior un misterio absoluto.

Así decidió empezar a escribir sus memorias, aunque nunca había hecho nada importante en su vida, de entrada parecía un proyecto ridículo. No lo era, decía el doctor, porque la idea no era publicarlo. Sólo se trataba de poner orden a su portentosa memoria, darle un sentido a aquel caos por el cual estaba en aquel sanatorio y del cual Gabriel planeaba salir volando, sobre todo después de las sesiones de morfina, cuando el mundo le parecía aún más doloroso.

El doctor se lo explicó varias veces y de forma escueta. Parte de su problema radicaba en una patología llamada hipertimesia. Estaba en la enciclopedia de medicina del doctor y en la biblioteca del tío Arturo. Ponerle nombre a las cosas dolorosas ayuda mucho. Ponérselas a la euforia y al misterio no, todo lo contrario. Aparentemente hay muchos individuos en el mundo capaces de recordar con lujo de detalles cada día de sus vidas, la fecha, el día de la semana, el clima, qué hicieron, qué escucharon, a qué hora ocurrió esto y aquello. Pero para Gabriel lo suyo no tenía relación con eso porque quienes sufren de esta patología no pueden memorizar de igual forma otros datos, como cosas leídas en los libros, ni pueden hacer cálculos de varias cifras, lo cual viene a ser otra habilidad de la memoria, no del razonamiento. Por otro lado, había largos períodos de su vida desaparecidos de su memoria y sólo los podía sospechar en algunos sueños y en algunas sesiones de morfina, cuando el entendimiento disminuía a sus niveles mínimos. No recordaba, por ejemplo, dónde había pasado dos o tres veranos de su niñez, dos o tres inviernos de su juventud. Recordaba, y lo recordaba como si lo estuviese viviendo en ese mismo instante, hasta el mínimo detalle, la concina de la abuela, cada palabra liberada por la sonrisa del tío Carlos en el patio de la cárcel, la calle de Daniela, el cajón del escritorio del tío Arturo, el zumbido de los disparos, los cigarrillos en la guantera del auto, abandonados por la muerte.

Desconocía por qué una habilidad especial podía llamarse patología pero, sospechaba, alguna incapacidad en común. Los memoriosos debían tener alguna dificultad para ser feliz, o los desmemoriados no podía aceptarse a sí mismos y se dedicaban a profanar a los demás.

Con el tiempo, y gracias a años de tratamiento, Gabriel descubrió el miedo. Con el tiempo, su mayor ocupación fue controlar esa bestia. La bestia lo hacía más humano, un hombre casi normal, prisionero de sus propios fantasmas.

Pero gracias al miedo fue olvidando cosas. Las olvidaba por largos periodos. Cada tanto resurgían a la superficie, como un dragón miserable en un pantano oscuro.

Un día, Daniela se apareció por el sanatorio con la moto del Globo de la muerte. Mejor dicho, eso pensó Gabriel, o quiso pensar. En realidad, no era Daniela sino su hija, Daniela. Por aquella época era costumbre cuando alguno de sus hijos les faltaba y los padres pretendían sustituirlo con un hijo nuevo, o cuando algo les faltaba, como la juventud perdida, e intentaban la misma tonta y vana estrategia. Daniela se parecía a la madre cuando trabajaba en casa del tío Arturo… Nadie hubiese podido señalar una sola diferencia en sus ojos, en su boca, en su pelo, en la forma de caminar, de sonreír con todo el cuerpo sin caer en lo vulgar, en lo estrepitoso.

En realidad, tal vez Gabriel tenía razón. ¿No era aquella muchacha la verdadera Daniela y no aquella otra mujer quien en ese momento se inclinaba sobre el fregadero del circo para lavar el famoso traje de motovolador de su esposo, esa mujer otra Daniela, totalmente irreconocible para Gabriel veintitantos años después?

Aquella joven quitándose el casco, levantando una pierna para bajarse de la moto como si fuese una bailarina, aquella joven llena de sueños todavía sin frustrar, con esos miedos, con esa alegría, con esa irrevocable esperanza y esa casi certeza de ser admirada, como sólo las mujeres de veintipocos años pueden tener, era la verdadera Daniela. La misma frescura de su mirada, el mismo cabello ardiendo como una hoguera azotada por el viento. La misma. La verdadera. La única. Daniela.

Gabriel la vio por la ventana. En ese momento sintió la fuerza inexplicable de uno de esos días de verano infiltrándose en pleno invierno, el mismo vértigo de aquel día en cuando el tío Arturo lo llevó por primera vez a la casita de la calle Valparaíso. El mismo fuego.

El doctor le había demostrado la irracionalidad de sentir miedo por situaciones pueriles y le prometió curarlo con entrenamiento, no con mero entendimiento, decía, porque él era behaviorista y odiaba a Freud por razones políticas.

—*¿Pero qué situación en esta vida no es pueril, aparte de nacer y morir?*

—*Si nacer y morir tienen alguna importancia…*

—*Uno le concede una determinada dimensión a las cosas y las cosas adoptan esa dimensión a falta de otras, Normalmente, es una dimensión exagerada, tanto cuando les damos importancia a todo como cuando no advertimos la gravedad de la picadura de un mosquito secretamente infestado con un virus mortal.*

Aquel cabello flameando en el aire, aquella mirada (no sabía cómo decirlo; blanda, profunda, cristalina, tímida, desafiante) le recordó sus pánicos y palpitaciones de los últimos años. Evidentemente, no los había superado. Era un retroceso en su terapia: recordar la experiencia del miedo es el primer paso para caer en esa espiral absurda. El segundo paso es no recordar la experiencia del rebelde. *La espiral del pánico*, pensaba, *en realidad es un recuerdo indeseado y apenas presiente sus bordes*. Pero también recordó, aunque de una forma mucho más abstracta, como si se tratase de una experiencia ajena, los tiempos cuando no conocía el miedo propio de la niñez, de los otros niños.

No quería recibir a nadie, le dijo al doctor. *No estoy, he salido a caminar por Saturno.*

Pero Rosario estaba allí, afuera, hablando con Daniela. Por un momento la odió por echar por la borda tantos años de tratamiento. Vio a doctor hablar con las dos mujeres y luego a Daniela volviendo a su moto para marcharse, como si el tiempo volviese hacia atrás: la bailarina, el casco…

Solo esta solución dictada por el miedo lo hizo recapacitar. No pudo parar de pensar durante todo el día y toda aquella noche. No pudo dormir. Después de todo, pensó, peor es no sentir nada, como estar muerto o tener todo bajo control, como aquellos largos días de verano mirando el techo blanco de su habitación, de su celda, buscando países y montañas en las imperfecciones de la pintura. Prefería estar enfermo a curarse en alguna clínica de locos.

A la tarde siguiente Daniela volvió justo para descubrirlo mirando por la ventana. Se había asomado allí para recordar la tarde anterior, para imaginarla volviendo. Ella lo saludó desde abajo y marchó hacia la puerta de entrada. *Puta,* dijo, como protegiéndose en un insulto. *Insular es una de las pocas defensas de los tímidos,* le había confesado al doctor, años atrás. Esta vez no había funcionado.

Bajó temblando. No había nadie en la recepción, algo totalmente contra las reglas de la casa. Ella lo fue a abrazar y él le dio la mano. De repente, José Gabriel volvió a ser el niño introvertido, aparentemente indiferente y sin expresiones. Pero así lo conocía ella. Probablemente él había cambiado mucho (pensó entonces), pero ella no había cambiado nada. Entre los veinte y los cuarenta años las mujeres no envejecen; se vuelven más seguras, nada más.

Daniela lo tomó de la mano y lo llevó hasta el banco del jardín. Estuvieron un largo rato hablando de la motocicleta, de la larga historia del circo, de un accidente en el Globo de la muerte, de la muerte de alguien, de una trapecista intentando suplir la ausencia de uno de los motociclistas, no sabía exactamente quién. Daniela le preguntó si se sentía bien, mientras le daba un pañuelo. *Hoy no he tomado mi medicina,* dijo él, y se limpió la frente y los ojos.

Daniela había estado en la casa del tío Arturo, pero no la habían dejado entrar. Alguien le informó sobre los éxitos de Carlitos: se había recibido de ingeniero y trabajaba en Francia. ¿Y Claribel? ¿La hermana? Pues, había muerto en su primer parto. ¿En su primer parto? A José Gabriel le habían dicho otra cosa. Según Rosario, Claribel vivía con su hermano en París. La tía vivía, sí, pero estaba recluida en un rincón de la casa, dando órdenes y preguntándole a Rosario por todo el mundo sin atreverse a salir de su refugio.

También estuvo en la casita de la calle Valparaíso, pero estaba abandonada. Los jazmines sobrevivían, pero habían envejecido y ya no tenían flores. Su madre le había hablado mucho de muchos rincones de la ciudad y para ella era como si los hubiese visto antes. Conocía la casa de los MacCormick al detalle. Probablemente ni la tía Noemí conocía o reconocía su propia casa tan bien como Daniela. La tía ya no recordaba ni siquiera el nombre de su abuelo, había dicho Rosario, y tampoco quería viajar al valle para visitar su tumba y recordar, por fin, cómo se llamaba aquel hombre tan lejano.

Daniela podía reconocer muchos rincones de la ciudad, porque la ciudad no había cambiado nada, excepto las flores. Ése había sido su mundo, el más real, no el de las carpas móviles, eternamente móviles, de un lugar inexistente a otro, igualmente inexistente. Para ella, había una sola ciudad en el mundo y siempre estaba muy lejos. La ciudad persistía en el cambio caótico de los viajes, como la realidad del día persiste a todas las variaciones laberínticas de la noche, de los sueños. Sus días, los viajes, las siempre diferentes ciudades, calles y rostros habían sido los sueños inconexos.

—Vamos por un paseo —dijo Daniela.

—No puedo. Necesito la autorización del doctor —dijo Gabriel.

—¿Estás seguro? —preguntó ella.

—No —dijo él.

—Entonces, vamos —dijo ella.

Corrieron por nueve kilómetros, a una velocidad excesiva, pensó Gabriel, hasta el centro de la ciudad. Al principio, él la abrazó para no caerse y reventarse contra las piedras del borde del camino. Después, cerca de la entrada de la ciudad, la abrazó para sentir su cuerpo delgado apretado contra el suyo.

Al llegar al restaurante *El Italiano* de Plaza e Independencia, Gabriel insistió:

—Todo eso ya pasó. Olvídalo.

—¿Tú has podido? —preguntó ella—. Yo, desde siempre esperé pasar por aquí. Siempre quise volver...

—¿Volver?

Ella levantó las cejas, como si no comprendiera sus propias palabras, y se quedó pensativa.

—Es hora de volver —dijo Gabriel.

—Es temprano aún —dijo ella.

—Son las seis de la tarde. La casa cierra a las siete.

—Déjalos. Si cierran, mejor —dijo ella riéndose —¿Qué pierdes tú?

—No sé.

Bajaron, entraron a *El italiano*. Gabriel reconoció al mozo pero el mozo no lo reconoció a él. Por veinte minutos, pudo mirar de frente a Daniela. Ella también lo miró varias veces a los ojos, a veces por un segundo más de lo necesario. Parecía más alegre, pese a cierta humedad en sus ojos y cierta preocupación cuando miraba por la ventana.

Ella pagó los cafés, lo tomó de la mano y volvieron otra vez a la moto.

Manejaba como si no tuviese ningún sentido del peligro. Por Empedrada o por Valparaíso, hablaban a los gritos y apenas se escuchaban.

Pasaron por la casa de la tía, por Mar de Indias y por Valparaíso, luego salieron de la ciudad por la 21. Ella le preguntó si alguna vez había sentido un déjà vu, si le había pasado alguna vez, porque a ella le pasaba todo el tiempo por esos días. Para peor, la ciudad no había cambiado mucho y probablemente todas las demás desparramadas por el continente, sí, como si fuese una urgencia, un mandato de la civilización.

José Gabriel la abrazó mientras el viento le bañaba la cara con sus cabellos rojos y con su inconfundible perfume. La abrazaba con una fuerte delicadeza y Daniela se reía como si fuese feliz, como si nunca lo hubiese sido antes.

Nunca más se supo de José Gabriel MacCormick. En el otoño del 2006, la comisión Paz y Justicia anunció el descubrimiento de los restos del misterioso sobrino del ministro Arturo MacCormick en la laguna de las garzas, próxima a la carretera nacional 21, junto con los restos oxidados de una motocross Honda 1978. Después de varias pruebas de ADN, se descartó esta hipótesis.

La comisión continúa su ardua tara de esclarecer el pasado pese a las amenazas y a los juicios en su contra. Entre otras cosas, se ha enfatizado la cuestionable tarea de reescribir la historia de la nación desde un punto de vista ideológico. En el caso concreto de Gabriel MacCormick, aparentemente las memorias escritas de su puño y letra son apócrifas y poco creíbles por el grado excesivo e improbable de detalles contenidos en las mismas. Eso si no se considerase un dato por demás relevante: la razón por el cual el joven Gabriel MacCormick estuvo internado por seis años en el hospital psiquiátrico. En el mejor de los casos (se ha dicho en diversas reseñas de prestigiosos medios nacionales), Gabriel MacCormick fue un personaje con sangre de novelista, un Van Gogh de las letras, nunca un testigo confiable. Mucho menos un historiador. Su supuesto síndrome de hipertimesia continúa en disputa aún en nuestro tiempo. Su tía, la viuda Noemí MacCormick, no ha podido emitir un solo juicio claro y consistente sobre las memorias de su sobrino. Se han escrito, al menos un par de veces y no sin sarcasmo, insinuaciones acerca de esa característica familiar. Finalmente (y como medida de precaución), los editores decidieron publicarlas como obra de ficción y con título *El mismo fuego*.

No fue bien recibida por la crítica.

Sobre el autor

Jorge Majfud es un escritor uruguayo estadounidense autor de libros como *Una teoría de los campos semánticos, Cyborgs, Neomedievalism* y las novelas *La reina de América, La ciudad de la Luna, Crisis, El mar estaba sereno* y *Tequila*, entre otros. Actualmente es profesor en Jacksonville University.

Made in the USA
Middletown, DE
14 June 2019